Jane Austen

A Abadia de Northanger

JANE AUSTEN

Tradução
João Sette Camara
e Marcelo Barbão

A Abadia de Northanger

Principis

Esta é uma publicação Principis, selo exclusivo da Ciranda Cultural
© 2020 Ciranda Cultural Editora e Distribuidora Ltda.

Traduzido do original em inglês
Northanger Abbey

Produção editorial e projeto gráfico
Ciranda Cultural

Texto
Jane Austen

Imagens
Attitude/Shutterstock.com;
Flower design sketch gallery/Shutterstock.com;
Yurchenko Yulia/Shutterstock.com;
Ola-ola/Shutterstock.com;
jocic/Shutterstock.com;

Tradução
João Sette Camara e Marcelo Barbão

Revisão
Casa de ideias

Dados Internacionais de Catalogação na Publicação (CIP) de acordo com ISBD

A933b   Austen, Jane, 1775-1817

A Abadia de Northanger / Jane Austen ; traduzido por João Sette Camara, Marcelo Barbão. - 2. ed. - Jandira, SP : Principis, 2020.
240 p. ; 16cm x 23cm. - (Literatura Clássica Mundial)

Tradução de: Northanger Abbey
Inclui índice.
ISBN: 978-65-555-2012-5

1. Literatura inglesa. 2. Romance. I. Camara, João Sette. II. Barbão, Marcelo. III. Título. IV. Série.

2020-869

CDD 823
CDU 821.111-31

Elaborado por Vagner Rodolfo da Silva - CRB-8/9410

Índice para catálogo sistemático:
1. Literatura inglesa : Romance 823
2. Literatura inglesa : Romance 821.111-31

2ª edição em 2020
www.cirandacultural.com.br
Todos os direitos reservados.
Nenhuma parte desta publicação pode ser reproduzida, arquivada em sistema de busca ou transmitida por qualquer meio, seja ele eletrônico, fotocópia, gravação ou outros, sem prévia autorização do detentor dos direitos, e não pode circular encadernada ou encapada de maneira distinta daquela em que foi publicada, ou sem que as mesmas condições sejam impostas aos compradores subsequentes.

Sumário

Capítulo 1 9
Capítulo 2 13
Capítulo 3 19
Capítulo 4 25
Capítulo 5 29
Capítulo 6 33
Capítulo 7 38
Capítulo 8 46
Capítulo 9 54
Capítulo 10 63
Capítulo 11 74
Capítulo 12 83
Capítulo 13 89
Capítulo 14 98
Capítulo 15 108
Capítulo 16 117
Capítulo 17 125
Capítulo 18 130
Capítulo 19 136
Capítulo 20 141
Capítulo 21 150
Capítulo 22 159
Capítulo 23 169
Capítulo 24 177

Capítulo 25 186
Capítulo 26 195
Capítulo 27 203
Capítulo 28 207
Capítulo 29 218
Capítulo 30 228
Capítulo 31 237

Aviso da autora sobre a Abadia de Northanger

    Este pequeno trabalho foi concluído em 1803 e seu destino era a publicação imediata. Foi enviado a um editor, até mesmo anunciado, e por que a edição não aconteceu é algo que a autora nunca soube. Parece extraordinário que algum editor ache que valeria a pena comprar o que achava que não valia a pena publicar. Mas, com isso, deve ser observado que algumas partes do trabalho ficaram comparativamente obsoletas depois de treze anos. O público deve ter em mente que treze anos se passaram desde que foi concluído, muito mais desde que foi iniciado, e que durante esse período, lugares, costumes, livros e opiniões passaram por mudanças consideráveis.

Capítulo 1

Ninguém que tivesse visto Catherine Morland na infância teria imaginado que ela havia nascido para ser uma heroína. Sua situação na vida, o caráter de seus pais, sua própria personalidade e disposição, tudo estava contra ela. O pai era um clérigo, sem ser desafortunado ou pobre, e um homem muito respeitável. Seu nome era Richard, e ele jamais fora bonito. Tinha uma independência considerável, além de dois bons salários, e não costumava trancafiar as filhas. A mãe de Catherine era uma mulher de bom senso, com ótimo temperamento e, o que é mais notável, com uma boa saúde. Ela teve três filhos antes de Catherine nascer e, em vez de morrer ao trazer o último ao mundo, como qualquer um poderia esperar, ainda viveu para ter mais seis filhos e vê-los crescendo ao seu redor e com excelente saúde.

Uma família de dez crianças será sempre chamada de impressionante. Mas eles eram, em geral, muito sem graça, e Catherine, por muitos anos de sua vida, foi tão sem atrativos quanto todos os outros. Sua figura era magra e desajeitada, tinha a pele pálida sem cor, cabelos escuros escorrido e feições fortes, até demais. E sua mente parecia totalmente imprópria para o heroísmo. Ela gostava de todas as brincadeiras de menino e preferia o críquete não apenas às bonecas, mas às diversões mais heroicas da infância, como cuidar de um arganaz, alimentar um canário ou regar uma roseira. De fato, ela não gostava do jardim e, se colhia flores, era principalmente pelo prazer da travessura, pelo menos era o que pensavam dela, que sempre preferia aquelas que não podia colher.

Tais eram as propensões de Catherine, e suas habilidades não eram menos estranhas. Ela nunca conseguia aprender ou entender nada antes de ser ensinada. E às vezes nem assim, pois muitas vezes estava desatenta e era, ocasionalmente, estúpida. Sua mãe passou três meses ensinando-a apenas a repetir o poema "Beggar's Petition". E no final, a irmã mais nova, Sally, conseguia recitá-lo melhor do que ela. Não que Catherine fosse sempre estúpida – de jeito nenhum. Ela aprendeu a fábula de "The Hare and Many Friends" tão rapidamente quanto qualquer garota na Inglaterra. A mãe queria que ela aprendesse música e Catherine tinha certeza de que iria gostar porque adorava brincar com as teclas da velha e esquecida espineta. Então, aos oito anos, ela começou. Estudou durante um ano e não aguentou.

A senhora Morland não insistia que as filhas fossem prendadas e levava em conta a incapacidade ou a falta de vontade delas, por isso permitiu que deixasse os estudos. O dia que dispensou o professor de música foi um dos mais felizes da vida de Catherine. Seu gosto pelo desenho não era muito maior, embora, sempre que conseguia as sobras de uma carta de sua mãe ou qualquer outro pedaço de papel, fizesse o que podia com ele, desenhando casas e árvores, galos e galinhas, todos muito parecidos uns com os outros. Aprendeu a escrever e a contar com o pai, e francês com a mãe: sua proficiência em qualquer uma dessas disciplinas não era notável e ela evitava essas lições sempre que podia.

Que personagem estranho e inexplicável! Pois, com todos esses sintomas de desregramento aos 10 anos, Catherine não tinha um coração ruim nem um mau temperamento, raramente era teimosa, quase nunca briguenta e sempre muito gentil com os pequenos, com poucas demonstrações de tirania. Além disso, era barulhenta e selvagem, detestava o confinamento e a limpeza, e o que mais amava era rolar pela encosta verde nos fundos da casa.

Assim era Catherine Morland aos 10 anos. Aos 15, as aparências começaram a se modificar. Começou a encaracolar o cabelo e querer ir a bailes. Sua pele melhorou, as feições ficaram mais suaves pelo volume e pela cor, os olhos ganharam mais vivacidade e sua figura, mais importância. O amor pela sujeira deu lugar a uma inclinação pela elegância, e ela foi ficando mais asseada à medida que crescia. Sentia agora prazer ao ouvir como o pai e a mãe às vezes comentavam sobre sua melhora pessoal. "Catherine está ficando uma garota bonita, ela está quase encantadora hoje", eram as palavras que chegavam aos seus ouvidos de vez em quando. E como era sons bem-vindos! Parecer quase encantadora é uma conquista de mais importância para uma garota com uma aparência simples nos primeiros 15 anos de sua vida do que para alguém que já é bela desde o berço.

A senhora Morland era uma mulher muito boa e queria que os filhos fossem tudo o que deveriam ser, mas estava sempre tão ocupada em cuidar e ensinar os pequenos que as filhas mais velhas deviam cuidar de si mesmas. E não foi muito estranho que Catherine, que por natureza não tinha nada de heroica, preferisse o críquete, o beisebol, andar a cavalo e correr ao ar livre aos 14 anos, em vez de livros, pelo menos livros de estudo. No entanto, se nenhum conhecimento útil pudesse ser tirado deles, se fossem só história e nenhuma reflexão, ela não tinha nenhuma objeção aos livros. Mas, dos 15 aos 17 anos, ela estava treinando para ser heroína. Tinha lido todas as obras que as heroínas devem ler para suprir suas memórias com aquelas citações que são tão úteis e tão reconfortantes nas vicissitudes de suas vidas agitadas.

De Pope, ela aprendeu a censurar aqueles que
"usam sempre a máscara da desgraça."
De Gray, que
"Flores que nascem para um rubor invisível,
Gastando sua fragrância no ar deserto."
De Thompson, que:
"É uma tarefa deliciosa
Ensinar a jovem ideia a florescer."
E de Shakespeare ela conseguiu muitas informações – entre elas, que:
"As ninharias leves como o ar,
Para quem tem ciúmes, são verdades tão firmes,
Como trechos da Sagrada Escritura."
Que
"O pobre inseto que, ao passar, esmagamos
Sofre tanto no corpo como o mais alto gigante
No transe da agonia."

E que uma jovem apaixonada sempre parece
"como estátua de Paciência
Sorridente diante da Desgraça".

Até aquele momento, sua melhora era satisfatória e em muitos outros pontos ela se saía muito bem. Pois, embora não pudesse escrever sonetos, conseguia lê-los. E embora não tivesse nenhuma chance de maravilhar toda uma festa com um prelúdio no piano que ela mesma tivesse composto, podia facilmente avaliar o desempenho de outras pessoas. Sua maior deficiência estava no lápis. Ela não tinha noção de desenho, nem o suficiente para tentar esboçar o perfil de seu amado e ser surpreendida ao fazê-lo. Nesse ponto, ela passava muito longe do verdadeiro ideal heroico.

Por enquanto, ela não fazia ideia do próprio infortúnio, pois não tinha nenhum amado para retratar. Tinha feito 17 anos sem ter visto um jovem adorável que pudesse despertar sua sensibilidade, sem ter inspirado uma verdadeira paixão, e sem ter provocado nem mesmo uma admiração, mesmo que fosse muito moderada e transitória. Isso era realmente estranho!

Entretanto, coisas estranhas podem ser geralmente explicadas se a causa delas for investigada. Não havia nenhum lorde naquela região. Não, nem mesmo um barão. Não havia uma única família entre seus conhecidos que tivesse abrigado e criado um menino acidentalmente encontrado à sua porta, nem um jovem cuja origem fosse desconhecida. O pai dela não tinha nenhum protegido e o senhor mais abastado da paróquia não tinha filhos.

Quando uma jovem deve ser heroína, isso não pode ser impedido pela perversidade de 40 famílias vizinhas. Algo deve e vai acontecer para colocar um herói em seu caminho.

O senhor Allen, dono da maior parte das terras de Fullerton, a aldeia em Wiltshire onde os Morland viviam, foi mandado a Bath para se recuperar da gota e sua esposa, uma mulher bem-humorada, que gostava da senhorita Morland, e provavelmente estava consciente de que, se não havia aventuras para uma jovem em sua própria aldeia, ela deveria procurá-las no exterior, convidou-a para ir com eles. O senhor e a senhora Morland concordaram e Catherine ficou radiante.

Capítulo 2

Além do que já foi dito sobre os dotes físicos e mentais de Catherine Morland, quando estava prestes a ser lançada em todas as dificuldades e perigos de uma temporada de seis semanas em Bath, pode-se afirmar, para a informação mais precisa do leitor, pois as páginas seguintes, caso contrário, não dariam uma ideia do caráter dela, que seu coração era afetuoso, seu temperamento, alegre e aberto, sem presunção ou afetação de qualquer espécie, suas maneiras haviam acabado de perder a deselegância e a timidez de menina. Sua aparência era agradável e, quando estava arrumada, ficava bonita e sua mente era tão ignorante e desinformada quanto qualquer mente feminina aos 17 anos.

Quando a hora da partida se aproximava, a ansiedade materna da senhora Morland naturalmente ia piorando. Mil pressentimentos alarmantes de perigos para sua adorada Catherine, por causa dessa terrível separação, oprimiam seu coração com tristeza e a afogavam em lágrimas nos últimos dias juntas. Algum conselho de natureza mais importante e aplicável devem, naturalmente, ter fluído de seus lábios sábios na conversa de despedida em seu quarto. As precauções contra a violência de tais nobres e barões, que adoram obrigar as moças a irem para alguma remota casa de fazenda, deveriam, naquele momento, aliviar seu coração. Quem não pensaria nisso? Mas a senhora Morland conhecia tão pouco os lordes e os barões que não tinha nenhuma noção da malícia geral deles, e não sabia o perigo para a filha que essas maquinações poderiam causar. Seus cuidados se resumiram aos seguintes pontos: "Eu imploro, Catherine, que sempre cubra bem a garganta, quando sair dos salões à noite, e gostaria que tentasse manter algum controle do dinheiro que gasta. Vou dar a você este caderninho para tal propósito".

Sally, ou melhor, Sarah (pois que jovem com um nome comum atingirá a idade de 16 anos sem alterá-lo o máximo que puder?) deveria, pela situação naquele momento, ser a amiga íntima e confidente da irmã. É notável, no entanto, que ela nem insistisse que Catherine escrevesse em todas as paradas, nem exigisse sua promessa de informar o caráter de cada novo conhecido, nem um detalhe de toda conversa interessante que pudesse ocorrer em Bath. Tudo relacionado a esta importante viagem na verdade foi feito, por parte dos Morland, com moderação e compostura, mais consistente com os sentimentos comuns da vida cotidiana do que com as suscetibilidades refinadas e as emoções ternas que deveriam criar a primeira separação de uma heroína de sua família. O pai de Catherine, em vez de dar uma ordem ilimitada para seu banqueiro, ou até mesmo colocar uma nota de cem libras em suas mãos, deu apenas dez guinéus à filha, e prometeu mais quando ela quisesse.

Sob esses auspícios pouco promissores, a despedida aconteceu e a jornada começou. Foi realizada com a tranquilidade adequada e a segurança rotineira. Não houve ladrões nem tempestades, nem uma reviravolta de sorte para a heroína. Nada mais alarmante ocorreu além de um medo, que atacou a senhora Allen, de ter deixado seus tamancos esquecidos numa estalagem, algo que felizmente não foi verdade.

Eles chegaram em Bath. Catherine estava ansiosa, seus olhos iam de um lado para o outro quando se aproximavam das belas e impressionantes imediações do local e depois passearam pelas ruas que conduziam ao hotel. Ela veio para ser feliz e já se sentia assim.

Em pouco tempo, já estavam instalados em quartos confortáveis na rua Pulteney.

Agora é conveniente apresentar alguma descrição da senhora Allen, para que o leitor possa julgar de que maneira suas ações promoverão a atmosfera de angústia desta obra, e como ela provavelmente contribuirá para reduzir a pobre Catherine a toda a desesperada miséria de que um último capítulo é capaz, seja por sua imprudência, por sua vulgaridade ou por seu ciúme, seja interceptando suas cartas, arruinando seu caráter ou expulsando-a de casa.

A senhora Allen era aquele tipo de mulher que não pode suscitar nenhuma outra emoção na sociedade a não ser a surpresa de existirem homens no mundo que possam apreciá-las o suficiente para se casarem com elas. Ela não tinha beleza, gênio, prendas ou modos. O ar de uma dama bem-nascida, uma boa dose de temperamento tranquilo e um pouco de frivolidade espirituosa eram tudo o que poderia explicar que ela tivesse sido a escolha de um homem sensato e inteligente como o senhor Allen. Em um aspecto ela era admiravelmente talentosa para apresentar uma jovem à sociedade: era tão apaixonada por ir a todos os lugares e ver tudo sozinha como qualquer jovem poderia ser. Os vestidos eram sua paixão. Ela sentia um prazer inofensivo em estar elegante, e a entrada de nossa heroína na vida não poderia acontecer antes de passar três ou quatro dias aprendendo o que era mais usado, e de ganhar um vestido da última moda. Catherine também fez algumas compras e, quando todos esses assuntos foram resolvidos, aconteceu a importante noite em que seria levada aos Salões Superiores. Seu cabelo foi cortado e ela foi vestida com as melhores roupas, tudo escolhido com cuidado, e tanto a senhora Allen quanto a empregada declararam que sua aparência era a correta. Com tal encorajamento, Catherine esperava pelo menos não receber nenhuma censura da multidão. Quanto à admiração, sempre era muito bem-vinda quando viesse, mas ela não precisava disso.

A senhora Allen demorou tanto para se vestir que elas entraram bem tarde no salão. A temporada estava cheia, o salão, lotado, e as duas damas terminaram bem espremidas. Quanto ao senhor Allen, ele foi diretamente para o salão de jogos e deixou-as sozinhas para desfrutar da multidão. Mais preocupada com a segurança de seu vestido novo do que com o conforto de sua protegida, a senhora Allen abriu caminho pela multidão de homens ao lado da porta, tão rapidamente quanto a cautela necessária poderia permitir. Catherine, no entanto, manteve-se ao seu lado e segurou firme no braço da amiga, para não se perder dela de forma alguma.

Para a surpresa de Catherine, avançar pelo salão não era o meio de se desvencilhar da multidão. Esta parecia, ao contrário, aumentar à medida que avançavam, ao passo que havia imaginado que, depois de entrarem, seria fácil encontrar cadeiras e assistir às danças com perfeita conveniência. Porém isso estava longe de ser o caso, e embora, por incansável esforço, elas tivessem conseguido chegar ao topo do salão, a situação delas era a mesma. Não viram nada dos dançarinos, apenas as altas penas de algumas das damas. Ainda assim, elas seguiram em frente, algo melhor ainda estava à vista e, por um esforço contínuo e engenhosidade, chegaram finalmente na passagem atrás do banco mais alto. Ali havia uma multidão um pouco menor do que embaixo e, portanto, Catherine tinha uma visão de toda a festa e de todos os perigos de sua recente passagem por ela.

Era uma visão esplêndida, e Catherine começou, pela primeira vez naquela noite, a se sentir em um baile: queria dançar, mas não tinha nenhum conhecido no salão. A senhora Allen fez tudo o que podia nesse caso, dizendo muito placidamente, de vez em quando: "Queria que você pudesse dançar, minha querida e queria que conseguisse um parceiro". Por algum tempo, sua jovem amiga sentiu-se agradecida por esses desejos, mas eles eram repetidos com tanta frequência, e provaram ser tão ineficazes, que Catherine se cansou por fim e parou de agradecer.

Não conseguiram, no entanto, desfrutar do repouso da eminência que tinham conquistado com tanto esforço. Logo todo mundo estava indo para o chá e elas tiveram de se espremer como os demais. Catherine começou a sentir um certo desapontamento, estava cansada de ser continuamente imprensada contra pessoas cuja aparência não lhe despertava o interesse. Além disso, não conhecia ninguém, assim não podia aliviar o cansaço da prisão trocando uma palavra com qualquer de seus companheiros cativos. Quando finalmente chegou ao salão de chá, sentiu ainda mais o constrangimento de não ter nenhum grupo ao qual se juntar, nenhum conhecido a chamar, nenhum cavalheiro para ajudá-la. Elas não viram o senhor Allen e, depois de procurar em vão por uma situação melhor, foram obrigadas a se sentar na ponta de uma mesa na qual já havia um grande grupo, sem ter nada para fazer, ou com quem conversar, exceto uma com a outra.

A senhora Allen congratulou-se, assim que se sentaram, por ter evitado algo de ruim com seu vestido.

– Teria sido muito chocante se ele tivesse se rasgado, não é mesmo? – disse ela. – É uma musselina tão delicada. De minha parte, não vi nada de que goste tanto em todo o salão, posso assegurar.

– Como é desconfortável não ter nenhum conhecido aqui! – sussurrou Catherine.

– Sim, minha querida, é muito desconfortável mesmo – respondeu a senhora Allen, com perfeita serenidade.

– O que devemos fazer? Os cavalheiros e as damas desta mesa parecem estar se perguntando por que viemos para cá. Parece que estamos forçando a entrada no grupo deles.

– Sim, é o que estamos fazendo. Isso é muito desagradável. Gostaria que tivéssemos muitos conhecidos aqui.

– Gostaria que tivéssemos algum, seria alguém com quem conversar.

– Muito certo, minha querida, e se conhecêssemos alguém, nos juntaríamos a eles imediatamente. Os Skinner estiveram aqui no ano passado, queria que estivessem aqui agora.

– Não é melhor irmos embora? Aqui não há xícaras de chá para nós, a senhora está vendo.

– Não há mais, de fato. Que aborrecido! Mas acho que é melhor ficarmos sentadas, pois ficamos tão abaladas nessa multidão! Como está minha cabeça, minha querida? Alguém me deu um empurrão que deve ter desarrumado meu penteado.

– Não, de fato, ele está muito bem. Mas, querida senhora Allen, tem certeza de que não há ninguém que conheça em toda essa multidão de pessoas? Acho que a senhora deve conhecer alguém.

– Não conheço, dou minha palavra, gostaria de conhecer. Gostaria de ter muitos conhecidos aqui, de todo o meu coração, então poderia apresentá-la a alguém. Ficaria tão feliz em vê-la dançando. Lá vai uma mulher de aparência estranha! Que vestido estranho ela está usando! Como é antiquado! Olha para as costas.

Depois de algum tempo, um de seus vizinhos ofereceu-lhes chá. Foi aceito e isso introduziu uma leve conversa com o cavalheiro que havia oferecido, que foi a única vez que alguém falou com elas durante a noite, até que o senhor Allen as encontrou quando o baile acabou.

– Bem, senhorita Morland, espero que tenha se divertido no baile – disse ele.

– Muito agradável, realmente – ela respondeu, tentando em vão esconder um grande bocejo.

– Gostaria que ela tivesse dançado – disse sua esposa. – Queria conseguir um parceiro para ela. Disse várias vezes como estaria feliz se os Skinner estivessem aqui neste inverno como no último. Ou se os Parry tivessem vindo como falaram uma vez, ela poderia ter dançado com George Parry. Fiquei tão triste por ela não ter um parceiro!

– Vai ser melhor outra noite, espero – foi o consolo do senhor Allen.

A multidão começou a se dispersar quando o baile acabou, o suficiente para deixar espaço para que o restante pudesse andar melhor. E agora era a vez da heroína, que ainda não tinha desempenhado um papel muito distinto nos eventos da noite, ser notada e admirada. A cada cinco minutos, com a multidão cada vez menor, eram mais visíveis seus encantos. Ela agora era observada por muitos jovens que não estavam perto dela antes. Nenhum deles, no entanto, começou a contemplá-la com arrebatamento, nenhum sussurro de ansiosa investigação percorreu a sala, nem ela foi chamada de divindade por ninguém. Contudo, Catherine tinha uma aparência ótima, e se os participantes do baile a tivessem visto apenas três anos antes, agora a teriam considerado incrivelmente bonita.

Catherine era observada, no entanto, e com alguma admiração. Ela mesma ouviu dois cavalheiros afirmarem que era uma moça bonita. Tais palavras tiveram seu efeito. Imediatamente pensou que a noite estava sendo mais agradável do que antes, pois sua humilde vaidade estava satisfeita, sentia-se mais grata aos dois jovens por esse elogio simples do que uma heroína de verdade teria sentido por 15 sonetos celebrando seus encantos e foi para sua cadeira de bom humor com todos e perfeitamente satisfeita com sua parcela de atenção.

Capítulo 3

Todas as manhãs agora tinham suas obrigações regulares, lojas que deviam ser visitadas, alguma nova parte da cidade a ser conhecida; e Catherine e a senhora Allen deviam passear pelo Salão das Águas[1], onde desfilavam por uma hora, olhando para todo mundo e sem falar com ninguém. O desejo de ter muitos conhecidos em Bath era ainda maior na senhora Allen, e ela repetia isso depois de todas as manhãs, quando ficava provado que não conhecia ninguém.

Elas apareceram nos Salões Inferiores e aqui a fortuna foi mais favorável à nossa heroína. O mestre das cerimônias apresentou-a a um jovem muito cavalheiro para ser seu parceiro de dança. Seu nome era Tilney. Parecia ter uns 24 ou 25 anos, era bastante alto, tinha uma fisionomia agradável, um olhar muito inteligente e vivaz e, se não era muito bonito, estava perto disso. Ele era gentil e Catherine sentiu-se com sorte. Não falaram muito enquanto dançavam, mas quando estavam sentados para o chá, ela o achou tão agradável quanto tinha imaginado que seria.

Tilney falava com desembaraço e humor, além de uma desenvoltura e uma gentileza em suas maneiras que eram interessantes, embora ela entendesse pouco disso. Depois de conversarem algum tempo sobre assuntos inspirados naturalmente por tudo que os rodeava, ele de súbito falou:

---

1. *Pump Room*, no original. Local onde a elite de Bath ia beber as famosas águas termais da cidade. (N.T.)

– Até agora tenho sido muito negligente, senhorita, nas atenções apropriadas de um parceiro. Ainda não lhe perguntei há quanto tempo está em Bath, se já esteve aqui antes, se esteve nos Salões Superiores, no teatro e no concerto. E o que acha do lugar. Fui muito negligente, mas a senhorita poderia satisfazer a minha curiosidade? Se puder, vou começar as perguntas.

– Não precisa se dar a esse trabalho, senhor.

– Não é nenhum trabalho, garanto, senhorita.

Em seguida, com um sorriso e suavemente afetando a voz, acrescentou, com um ar simpático:

– Está há muito tempo em Bath, senhorita?

– Cerca de uma semana, senhor – respondeu Catherine, tentando não rir.

– Realmente! – Respondeu com espanto afetado.

– Por que ficaria surpreso, senhor?

– Por quê, de fato! – disse ele, em seu tom natural. – Mas alguma emoção parece ter surgido pela sua resposta, a surpresa é mais facilmente assumida e não menos razoável do que qualquer outra. Agora vamos continuar. Nunca esteve aqui antes, senhorita?

– Nunca, senhor.

– De fato! Já deu a honra de sua presença aos Salões Superiores?

– Sim, senhor, estive lá na segunda-feira passada.

– Já foi ao teatro?

– Sim, senhor, fui à peça na terça-feira.

– Ao concerto?

– Sim, senhor, na quarta-feira.

– E está satisfeita com Bath?

– Sim, gosto muito daqui.

– Agora devo dar um sorriso e então podemos ser racionais novamente. – Catherine virou a cabeça, sem saber se poderia se arriscar a rir.

– Vejo o que pensa de mim – disse ele sério. – Serei um personagem pobre em seu diário amanhã.

– Meu diário!

– Sim, eu sei exatamente o que vai dizer: "Sexta-feira, fui para os Salões Inferiores, estava usando meu vestido de musselina com toques azuis, sapatos pretos lisos, tudo caía muito bem em mim, mas fui estranhamente assediada por um homem esquisito e meio idiota, que me obrigava a dançar com ele e me angustiava com suas tolices".

– Na verdade, eu não direi tal coisa.

– Devo lhe dizer o que deve dizer?

– Adoraria.

– "Dancei com um jovem muito agradável, apresentado pelo senhor King. Conversei muito com ele, parece um gênio extraordinário, espero conhecê-lo mais". Isso, madame, é o que desejo que escreva.

– Mas talvez eu não tenha nenhum diário.

– Talvez a senhorita não esteja sentada nesta sala e eu não esteja sentado ao seu lado. São pontos nos quais uma dúvida é igualmente possível. Não escrever um diário! Como suas primas ausentes poderão entender o curso de sua vida em Bath sem um? Como as civilidades e os elogios de todos os dias são relatados do modo como deveriam, a menos que sejam anotados todas as noites em um diário? Como seus vários vestidos serão lembrados, e o estado particular de sua aparência, e os cachos de seu cabelo serão descritos em todas as suas diversidades, sem o recurso constante de um diário? Minha querida senhorita, não sou tão ignorante quanto às maneiras das moças como quer acreditar. É esse delicioso hábito de fazer o registro em diário que contribui em grande parte para a criação do estilo fácil de escrever pelo qual as damas geralmente são celebradas. Todo mundo concorda que o talento de escrever cartas agradáveis é algo peculiarmente feminino. A natureza pode ter feito alguma coisa, mas tenho certeza de que deve ser essencialmente ajudada pela prática de manter um diário.

– Às vezes penso – disse Catherine, duvidando – se as senhoras escrevem cartas muito melhores que os cavalheiros! Isto é, não penso que a superioridade esteja sempre do nosso lado.

– Até onde tive oportunidade de julgar, parece que o estilo usual de escrever cartas entre as mulheres é impecável, exceto em três particularidades.

– E quais são elas?

– Uma deficiência geral de assunto, uma total falta de atenção aos pontos e uma ignorância muito frequente da gramática.

– É mesmo?! Neste caso, não preciso ter medo de recusar o elogio. O senhor não pensa muito bem de nós nesse sentido.

– Não deveria estabelecer como regra geral que as mulheres escrevem cartas melhores que os homens, que cantem duetos melhores ou desenhem paisagens melhores. Em todas as habilidades nas quais o bom gosto é a base, a excelência está bastante dividida entre os sexos.

Eles foram interrompidos pela senhora Allen:

– Minha querida Catherine, tire esse alfinete da minha manga – disse ela. – Receio que já tenha feito um furo. Ficarei muito triste se tiver rasgado, pois este é meu vestido favorito, apesar de custar apenas nove xelins por metro.

– É exatamente o que pensei, senhora – disse o senhor Tilney, olhando para a musselina.

– Entende de musselina, senhor?

– Muito bem. Sempre compro minhas próprias gravatas e posso ser um excelente juiz. E minha irmã muitas vezes confiou em mim na escolha de um vestido. Comprei um para ela outro dia e foi visto como uma excelente compra por toda mulher que o viu. Paguei apenas cinco xelins por metro de uma verdadeira musselina indiana.

A senhora Allen ficou bastante impressionada com seu gênio.

– Os homens geralmente notam tão pouco essas coisas. Nunca consigo fazer o senhor Allen reparar em nenhum dos meus vestidos. O senhor deve ser um grande conforto para sua irmã, senhor – disse ela.

– Espero que sim, madame.

– E diga, senhor, o que acha do vestido da senhorita Morland?

– É muito bonito, senhora – disse ele, examinando seriamente. – Mas não acho que vá ficar bem depois de lavar. Receio que vá se desgastar.

– Como o senhor pode – disse Catherine, rindo – ser tão... – Ela quase falou "estranho".

– Concordo muito com sua opinião, senhor – respondeu a senhora Allen. – E assim disse à senhorita Morland quando ela o comprou.

– Mas então a senhora sabe, a musselina sempre pode ser usada em alguma coisa ou outra. A senhorita Morland terá o suficiente para um lenço, um chapéu ou um manto. A musselina nunca é desperdiçada.

Ouvi a minha irmã dizer isso 40 vezes, quando foi extravagante e comprou mais do que queria, ou descuidada ao cortá-la em pedaços.

– Bath é um lugar encantador, senhor. Há muitas boas lojas aqui. É muito triste no campo. Não que não tenhamos lojas muito boas em Salisbury, mas é muito longe. Treze quilômetros é um longo caminho. O senhor Allen diz que são 15, mas tenho certeza de que não pode ser mais do que 13. E é muito trabalho, volto cansada demais. Agora, aqui, pode-se sair de casa e conseguir algo em cinco minutos.

O senhor Tilney era educado o bastante para parecer interessado no que ela estava dizendo, e o assunto da musselina continuou até a dança recomeçar. Catherine teve medo, enquanto ouvia o discurso deles, que o rapaz se divertia um pouco com as frivolidades dos outros.

– O que a senhorita está pensando tão seriamente? – perguntou ele, enquanto voltavam para o salão de baile. – Não em seu parceiro, espero, pois, com aquele balançar de cabeça, suas meditações não são satisfatórias.

Catherine ficou vermelha e disse:

– Eu não estava pensando em nada.

– Isso é engenhoso e profundo, mas prefiro que me diga que não vai me contar.

– Bem, então não vou contar.

– Obrigado. Pois agora seremos logo amigos, já que estou autorizado a provocá-la sobre esse assunto sempre que nos encontrarmos, e nada no mundo promove tanto a intimidade.

Eles dançaram novamente e, quando a festa terminou, separaram-se com, pelo menos do lado da dama, uma forte inclinação para continuar a amizade. Se ela pensou muito nele, enquanto bebia o seu vinho com água e se preparava para dormir, ou se sonhou com ele quando já estava deitada, não pode ser averiguado. Mas espero que não tenha sido mais do que um leve sono ou no máximo um cochilo matinal, pois, se é verdade, como um célebre escritor sustentou, que nenhuma jovem pode ser justificada ao se apaixonar antes que o amor do cavalheiro seja declarado, deve ser muito impróprio que uma jovem sonhe com um cavalheiro antes de saber que este sonhou primeiro com ela.

Que tipo de sonhador ou enamorado o senhor Tilney poderia ser o senhor Allen ainda não havia decidido, mas ele não era censurável como amigo da jovem sob a sua proteção. Tinha ficado satisfeito com a investigação feita. Pois, no começo da noite, ele se esforçou para saber quem era o parceiro dela, e lhe foi assegurado que o senhor Tilney era um clérigo e de uma família muito respeitável em Gloucestershire.

Capítulo 4

Com mais ansiedade do que a habitual, Catherine se apressou para ir ao Salão das Águas no dia seguinte, certa de que veria o senhor Tilney ali antes que a manhã terminasse, e estava pronta para encontrá-lo com um sorriso, mas isso não foi necessário, pois o senhor Tilney não apareceu. Todos em Bath, exceto ele, poderiam ser vistos no salão em diferentes períodos do dia. Multidões estavam a todo momento entrando e saindo, subindo e descendo as escadarias. Pessoas que não importavam e ninguém queria ver. Só ele estava ausente.

– Que lugar maravilhoso é Bath – disse a senhora Allen sentando-se perto do grande relógio, depois de desfilarem pelo salão até se cansarem. – E como seria agradável se tivéssemos algum conhecido aqui.

Esse desejo fora pronunciado tantas vezes em vão que a senhora Allen não tinha nenhuma razão especial para esperar que tivesse algum resultado agora. Mas já disseram que "não devíamos nos desesperar, pois poderíamos obter", e que o "zelo incansável nos leva a ganhar", e o zelo incansável com o qual ela desejava todos os dias a mesma coisa por fim teria sua justa recompensa, pois mal tinha se sentado por dez minutos quando uma senhora mais ou menos da sua idade, sentada ao seu lado, olhou-a atentamente por vários minutos e acabou se dirigindo a ela com grande gentileza com estas palavras:

– Acho, senhora, que não posso estar enganada. Já faz muito tempo desde que tive o prazer de vê-la, mas seu nome não é Allen?

Depois de respondida a pergunta, como devia ser, a estranha declarou que o dela era Thorpe. E a senhora Allen imediatamente reconheceu uma ex-colega de escola e amiga íntima, que só tinha encontrado uma vez desde seus respectivos casamentos, há muitos anos. A alegria delas nesse encontro foi muito grande, como se poderia imaginar, já que não sabiam nada uma da outra nos últimos quinze anos. Cumprimentos sobre a boa aparência foram feitos e, depois de observar como o tempo passou desde a última vez que estiveram juntas, como nunca tinham pensado em se encontrar em Bath, e que prazer era rever uma velha amiga, começaram a fazer perguntas e contar sobre famílias, irmãs e primos, falando as duas ao mesmo tempo, muito mais dispostas a dar do que receber informações, e cada uma ouvindo muito pouco do que a outra dizia. A senhora Thorpe, no entanto, tinha uma grande vantagem como faladora sobre a senhora Allen, por ter filhos. E quando discorria sobre os talentos dos filhos e a beleza das filhas, quando relatava suas diferentes situações e pontos de vista, que John estava em Oxford, Edward na escola Merchant Taylors e William na Marinha e todos eles eram muito mais queridos e respeitados em suas diferentes posições do que qualquer outro ser que já existiu, a senhora Allen não tinha informações parecidas para dar, nenhum triunfo similar para pressionar o ouvido indisposto e incrédulo da amiga, e foi forçada a se sentar e fingir ouvir todas essas efusões maternas, consolando-se, no entanto, com a descoberta, que seu olho aguçado logo fez, de que a renda do casaco da senhora Thorpe não era tão bonita quanto a sua.

– Aqui vêm minhas queridas meninas – exclamou a senhora Thorpe, apontando para três garotas elegantes que, de braços dados, se aproximavam dela. – Minha querida senhora Allen, quero muito apresentá-las. Elas ficarão tão felizes em conhecê-la. A mais alta é Isabella, minha mais velha, não é uma linda moça? As outras são muito admiradas também, mas acredito que Isabella é a mais bonita.

As senhoritas Thorpe foram apresentadas, assim como a senhorita Morland, que havia sido esquecida por um curto período. O sobrenome pareceu deixar todas espantadas e, depois de falar com ela com grande educação, a filha mais velha observou em voz alta para o resto:

– Como a senhorita Morland é incrivelmente parecida com o irmão!

– A própria imagem dele, de fato! – exclamou a mãe. E "eu a reconheceria em qualquer lugar como irmã dele!", foi repetido por todos, duas ou três vezes. Por um momento, Catherine ficou surpresa, mas a senhora Thorpe e suas filhas mal haviam começado a contar a história da amizade com o senhor James Morland quando ela se lembrou de que o irmão mais velho tinha ficado amigo na faculdade de um jovem chamado Thorpe, e que tinha passado a última semana das férias de Natal com a família do amigo, perto de Londres.

Tudo sendo explicado, muitas gentilezas foram ditas pelas senhoritas Thorpe, que afirmaram o desejo de conhecer melhor Catherine e que já podiam se considerar amigas, devido à amizade de seus irmãos. Catherine ouviu com prazer e respondeu com todas as expressões gentis que conhecia. Como primeira prova de amizade, logo foi convidada a aceitar um braço da senhorita Thorpe mais velha e dar uma volta com ela pelo salão. Catherine ficou encantada com esse crescimento das amizades em Bath e quase esqueceu o senhor Tilney enquanto conversava com a senhorita Thorpe. A amizade é certamente o melhor bálsamo para as dores do amor frustrado.

A conversa passou a girar em torno de assuntos cuja discussão geralmente leva ao aumento da intimidade entre duas jovens damas: roupas, bailes, flertes e outras perguntas. No entanto, a senhorita Thorpe, sendo quatro anos mais velha do que a senhorita Morland, e pelo menos quatro anos mais informada, tinha uma vantagem muito decisiva na discussão de tais pontos. Ela podia comparar os bailes de Bath com os de Tunbridge, as modas com a de Londres, retificar as opiniões de sua nova amiga em relação a artigos de bom gosto, descobrir um flerte entre qualquer cavalheiro e dama que apenas sorriam um para o outro, e apontar alguém estranho no meio de uma multidão.

Esses poderes receberam a devida admiração de Catherine, a quem eram inteiramente novos, e o respeito que naturalmente inspiravam poderia ter sido grande demais para criar uma amizade, se a alegria fácil das maneiras da senhorita Thorpe, e suas frequentes expressões de prazer com essa amizade, não suavizassem cada sentimento de reverência e não deixassem nada além de terno carinho. O crescente apego delas não poderia ser satisfeito com meia dúzia de giros no Salão das Águas, mas exigia, quando todos se separassem, que a senhorita Thorpe acompanhasse a senhorita Morland até a porta da casa do senhor Allen, e que elas se separassem com um aperto de mão muito afetuoso e prolongado, depois de descobrirem, para mútuo alívio, que iriam se encontrar no teatro à noite, e fariam suas orações na mesma capela na manhã seguinte. Catherine correu para o andar de cima e observou da janela da sala de visitas como a senhorita Thorpe se afastava pela rua. Admirou o espírito gracioso de sua caminhada, o ar elegante de sua figura e de seu vestido, e sentiu-se grata, também, pela oportunidade de conseguir tal amiga.

A senhora Thorpe era viúva e não muito rica. Era uma mulher bem-humorada e bem-intencionada, e uma mãe muito indulgente. Sua filha mais velha era muito bela, e as mais jovens, fingindo ser tão bonitas quanto a irmã, imitando seu ar e vestindo-se no mesmo estilo, se saíam muito bem.

Este breve relato da família tem o objetivo de substituir a necessidade de um longo e minucioso relatório detalhado da própria senhora Thorpe, de suas aventuras e sofrimentos passados, que de outro modo poderiam ocupar os próximos três ou quatro capítulos. Nos quais a inutilidade de lordes e advogados poderia ser analisada e as conversas que tinham acontecido 20 anos antes seriam minuciosamente repetidas.

Capítulo 5

Catherine não estava tão envolvida no teatro naquela noite, ao retribuir os acenos e sorrisos da senhorita Thorpe, a ponto de esquecer de procurar, com um olhar indagador, o senhor Tilney em todos os cantos que seus olhos poderiam chegar, mas procurou em vão. O senhor Tilney parecia não gostar da peça tanto quanto não gostava do Salão das Águas. Ela esperava ter mais sorte no dia seguinte, e quando seus desejos por um bom tempo foram atendidos ao ver uma linda manhã, ela não teve dúvida disso. Um belo domingo em Bath esvazia todas as casas de seus habitantes, e todo mundo aparece em tal ocasião para caminhar e afirmar a seus conhecidos que é um dia encantador.

Assim que o serviço religioso terminou, os Thorpe e os Allen se reuniram com entusiasmo, e depois de ficar tempo suficiente no Salão das Águas para descobrir que a multidão era insuportável e que não havia um rosto amigo a ser visto, o que todo mundo descobre todos os domingos durante toda a temporada, eles se apressaram para o Crescent, para respirar o ar fresco de uma melhor companhia. Aqui Catherine e Isabella, de braços dados, experimentaram novamente a doçura da amizade em uma conversa sem reservas. Elas conversaram muito e com muito prazer, mas novamente Catherine terminou desapontada em sua esperança de reencontrar seu parceiro. Ele não foi encontrado em nenhum lugar. Toda busca foi igualmente malsucedida, nos salões da manhã ou nos encontros noturnos. Nem nos Salões Superior ou Inferior, em bailes de gala ou informais, ele foi visto. Nem entre os caminhantes, os cavaleiros ou condutores das carruagens matinais. O nome dele não estava no livro do Salão das Águas e a curiosidade não poderia ser maior. Ele deveria ter ido embora de Bath. No entanto, não havia mencionado que sua permanência seria tão curta! Esse tipo de mistério, que está sempre presente na história de uma heroína, lançou uma nova graça na imaginação de Catherine em torno da pessoa e das suas maneiras, aumentando sua ansiedade para saber mais sobre o rapaz.

As Thorpe não poderiam ajudar, pois estavam há apenas dois dias em Bath antes de se encontrarem com a senhora Allen. Era um assunto, no entanto, que ela muitas vezes comentou com sua nova amiga, de quem recebia todo encorajamento possível para continuar a pensar nele. E a impressão do rapaz na imaginação dela, portanto, não se apagou. Isabella tinha certeza de que ele devia ser um jovem charmoso, e estava igualmente certa de que devia estar impressionado com sua querida Catherine, e, portanto, logo estaria de volta. Ela gostava ainda mais que ele fosse clérigo, "porque ela deve confessar que gosta muito dessa *profissão*", e algo como um suspiro escapou quando disse isso. Talvez Catherine estivesse errada em não perguntar a causa daquela gentil emoção, mas ela não era experiente o suficiente na delicadeza do amor, ou nos deveres da amizade, para saber quando uma delicada zombaria era apropriada ou quando uma confiança deveria ser forçada.

A senhora Allen estava bastante feliz e satisfeita com Bath. Ela havia encontrado alguém conhecido, tinha tido a sorte de encontrar neles a família de uma velha e digna amiga e, para completar sua sorte, havia encontrado uma amiga que não se vestia tão bem quanto ela. Suas expressões diárias não eram mais: "Eu gostaria que tivéssemos algum conhecido em Bath!" Mudaram para: "Que bom que encontrei a senhora Thorpe!" E ela estava tão ansiosa em promover o intercâmbio das duas famílias quanto a jovem a seu cargo e Isabella poderiam estar. Ela nunca estava satisfeita com o dia, a menos que passasse a maior parte dele ao lado da senhora Thorpe, naquilo que chamavam de conversa, mas na qual raramente havia qualquer troca de opiniões, e não muitas vezes qualquer coisa que se assemelhasse a um assunto, pois a senhora Thorpe falava principalmente de seus filhos, e a senhora Allen, de seus vestidos.

O progresso da amizade entre Catherine e Isabella foi rápido, pois seu início foi caloroso, e elas passaram tão rapidamente através de cada grau de crescente ternura que não havia, resumindo, nenhuma nova prova a ser dada da amizade que sentiam. Elas se chamavam pelo primeiro nome, estavam sempre de braços dados quando caminhavam, prendiam a cauda do vestido uma da outra na hora do baile e não se afastavam enquanto dançavam. E se uma manhã chuvosa as privasse de outros prazeres, elas ainda estavam decididas a se reunir desafiando a umidade e a lama, e se trancavam para ler romances juntas.

Sim, romances, pois não adotarei aquele costume pouco generoso e pouco educado, tão comum entre os romancistas, de diminuir, pela censura desdenhosa, seu próprio trabalho, a cujo número eles mesmos estão se somando, juntando-se a seus maiores inimigos na concessão dos mais duros epítetos sobre tais obras. E quase nunca permitindo que sejam lidas por sua própria heroína, que, se acidentalmente pega um romance, certamente folheará suas páginas insípidas com nojo. Ai de mim! Se a heroína de um romance não é condescendente com a heroína de outro, de quem ela pode esperar proteção e consideração? Não posso aprovar isso. Deixemos que os críticos abusem de tais efusões de fantasia a seu bel-prazer, e que falem sobre cada novo romance com as melodias surradas do lixo que a imprensa agora usa. Não nos abandonemos, somos um corpo ferido. Embora nossas produções tenham proporcionado prazeres mais extensos e verdadeiros do que as de qualquer outra corporação literária do mundo, nenhuma espécie de composição foi tão condenada. Movidos por orgulho, ignorância ou moda, nossos inimigos são quase tão numerosos quanto nossos leitores. E, enquanto as habilidades do nongentésimo condensador da História da Inglaterra, ou do homem que coleciona e publica em um volume algumas dúzias de linhas de Milton, Pope e Prior, com um artigo do *Spectator* e um capítulo de Sterne, são elogiados por mil canetas, parece haver quase um desejo geral de condenar a capacidade e desvalorizar o trabalho do romancista, além de desprezar os desempenhos que têm apenas genialidade, inteligência e bom gosto para recomendá-los. "Não sou leitor de romances. Raramente presto atenção em romances. Não pense que leio romances com frequências. É realmente muito bom para um romance." Tal é o canto comum. "E o que está lendo, senhorita...? Oh! É apenas um romance!", responde a jovem, enquanto larga o livro com indiferença afetada ou vergonha momentânea. "É apenas *Cecilia*, ou *Camilla* ou *Belinda*", ou, resumindo, apenas algum trabalho no qual os maiores poderes da mente são exibidos, nos quais o mais completo conhecimento da natureza humana, o mais feliz delineamento de suas variedades, as mais vivas efusões de gênio e humor são transmitidas ao mundo na melhor linguagem escolhida. Agora, se a mesma moça estivesse com um volume do *Spectator*, em vez de um trabalho como esse, com que orgulho teria mostrado o livro e dito seu nome. Embora sejam poucas as chances de que ela esteja ocupada com qualquer parte daquela volumosa publicação, da qual tanto o assunto quanto o estilo não desgostariam uma jovem de bom gosto: a substância de suas páginas tão frequentemente consistindo na declaração de circunstâncias improváveis, personagens irreais e tópicos de conversação que já não interessam a ninguém vivo. E sua linguagem também, frequentemente tão grosseira a ponto de surpreender que fosse tolerada.

Capítulo 6

A seguinte conversa, que aconteceu entre as duas amigas no Salão das Águas uma manhã, após oito ou nove dias de amizade, é apresentada como um exemplo do apego caloroso das duas, e da delicadeza, da discrição, da originalidade de pensamento e do gosto literário que marcou a sensatez desse apego.

Elas marcaram um encontro e, como Isabella chegou quase cinco minutos antes da amiga, a primeira coisa que disse a ela foi:

– Minha querida criatura, por que chegou tão tarde? Estou esperando por você há uma eternidade!

– É mesmo! Sinto muito por isso, mas realmente achei que estava na hora certa. Ainda é uma. Você está aqui há muito tempo?

– Oh! Há dez eras, pelo menos. Tenho certeza de que estou aqui há meia hora. Mas, agora, vamos nos sentar do outro lado do salão e nos divertir. Tenho uma centena de coisas para falar com você. Em primeiro lugar, estava com tanto medo de que chovesse esta manhã, bem quando eu ia sair. Parecia muito chuvoso, e isso teria me dado muita agonia! Sabe, vi o chapéu mais bonito que se pode imaginar, em uma vitrine na rua Milsom agora há pouco – muito parecido com o seu, apenas com fitas vermelho-papoula em vez de verde. Quero muito comprá-lo. Mas, minha querida Catherine, o que fez esta manhã toda? Continuou com o *Udolpho*?

— Sim, estou lendo desde que acordei e cheguei ao véu negro.

— É mesmo? Que maravilhoso! Oh! Eu não diria o que está por trás do véu negro por nada desse mundo! Não está louca por saber?

— Oh! Sim, bastante. O que pode ser? Mas não me diga, não quero que me diga. Sei que deve ser um esqueleto, tenho certeza de que é o esqueleto da Laurentina. Oh! Estou adorando o livro! Gostaria de passar toda a minha vida com ele nas mãos. Asseguro que, se não fosse para nos encontrarmos, não teria me afastado dele por nada do mundo.

— Querida criança! Quanto sou grata a você e, quando terminar *Udolpho*, vamos ler *O italiano* juntas. Fiz uma lista de 10 ou 12 outros livros do mesmo tipo.

— É mesmo? Como estou feliz! Quais são eles?

— Vou ler seus nomes, aqui estão eles, no meu bolso. *Castle of Wolfenbach, Clermont, Mysterious Warnings, Necromancer of the Black Forest, Midnight Bell, Orphan of the Rhine e Horrid Mysteries*[2]. Eles vão nos tomar algum tempo.

— Sim, muito bem, mas são todos aterrorizantes, tem certeza de que são todos aterrorizantes?

— Sim, tenho certeza. Pois uma amiga próxima, a senhorita Andrews, uma doce menina, uma das criaturas mais doces do mundo, leu todos eles. Gostaria que você conhecesse a senhorita Andrews, ficaria encantada com ela. Ela está fazendo o manto mais doce que se pode imaginar. Eu acho que ela é linda como um anjo e estou tão irritada com os homens por não a admirarem! Eu repreendo todos eles por isso.

— Repreendê-los! Você os repreende por não a admirarem?

— Sim, eu faço isso. Não há nada que eu não faria por aqueles que são realmente meus amigos. Não tenho como amar as pessoas pela metade. Não é minha natureza. Minhas amizades são sempre excessivamente fortes. Disse ao capitão Hunt, em um de nossos encontros neste inverno, que se ele me provocasse a noite toda, eu não dançaria com ele, a menos que concordasse que a senhorita Andrews era

---

[2] Castelo de Wolfenbach, Avisos misteriosos, Necromante da Floresta Negra, Sino da Meia-noite, Órfão do Reno e Mistérios Horripilantes. (N.E.)

tão bonita quanto um anjo. Os homens nos acham incapazes de uma verdadeira amizade, sabe, e estou determinada a mostrar que não é assim. Se eu ouvisse alguém comentar a seu respeito com desprezo, explodiria no ato, mas isso não é nada provável, pois você é o tipo de garota que tem tudo para ser uma grande favorita dos homens.

– Oh, querida! Como é que você pode dizer uma coisa dessas? – exclamou Catherine, enrubescendo.

– Eu a conheço muito bem. É muito animada, que é exatamente o que falta na senhorita Andrews, pois devo confessar que há algo incrivelmente insípido nela. Oh! Devo dizer que, logo depois que nos separamos ontem, vi um jovem olhando-a com tanta intensidade, tenho certeza de que ele está apaixonado por você.

Catherine ficou vermelha e negou novamente. Isabella riu.

– É verdade, juro pela minha honra, mas estou vendo, você é indiferente à admiração de todos, exceto à daquele cavalheiro, que não devemos nomear. Não, não posso culpá-la.

Falando mais seriamente:

– Seus sentimentos são facilmente compreensíveis. Onde o coração está realmente apegado, sei muito bem que não é possível satisfazê-lo com a atenção de qualquer outra pessoa. Tudo é tão insípido, tão desinteressante, se não se relacionar com o objeto amado! Posso compreender perfeitamente seus sentimentos.

– Mas não deve me convencer a pensar muito no senhor Tilney, porque talvez eu nunca mais o veja.

– Não vai vê-lo de novo! Minha querida criança, não fale isso. Tenho certeza de que ficaria muito infeliz se pensasse assim!

– Não, de fato, eu não deveria. Não vou fingir que não fiquei muito satisfeita com ele, mas enquanto tiver *Udolpho* para ler, sinto como se ninguém pudesse me deixar infeliz. Oh! O terrível véu negro! Minha querida Isabella, tenho certeza de que o esqueleto da Laurentina deve estar por trás dele.

– É tão estranho para mim que você nunca tenha lido *Udolpho* antes, mas suponho que a senhora Morland se opõe aos romances.

— Não, ela não se opõe. Frequentemente lê *sir* Charles Grandison, mas não chegam muitos livros novos.

— *Sir* Charles Grandison! Esse é um livro aterrorizante, não é? Lembro que a senhorita Andrews não conseguiu passar do primeiro volume.

— Não é como *Udolpho*, de jeito nenhum. Mas ainda assim acho muito divertido.

— É mesmo! Você me surpreende. Pensei que fosse impossível de ler. Mas, minha querida Catherine, já resolveu que chapéu vai usar hoje à noite? Estou determinada em todos os eventos a estar vestida exatamente como você. Os homens percebem isso às vezes, sabe?

— Mas isso não significa nada – disse Catherine, muito inocentemente.

— Significar! Céus! Minha regra é nunca me importar com o que eles dizem. Eles são muitas vezes impertinentes em excesso se você não os trata com espírito e exige que se mantenham a distância.

— São? Bom, eu nunca percebi isso. Sempre se comportam muito bem comigo.

— Oh! Eles se dão tais ares. São as criaturas mais vaidosas do mundo e se acham muito importantes! A propósito, embora eu tenha pensado nisso centenas de vezes, sempre esqueci de perguntar qual é a sua tez favorita em um homem. Você gosta deles mais morenos ou claros?

— Não tenho ideia. Nunca pensei nisso. Algo no meio dos dois, acho. Moreno – não claro e... E não muito escuro.

— Muito bem, Catherine. Isso é exatamente ele. Não esqueci sua descrição do senhor Tilney: "uma pele morena, com olhos escuros e cabelos negros". Bem, meu gosto é diferente. Prefiro olhos claros, e em relação à cor da pele, gosto de um pálido mais do que qualquer outra. Você não deve me trair, se algum dia se encontrar com alguém que conheça e que combine com essa descrição.

— Traí-la! Como assim?

— Não, não se aflija. Acho que falei demais. Vamos mudar de assunto.

Catherine, com alguma surpresa, obedeceu, e depois de permanecer alguns momentos em silêncio, estava prestes a voltar ao que mais a interessava naquele momento do que qualquer outra coisa no mundo, o esqueleto de Laurentina, quando a amiga a impediu, dizendo:

– Pelo amor de Deus! Vamos nos afastar deste canto do salão. Sabe, há dois jovens odiosos me encarando há meia hora. Eles realmente estão me deixando desconcertada. Vamos ver as pessoas que estão chegando. Eles não nos seguirão até lá.

Elas foram caminhando para o livro de entrada e, enquanto Isabella examinava os nomes, Catherine tinha o dever de observar o que faziam aqueles jovens alarmantes.

– Eles não estão vindo para cá, estão? Espero que não sejam tão impertinentes e nos sigam. Me avise se estiverem vindo. Estou determinada a não olhar para cima.

Em alguns instantes, Catherine, com um prazer indiferente, assegurou que não precisava mais se sentir desconfortável, pois os cavalheiros tinham acabado de sair do Salão das Águas.

– E para onde eles foram? – perguntou Isabella, virando-se rapidamente. – Um era um jovem muito bonito.

– Eles foram em direção ao pátio da igreja.

– Bem, estou incrivelmente feliz por ter me livrado deles! E agora, o que diz de ir até o Edgar's Buildings comigo e ver meu novo chapéu? Você disse que queria vê-lo.

Catherine concordou prontamente.

– Só que talvez passemos pelos dois jovens – acrescentou ela.

– Oh! Esqueça isso. Se nos apressarmos, passaremos rápido por eles, e estou morrendo de vontade de lhe mostrar meu chapéu.

– Mas, se esperarmos apenas alguns minutos, não haverá perigo de vê-los.

– Sequer os cumprimentarei, lhe asseguro. Não tenho nenhum desejo de tratar os homens com tanto respeito. Essa é a maneira de estragá-los.

Catherine não tinha nada contra esse raciocínio e, portanto, para mostrar a independência da senhorita Thorpe e sua resolução de humilhar o sexo oposto, partiram imediatamente o mais depressa que puderam, em busca dos dois jovens.

Capítulo 7

Caminharam meio minuto pelo pátio do Salão das Águas até o arco, em frente à Union Passage, mas ali precisaram parar. Todo mundo que conhece Bath sabe as dificuldades de atravessar a rua Cheap nesse ponto. É realmente uma rua de natureza muito inoportuna, desafortunadamente conectada com as grandes estradas de Londres e Oxford, e onde fica a principal estalagem da cidade. Nunca passa um dia sem que grupos de senhoras, por mais importantes que sejam suas atividades, estejam em busca de doces, chapéus ou mesmo, como no caso em questão, de jovens rapazes, não fiquem detidas de um lado ou outro por carruagens, cavaleiros ou carroças. Esse mal havia sido constatado e lamentado por Isabella pelo menos três vezes por dia, desde sua chegada em Bath. E agora ela estava fadada a constatar e lamentar mais uma vez, pois no exato momento em que se aproximavam da Union Passage, tendo sob sua vista os dois cavalheiros que estavam caminhando pela multidão e se equilibrando pelas sarjetas desta interessante rua, foram impedidas de atravessá-la pela aproximação de uma carruagem conduzida com toda a impetuosidade no pavimento esburacado por um cocheiro habilidoso que ameaçava, assim, colocar em perigo a própria vida, a de seu companheiro e a de seu cavalo.

– Oh, essas carruagens horríveis! Como eu as detesto – disse Isabella, olhando para cima.

Mas esse ódio, embora justo, foi de curta duração, pois ela olhou novamente e exclamou:

– Que maravilha! O senhor Morland e meu irmão!

– Meu Deus! É o James! – foi dito no mesmo momento por Catherine.

E, quando seus olhos se encontraram com os dele, o cavalo foi imediatamente freado com uma violência que quase o jogou sobre os quadris do animal. O criado desceu e segurou o cavalo enquanto os cavalheiros desceram.

Catherine, para quem esta reunião era totalmente inesperada, recebeu o irmão com o maior prazer, e ele, sendo muito amável e muito ligado a ela, dava todas as provas de sentir igual satisfação. Mas logo os olhos brilhantes da senhorita Thorpe distraíram sua atenção. E voltou-se totalmente a ela com uma mistura de alegria e vergonha que poderia ter indicado a Catherine, se ela fosse mais experiente nos sentimentos das outras pessoas, e menos absorta em si mesma, que o irmão gostava bastante de sua amiga, e a considerava tão bonita quanto ela mesma pensava.

John Thorpe, que enquanto isso estava dando ordens ao empregado sobre os cavalos, logo se juntou a eles, recebendo os cumprimentos devidos. Apesar de ter tocado ligeira e descuidadamente a mão de Isabella, cumprimentou Catherine com reverência. Era um jovem corpulento, de estatura mediana, rosto simples e formas pouco graciosas. Parecia ter medo de ser bonito demais se não se vestisse como um cavalariço e cavalheiro demais se não fosse informal onde deveria ser cortês, e despudorado onde deveria ser informal. Ele tirou o relógio do bolso:

– A quanto acha que estamos de Tetbury, senhorita Morland?

– Não sei qual é a distância, seu irmão disse que eram 35 quilômetros.

– Trinta e cinco! – exclamou Thorpe. – Devem ser no mínimo 40 – Morland protestou, convocou a autoridade de mapas, estalajadeiros e marcos na estrada, mas seu amigo desconsiderou tudo isso, pois tinha um sentido mais apurado de distância.

– Sei que devem ser 40 – disse ele – pelo tempo em que estivemos viajando. Agora é uma e meia. Saímos da estalagem em Tetbury quando o relógio da cidade bateu onze horas e desafio qualquer homem na

Inglaterra a fazer meu cavalo andar a menos de dezesseis quilômetros por hora estando atrelado. Isso faz com que tenham sido exatamente quarenta.

– Errou por uma hora. Eram apenas dez horas quando saímos de Tetbury – disse Morland.

– Dez horas! Eram onze, juro pela minha alma! Contei todas as batidas. Este seu irmão quer me convencer de que perdi meus sentidos, senhorita Morland. Mas olhe para o meu cavalo: já viu um animal tão pronto para a velocidade em sua vida?

O criado acabara de subir na carruagem e estava indo embora.

– Verdadeiro puro sangue! Três horas e meia e apenas 35 quilômetros! Olhe para aquela criatura e diga se é possível.

– Ele parece muito cansado, com certeza.

– Cansado! Ele não mexeu um fio de cabelo até chegarmos à Igreja de Walcot, mas olhe para sua testa. Olhe para seus quartos dianteiros, veja só como se move. Esse cavalo não faz menos de dezesseis quilômetros por hora: amarre suas pernas e mesmo assim ele prosseguirá. O que acha da minha carruagem, senhorita Morland? Confortável, não é? Bonita, construída para a cidade. Não faz nem um mês que a tenho. Foi construída para um pastor, um amigo meu, um companheiro muito bom. Ele andou com ela por algumas semanas, até que, creio eu, preferiu vendê-la. Acontece que eu estava procurando por algo leve assim, embora também estivesse determinado a comprar de outro tipo, mas por acaso encontrei-o na ponte Magdalen, quando estava indo para Oxford, no último semestre: "Ah! Thorpe", disse ele, "você quer comprar uma carruagem como esta? É uma das melhores do tipo, mas estou cansado dela." "Oh! Demônios", disse eu, "falou com o homem certo. Quanto quer por ela?" E quanto acha que ele queria, senhorita Morland?

– Não tenho como adivinhar.

– Boa suspensão, pode ver. Bancos, porta-malas, estojos para espadas, proteção contra a lama, lanternas, molduras prateadas, tudo completo. A fundição é tão boa como se fosse nova, ou melhor. Ele pediu cinquenta guinéus. Fechei diretamente com ele, dei o dinheiro e a carruagem era minha.

– Conheço tão pouco sobre tais coisas que não posso julgar se estava barato ou caro – disse Catherine.

– Nem uma coisa nem outra. Eu poderia ter conseguido por menos, ouso dizer. Mas odeio pechinchar e o pobre Freeman precisava do dinheiro.

– Isso foi muito nobre de sua parte – disse Catherine, muito satisfeita.

– Oh! Com mil demônios, detesto ser miserável se posso ser gentil com um amigo.

Depois perguntou para onde iam as moças e, ao descobrir o destino delas, os cavalheiros decidiram que iam acompanhá-las a Edgar's Buildings e cumprimentar a senhora Thorpe. James e Isabella iam na frente e esta última estava satisfeita com seu destino, muito contente em se esforçar para garantir um agradável passeio àquele que tinha a dupla recomendação de ser amigo de seu irmão e irmão da sua amiga. Tão puros e desinteressados eram seus sentimentos que, embora tenha passado pelos dois jovens grosseiros na rua Milsom, ela estava tão pouco interessada em atrair a atenção que olhou para eles apenas três vezes.

John Thorpe seguiu com Catherine e, após alguns minutos de silêncio, voltou a falar sobre sua carruagem.

– Vai descobrir, no entanto, senhorita Morland, que seria considerado barato por algumas pessoas, pois eu poderia tê-la vendido por dez guinéus a mais no dia seguinte. Jackson, de Oriel, me pediu sessenta de uma só vez. Morland estava comigo.

– Sim – disse Morland, que tinha ouvido. – Mas você esquece que seu cavalo estava incluído.

– Meu cavalo! Oh, diabos! Eu não venderia meu cavalo por cem. Gosta de uma carruagem aberta, senhorita Morland?

– Sim, muito. Quase nunca tive a oportunidade de estar em uma, mas eu particularmente gosto delas.

– Estou feliz por isso. Vou levá-la na minha todos os dias.

– Obrigada – disse Catherine, um pouco angustiada, duvidando se era correto aceitar tal oferta.

– Vou levá-la até Lansdown Hill amanhã.

– Obrigada, mas seu cavalo não precisa descansar?

— Descansar! Ele só cavalgou 35 quilômetros hoje. Tudo besteira, nada arruína os cavalos tanto quanto o descanso, nada os derruba tão cedo. Não, não. Vou exercitar o meu uma média de quatro horas todos os dias enquanto estiver aqui.

— É mesmo? — disse Catherine muito a sério. — Isso significa uns 65 quilômetros por dia.

— Sessenta e cinco! Poderiam ser 80, não me importo. Bem, vou levá-la até Lansdown amanhã. Está combinado.

— Como vai ser bom! — exclamou Isabella, virando-se. — Minha querida Catherine, eu a invejo muito, mas tenho medo, meu irmão, de que só haja espaço para duas pessoas.

— Apenas duas, ora essa! Não, não. Não vim a Bath para levar minhas irmãs de um lado para o outro na carruagem. Isso seria uma boa piada, com certeza! Morland poderá levá-la.

Isso levou a um diálogo de amenidades entre Isabella e James, mas Catherine não ouviu os detalhes nem o resultado. O discurso de Thorpe deixou o tom animado e se transformou em nada mais do que frases curtas de louvor ou condenação sobre toda mulher que encontraram. E Catherine, depois de ouvir e concordar o mais que pôde, com toda a educação e deferência da jovem mente feminina temerosa de arriscar uma opinião própria em oposição àquela de um homem tão seguro de si, especialmente sobre a beleza de seu próprio sexo, aventurou-se a variar o assunto com uma questão que há muito era a mais importante em seus pensamentos:

— Já leu *Os mistérios de Udolpho*, senhor Thorpe?

— *Os mistérios de Udolpho*! Oh, Senhor! Eu não. Nunca leio romances, tenho outras coisas a fazer.

Catherine, humilhada e envergonhada, ia se desculpar por sua pergunta, mas ele a impediu, dizendo:

— Os romances são muito cheios de tolices e coisas no gênero. Não houve nenhum decentemente aceitável desde *Tom Jones*, exceto *O monge*. Eu o li outro dia, mas, como todos os outros, são as coisas mais idiotas já criadas.

— Acho que iria gostar de *Udolpho*, se o lesse. É muito interessante.

— Eu não, com certeza! Não, se fosse ler algum, seria da senhora Radcliffe. Seus romances são bem divertidos. Vale a pena lê-los. Há alguma diversão e naturalidade neles.

— *Udolpho* foi escrito pela senhora Radcliffe — disse Catherine, com alguma hesitação, pelo medo de envergonhá-lo.

— Não estou seguro, foi? Sim, lembro-me, é mesmo. Eu estava pensando naquele outro livro estúpido, escrito por aquela mulher, que foi tão comentado, ela que se casou com o emigrante francês.

— Suponho que está falando de *Camilla*?

— Sim, esse é o livro. Que coisa tão artificial! Um velho brincando na gangorra! Peguei o primeiro volume uma vez e dei uma olhada, mas logo descobri que não iria gostar. Na verdade, imaginei que tipo de coisa deveria ser antes de ver. Assim que fiquei sabendo que ela havia se casado com um emigrante, tive certeza de que nunca conseguiria terminá-lo.

— Eu nunca li.

— Não perdeu nada, posso lhe assegurar. É a mais horrível besteira que a senhorita pode imaginar. Não há nada mais que um velho brincando em uma gangorra e aprendendo latim. Juro pela minha alma que não há nada mais.

Essa crítica literária, que a pobre Catherine não podia julgar se era ou não correta, levou-os à porta do alojamento da senhora Thorpe, e os sentimentos do leitor perspicaz e imparcial de *Camilla* deram lugar aos sentimentos do filho obediente e afetuoso, quando encontraram a senhora Thorpe, que os tinha visto do andar de cima.

— Ah, mãe! Como a senhora está? — perguntou ele, dando-lhe um cordial aperto de mão. — De onde tirou esse chapéu? Faz a senhora parecer uma bruxa velha. Aqui está o Morland e vou ficar alguns dias com a senhora, então deve procurar algumas boas camas em algum lugar próximo.

E essas palavras pareceram satisfazer todos os desejos mais afetuosos do coração da mãe, pois ela o recebeu com o mais delicado e exultante afeto. Para suas duas irmãs mais novas, ele concedeu uma porção igual de sua ternura fraterna, perguntou a cada uma delas como estavam e observou que as duas estavam muito feias.

Esses modos não agradaram Catherine, mas ele era amigo de James e irmão de Isabella, e seu julgamento foi ainda mais influenciado por Isabella, que assegurou, quando foram ver o novo chapéu, que John a considerava a garota mais encantadora do mundo, e porque ele a convidara, antes de se separarem, para dançar naquela noite.

Se Catherine tivesse mais idade ou fosse mais vaidosa, tais ataques poderiam ter menos efeito, mas quando a juventude e a timidez andam unidas, é preciso uma incomum firmeza de caráter para resistir à atração de ser chamada a garota mais encantadora do mundo e ser convidada para ser companheira no baile. E o resultado foi que os dois Morland, depois de ficarem sentados uma hora com os Thorpe, saíram para caminhar juntos até a casa do senhor Allen, e James, quando a porta se fechou atrás deles, perguntou: "Bem, Catherine, o que acha do meu amigo Thorpe?", em vez de responder, como provavelmente teria feito, se não houvesse amizade nem lisonja envolvida, "não gosto nada dele", ela respondeu imediatamente: "Gosto muito dele, parece muito agradável."

– Ele é o rapaz de melhor índole que já viveu. Um pouco falador demais, mas as mulheres gostam disso, acredito. E o que acha do resto da família?

– Gosto muito, muito mesmo; principalmente da Isabella.

– Estou muito feliz em ouvi-la dizer isso. Ela é exatamente o tipo de jovem com a qual eu gostaria de vê-la unida. Ela tem muito bom senso e é tão sincera e amável. Eu sempre quis que a conhecesse e ela parece gostar muito de você. Ela a elogiou muito. E um elogio de uma garota como a senhorita Thorpe deve deixar orgulhosa até você, Catherine – disse o irmão tomando a mão dela com afeto.

– De fato, eu fico. Gosto muito dela e estou muito feliz em descobrir que você também gosta. Você mal mencionou nada dela quando me escreveu depois da sua visita aos Thorpe – ela respondeu.

– Porque achei que a veria logo. Espero que fiquem um bom tempo juntas enquanto estiverem em Bath. Ela é uma garota muito amável e muito inteligente! Toda a família gosta dela, ela é evidentemente a favorita de todos, e como deve ser admirada em um lugar como este, não é?

– Sim, muito mesmo, imagino. O senhor Allen acha que ela é a garota mais bonita de Bath.

– Ouso dizer que sim, e não conheço nenhum homem que seja melhor juiz de beleza do que o senhor Allen. Não preciso perguntar se está feliz aqui, minha querida Catherine. Com uma companheira e amiga como Isabella Thorpe, seria impossível ser diferente. E os Allen, tenho certeza, são gentis com você?

– Sim, muito gentis. Nunca fui tão feliz antes e, agora, com a sua chegada, será ainda melhor. Como é bom que tenha vindo de tão longe para me ver.

James aceitou este tributo de gratidão e preparou sua consciência para aceitá-lo também, dizendo com perfeita sinceridade:

– De fato, Catherine, eu a amo muito.

Perguntas e respostas foram trocadas, a respeito de irmãos e irmãs, a situação de alguns, o crescimento de outros, e sobre outros assuntos familiares. Eles continuaram, com apenas uma pequena digressão da parte de James para elogiar a senhorita Thorpe, até chegarem à rua Pulteney, onde James foi recebido com grande gentileza pelo senhor e pela senhora Allen. Ele foi convidado pelo primeiro a jantar com eles, e intimado pela segunda a adivinhar o preço e admirar um novo regalo e um cachecol. Um compromisso anterior, marcado no Edgar's Buildings, impediu-o de aceitar o convite do jantar e obrigou-o a partir correndo assim que satisfez as exigências da senhora Allen. Com a hora marcada para que os dois grupos se encontrassem no Salão Octogonal, Catherine pôde se dedicar à sua imaginação, inquieta e assustada sobre as páginas do *Udolpho*, esquecida de todas as preocupações mundanas de roupas e jantar, incapaz de acalmar o medo da senhora Allen devido ao atraso de uma costureira, e tendo apenas um minuto em sessenta para dedicar à reflexão de sua própria felicidade por já estar comprometida para aquela noite.

Capítulo 8

Apesar do *Udolpho* e da costureira, o grupo da rua Pulteney chegou aos Salões Superiores na hora certa. Os Thorpe e James Morland haviam chegado apenas dois minutos antes deles, e Isabella, tendo passado pela habitual cerimônia de encontrar Catherine com a pressa mais sorridente e afetuosa, de admirar o caimento de seu vestido e invejar os cachos de seus cabelos, seguiu seus acompanhantes até o salão de baile, de braços dados com a amiga, sussurrando uma para a outra sempre que um pensamento ocorria e abastecendo o lugar de muitas ideias, apertos de mão e sorrisos de afeto.

O baile começou poucos minutos depois que elas se sentaram, e James, que conseguira uma companheira tão rapidamente quanto sua irmã, foi muito importuno com Isabella, insistindo para que fossem dançar. Mas John tinha ido à sala de jogos falar com um amigo, e nada, ela afirmou, iria levá-la a começar a dançar antes que sua querida Catherine pudesse se juntar a ela.

– Garanto – disse ela –, não vou me levantar sem sua querida irmã por nada desse mundo, porque, se fizesse isso, certamente ficaríamos separadas a noite toda.

Catherine aceitou essa gentileza com gratidão, e eles continuaram assim por mais três minutos, quando Isabella, que estivera conversando com James do outro lado, virou-se novamente para ela e sussurrou:

– Minha querida, infelizmente devo deixá-la, seu irmão está muito impaciente para começar. Sei que não se importará que eu vá e ouso dizer que John estará de volta em um momento, então você poderá me encontrar facilmente.

Catherine, embora um pouco desapontada, era boa demais para fazer qualquer oposição, e enquanto se levantavam, Isabella só teve tempo de apertar a mão da amiga e dizer: "Adeus, minha querida", antes de sair correndo.

Com as irmãs mais novas de Isabella também dançando, Catherine ficou à mercê da senhora Thorpe e da senhora Allen, sentada entre as duas. Ela não podia deixar de ficar irritada com a desaparição do senhor Thorpe, pois não só desejava dançar, mas também estava ciente de que, como a verdadeira dignidade de sua situação não podia ser conhecida, ela estava compartilhando com as outras jovens ainda sentadas todo o descrédito da falta de um parceiro. Desgraçar-se aos olhos do mundo, usar a aparência de infâmia enquanto seu coração é todo puro, suas ações, inocentes, e a má conduta de outro, a verdadeira fonte de sua degradação, tudo isso é uma daquelas circunstâncias que peculiarmente pertencem à vida da heroína, e a coragem que ela demonstra nesse ponto é justamente o que dignifica seu caráter. Catherine também era corajosa. Ela sofria, mas nenhum murmúrio cruzou seus lábios.

Ao final de dez minutos, ela foi despertada desse estado de humilhação por um sentimento mais agradável, quando viu, não o senhor Thorpe, mas o senhor Tilney a menos de três metros do lugar onde estavam sentadas. Parecia estar se aproximando, mas não a vira, e, portanto, o sorriso e o rubor que seu súbito reaparecimento causaram em Catherine desapareceram sem macular sua dignidade de heroína.

O senhor Tiney parecia tão bonito e animado como sempre, e falava com interesse com uma moça elegante e de aparência agradável apoiada no braço dele, e que Catherine imediatamente supôs ser sua irmã, descartando, sem pensar, uma boa oportunidade de considerá-lo perdido para sempre, por já ser casado. Ela foi guiada apenas pelo que era simples e provável, pois nunca lhe ocorrera que o senhor Tilney pudesse ser casado. Ele não tinha se comportado ou falado como os homens casados que ela havia conhecido. Nunca havia mencionado uma esposa, mas sim uma irmã. Dessas circunstâncias surgiu a conclusão instantânea de que era sua irmã que agora estava ao seu lado e, portanto, em vez de ser tomada por uma palidez mortal e começado a chorar nos braços da senhora Allen, Catherine sentou-se ereta, no uso perfeito de seus sentidos e com as bochechas apenas um pouco mais vermelhas do que o normal.

O senhor Tilney e sua companheira, que continuaram, embora lentamente, a se aproximar, foram imediatamente interrompidos por uma dama, conhecida da senhora Thorpe. Esta senhora parou para falar com eles e Catherine, ao cruzar os olhos com o senhor Tilney, instantaneamente recebeu dele o sorridente tributo de reconhecimento. Ela devolveu com prazer e, em seguida, avançando ainda mais, ele falou tanto para ela quanto para a senhora Allen, por quem tinha sido cumprimentado com educação.

— Estou muito feliz por vê-lo novamente, senhor. Temia que tivesse ido embora de Bath.

Ele agradeceu pela preocupação dela e disse que havia partido por uma semana, na mesma manhã depois de ter tido o prazer de vê-la.

— Bem, senhor, ouso dizer que não está triste por estar de volta, pois é o lugar perfeito para os jovens... E também para todos os outros. Eu digo ao senhor Allen, quando ele fala de estar cansado desse lugar, que tenho certeza de que não deveria reclamar, pois é um lugar tão agradável, e é muito melhor estar aqui do que em casa nesta época sem graça do ano. Digo a ele que tem muita sorte em vir para cá por causa de sua saúde.

— E espero, madame, que o senhor Allen passe a gostar do lugar, se isso for bom para ele.

— Obrigada, senhor. Não tenho dúvidas de que será. Um vizinho nosso, o doutor Skinner, esteve aqui para tratar da saúde no inverno passado e foi embora muito melhor.

— Essa circunstância deve significar um grande incentivo.

— Sim, senhor, e o doutor Skinner e a família ficaram aqui por três meses. Então eu digo ao senhor Allen que ele não deve ter pressa para ir embora.

Nesse momento foram interrompidos por um pedido da senhora Thorpe à senhora Allen, para que ela se movesse um pouco para acomodar a senhora Hughes e a senhorita Tilney, já que haviam concordado em se juntar ao grupo. Isso foi feito e o senhor Tilney continuou de pé diante delas. Depois de alguns minutos, ele convidou Catherine para dançar com ele.

A cortesia, por mais prazerosa que fosse, produziu grande embaraço para a dama. Ao negar, ela expressou sua tristeza com grande ênfase, e Thorpe, que se juntou a ela logo depois, se tivesse chegado meio minuto antes, poderia ter pensado que o sofrimento dela era bastante exagerado.

O desembaraço com que ele contou o motivo pelo qual a manteve esperando não a apaziguou. Tampouco os detalhes que expôs enquanto estavam dançando, sobre os cavalos e os cães do amigo que tinha acabado de deixar, e sobre uma proposta de troca de terriers entre eles, a interessavam a ponto de impedi-la de olhar com frequência para a parte do salão onde havia deixado o senhor Tilney. Não conseguiu encontrar sua querida Isabella, a quem queria muito mostrar aquele cavalheiro. Estavam em pontos diferentes. Ela foi separada do seu grupo e levada para longe de seus conhecidos. Um embaraço sucedeu o outro e de tudo ela deduziu essa lição útil: que ir previamente comprometida a um baile não aumenta necessariamente a dignidade ou o prazer de uma jovem.

Dessa reflexão moral ela foi repentinamente despertada por um toque no ombro, e, virando-se, percebeu a senhora Hughes atrás dela, junto com a senhorita Tilney e um cavalheiro.

– Peço perdão, senhorita Morland – disse ela – por essa liberdade, mas não consigo encontrar de jeito nenhum a senhorita Thorpe, e a senhora Thorpe disse que tinha certeza de que a senhorita não teria a menor objeção em acompanhar esta jovem.

A senhora Hughes não poderia ter deixado ninguém no salão mais feliz do que Catherine em ser obrigada a cuidar da jovem. As moças foram apresentadas e a senhorita Tilney expressou a gratidão apropriada pelo ato de bondade, ao passo que a senhorita Morland, com a verdadeira delicadeza de uma mente generosa, minimizou a obrigação.

A senhora Hughes, satisfeita por ter resolvido de maneira tão respeitável a companhia de sua jovem protegida, retornou ao seu grupo.

A senhorita Tilney tinha uma boa aparência, um rosto bonito e um semblante muito agradável. E, embora não tivesse toda a decidida pretensão, a elegância resoluta da senhorita Thorpe, tinha mais elegância real. Seus modos demonstravam bom senso e boa educação, não eram tímidos nem afetuosamente abertos, e ela parecia capaz de ser jovem, bela e equilibrada em um baile sem precisar chamar a atenção de todos os homens ao redor, e sem exagerar os sentimentos de grande prazer ou terrível irritação em cada pequena e insignificante ocorrência.

Catherine, imediatamente interessada por sua beleza e sua relação com o senhor Tilney, queria conhecê-la melhor, e falava, portanto, sempre que conseguia pensar em algo para dizer e tinha alguma oportunidade. Mas a falta dessas circunstâncias fez com que tivesse que se contentar com uma conversa banal, limitando-se a conversas sobre quanto cada uma delas gostava de Bath, como admirava muito os prédios da cidade e o campo ao redor, se desenhava, tocava ou cantava, e se gostava de andar a cavalo.

As duas danças mal tinham concluído antes que Catherine sentisse o braço gentilmente tomado por sua fiel Isabella, que, com grande emoção, exclamou:

– Finalmente eu a encontrei. Minha querida criatura, estive procurando-a por uma hora. O que a levou a entrar nesse grupo, quando sabia que eu estava no outro? Fiquei muito infeliz sem a sua companhia.

– Minha querida Isabella, como poderia encontrá-la? Não conseguia nem ver onde você estava.

– Foi o que disse ao seu irmão o tempo todo, mas ele não acreditou em mim. "Vá procurá-la, senhor Morland", disse eu, mas tudo em vão, ele não quis se mexer nem um centímetro. Não foi assim, senhor Morland? Vocês homens são todos tão imoderadamente preguiçosos! Eu o repreendi a tal ponto, minha querida Catherine, que você ficaria bastante espantada. Sabe que nunca mantenho a cerimônia com essas pessoas.

– Olhe para aquela jovem com as contas brancas em volta da cabeça – sussurrou Catherine, separando sua amiga de James. – É a irmã do senhor Tilney.

– Oh! Céus! Não me diga! Deixe-me olhar para ela agora mesmo. Que menina deliciosa! Nunca vi nada tão encantador! Mas onde está seu irmão conquistador? Ele está no salão? Aponte-o para mim neste instante, se estiver. Morro de vontade de vê-lo. Senhor Morland, não deve ouvir. Não estamos falando do senhor.

– Mas o que são todos esses sussurros? O que está acontecendo?

– Eu sabia como seria. Vocês homens têm uma curiosidade tão inquieta! E falam da curiosidade das mulheres, realmente! Não é nada. Mas fique satisfeito, porque você não deve saber nada do assunto.

– E a senhorita acha provável que isso me satisfaça?

– Bem, declaro que nunca conheci ninguém como o senhor. O que poderia interessar-lhe o que estamos falando? Talvez estejamos falando do senhor, portanto, aconselho-o a não ouvir ou poderá ouvir algo não muito agradável.

Nessa conversa simples, que durou algum tempo, o assunto original parecia totalmente esquecido, e embora Catherine estivesse muito satisfeita por tê-lo abandonado por um tempo, não podia evitar um pouco de suspeita com o total desaparecimento do desejo impaciente de Isabella de ver o senhor Tilney. Quando a orquestra iniciou uma dança leve, James quis levar sua parceira, mas ela resistiu.

– Eu falei, senhor Morland – exclamou ela –, que não faria tal coisa por nada neste mundo. Como o senhor pode ser tão inoportuno? Imagine, minha querida Catherine, o que seu irmão quer que eu faça. Quer que dance com ele novamente, embora eu tenha dito que é uma coisa muito imprópria e totalmente contra as regras. Todo o lugar falaria de nós, se não trocássemos de parceiros.

– Pela minha honra – disse James – nesses bailes públicos, isso é muito frequente.

– Besteira, como pode falar isso? Mas quando vocês, homens, querem provar algo, nunca desistem. Minha doce Catherine, apoie-me.

Convença seu irmão de que isso é impossível. Diga a ele que seria muito chocante me ver fazer algo assim, não seria?

– Não, de jeito nenhum, mas se acha errado, deve fazer o melhor para você.

– Então, ouviu o que sua irmã disse, e ainda assim não lhe dá ouvidos. Bem, lembre-se de que não é minha culpa se deixarmos todas as senhoras em Bath alvoroçadas. Venha comigo, minha querida Catherine, pelo amor de Deus, e fique ao meu lado – exclamou Isabella.

E lá foram elas para recuperar seu antigo lugar. John Thorpe, nesse meio tempo, tinha se afastado, e Catherine, sempre disposta a dar ao senhor Tilney uma oportunidade de repetir o agradável convite que já a lisonjeara uma vez, dirigiu-se à senhora Allen e à senhora Thorpe o mais rápido que pôde, na esperança de encontrá-lo ainda com elas – uma esperança que, quando se revelou infrutífera, deixou-a muito triste.

– Bem, minha querida, espero que tenha tido um parceiro agradável – disse a senhora Thorpe, impaciente por ouvir elogios ao filho.

– Muito agradável, senhora.

– Fico feliz por isso. John é encantador, não é?

– Você encontrou o senhor Tilney, minha querida? – perguntou a senhora Allen.

– Não, onde ele está?

– Ele estava conosco agora e disse que estava tão cansado de ficar parado que resolveu dançar. Então pensei que talvez tivesse sido com você, se o tivesse encontrado.

– Onde ele está? – perguntou Catherine, olhando em volta, mas não demorou muito para vê-lo levando uma jovem para o salão de baile.

– Ah! Ele tem uma parceira. Gostaria que tivesse ido dançar com você – falou a senhora Allen, e depois de um curto silêncio, acrescentou: – Ele é um jovem muito agradável.

– Ele de fato é, senhora Allen. Devo dizer, embora eu seja a mãe, que não há um jovem mais agradável no mundo – disse a senhora Thorpe, sorrindo complacentemente.

Essa resposta inapropriada pode ter sido demais para a compreensão de muitos, mas não confundiu a senhora Allen, pois depois de pensar por um momento, ela disse, num sussurro para Catherine:

– Atrevo-me a dizer que ela achou que eu estava falando do filho dela.

Catherine ficou desapontada e irritada. Ela parecia ter perdido por pouco o objeto que tinha em vista, e a percepção disso não a levou a uma resposta muito graciosa, quando John Thorpe se aproximou dela logo depois e disse:

– Bem, senhorita Morland, suponho que devemos levantar e dançar um pouco.

– Ah não. Estou muito grata, mas nossas duas danças acabaram e, além disso, estou cansada e não quero mais dançar.

– Não quer? Então vamos dar uma volta e fazer piadas sobre as pessoas. Venha comigo e mostrarei os quatro maiores zombeteiros do salão, minhas duas irmãs mais novas e seus parceiros. Faz meia hora que estou rindo com eles.

Novamente Catherine se desculpou e, finalmente, ele saiu para rir sozinho das irmãs. O resto da noite foi muito sem graça para ela. Na hora do chá, o senhor Tilney afastou-se do grupo para se juntar ao de sua parceira. A senhorita Tilney não se sentou perto dela, e James e Isabella estavam tão empenhados em conversar que esta não pôde dedicar à amiga mais do que um sorriso, um abraço e um "querida Catherine".

Capítulo 9

O progresso da infelicidade de Catherine, depois dos acontecimentos da noite, foi o seguinte. Apareceu primeiro uma insatisfação geral com todos, enquanto ela permaneceu nos salões, o que rapidamente levou a um cansaço considerável e a um desejo violento de ir para casa. Isso, ao chegar à rua Pulteney, transformou-se em uma fome extraordinária e, quando ela foi aplacada, em uma forte vontade de ir para a cama. Ela chegou a tal ponto extremo de angústia que, ao deitar-se, caiu em um sono profundo que durou nove horas, e do qual acordou perfeitamente revivida, de excelente humor, com novas esperanças e novos planos.

O maior desejo de seu coração era melhorar seu relacionamento com a senhorita Tilney, e procurá-la com esse propósito, ao meio-dia no Salão das Águas, foi sua primeira resolução. É no Salão das Águas que alguém recém-chegado a Bath pode ser encontrado. Naquele prédio, que já lhe fora tão favorável para a descoberta da excelência e o nascimento da intimidade feminina, tão admiravelmente adaptado para conversas secretas e confiança ilimitada, ela se sentia razoavelmente encorajada a conseguir outra amiga.

Com o plano para a manhã assim resolvido, ela se sentou calmamente com seu livro depois do café, resolvendo permanecer no mesmo lugar fazendo a mesma coisa até o relógio bater uma hora. Ela pouco se incomodava com as observações e os comentários da senhora Allen, cuja mente vazia e incapacidade para pensar eram tais que, embora não falasse muito, tampouco conseguia ficar completamente calada. Portanto, enquanto ela estava sentada costurando, se perdesse a agulha ou arrebentasse a linha, se ouvisse uma carruagem na rua ou visse uma mancha em seu vestido, precisava fazer uma observação em voz alta, não importando se havia alguém para responder.

Por volta do meio-dia e meia, uma batida muito forte levou a senhora Allen a correr para a janela. Ela mal teve tempo de informar Catherine que havia duas carruagens abertas na porta, na primeira apenas um criado, na segunda seu irmão levando a senhorita Thorpe, antes que John Thorpe subisse correndo, gritando:

– Bem, senhorita Morland, aqui estou eu. Está esperando há muito tempo? Não pudemos vir antes, o velho diabo do cocheiro demorou uma eternidade para descobrir o problema na carruagem, e agora aposto dez mil contra um que ela vai quebrar antes de sairmos da rua. Como vai, senhora Allen? Um baile ótimo na noite passada, não foi? Venha, senhorita Morland, seja rápida, pois os outros estão com uma pressa tremenda para partir. Eles querem ir logo.

– Como assim? Para onde estão indo? – perguntou Catherine.

– Indo? Ora, a senhorita não esqueceu nosso compromisso! Não concordamos em dar um passeio esta manhã? Que cabeça a sua! Vamos para Claverton Down.

– Alguma coisa foi dita sobre isso, lembro. Mas realmente eu não estava esperando – disse Catherine, olhando para a senhora Allen em busca de sua opinião.

– Não me esperava! Essa é boa! E que escândalo teria feito, se eu não tivesse vindo.

O apelo silencioso de Catherine à da senhora Allen, enquanto isso, foi completamente ignorado, pois esta, não tendo o hábito de transmitir qualquer expressão pelo olhar, não entendia quando outra pessoa tentava se comunicar assim. E Catherine, cujo desejo de ver a senhorita Tilney novamente poderia naquele momento sofrer um pequeno atraso em favor de um passeio, e achava que não havia qualquer problema em ir com o senhor Thorpe, pois Isabella também ia com James, foi, portanto, obrigada a falar mais claramente.

– Bem, o que a senhora acha? Pode me dispensar por uma ou duas horas? Devo ir?

– Faça o que quiser, minha querida – respondeu a senhora Allen, com a mais plácida indiferença.

Catherine aceitou o conselho e saiu correndo para se arrumar. Em poucos minutos ela reapareceu, mal permitido que os dois tivessem tempo suficiente para trocar algumas frases curtas elogiando-a, depois que Thorpe pediu a opinião da senhora Allen sobre sua carruagem. E após receber os votos de bom passeio da senhora Allen, os dois desceram as escadas correndo.

– Minha querida criatura – exclamou Isabella, a quem Catherine foi cumprimentar antes de entrar na carruagem –, você esteve se preparando há umas três horas pelo menos. Estava com medo que estivesse doente. Que baile delicioso tivemos ontem à noite. Tenho mil coisas para lhe dizer, mas vamos rápido e entre, porque quero muito partir.

Catherine obedeceu às suas ordens e se virou na direção do veículo de Thorpe, mas não sem antes ouvir a amiga exclamar em voz alta para James:

– Que menina doce ela é! Eu gosto muito dela.

– Não se assuste, senhorita Morland – disse Thorpe ao ajudá-la a subir na carruagem – se meu cavalo pular um pouco no começo. Ele provavelmente dará um ou dois saltos, e talvez descansará por um minuto, mas logo reconhecerá seu dono. Ele é muito espirituoso e brincalhão, mas não é maldoso.

Catherine não achava a descrição muito convidativa, mas era tarde demais para recuar e ela era jovem demais para se assustar. Assim, resignando-se a seu destino, e confiando no conhecimento do animal mostrado por seu dono, sentou-se em silêncio e viu Thorpe se sentar ao seu lado. Depois de tudo arranjado, o criado que estava à frente do cavalo recebeu a ordem com uma voz imponente de "pode soltar", e lá foram eles, da maneira mais silenciosa que se possa imaginar, sem um mergulho, um salto ou algo parecido.

Encantada com uma saída tão feliz, Catherine demonstrou em voz alta seu prazer com tão grata surpresa. E seu companheiro logo explicou o motivo, assegurando que era inteiramente por causa da maneira peculiarmente judiciosa com que ele tinha segurado as rédeas, e o singular discernimento e a destreza com que havia dirigido seu chicote. Catherine, embora não pudesse deixar de imaginar por que, com um comando tão perfeito de seu cavalo, ele achasse necessário alertá-la sobre seus truques, alegrou-se sinceramente por estar sob os cuidados de um cocheiro tão bom. E percebendo que o animal continuava da mesma maneira tranquila, sem mostrar a menor propensão para qualquer movimento desagradável, e considerando que seu ritmo era de dezoito quilômetros por hora, algo de modo algum rápido, entregou-se com prazer ao ar e ao exercício revigorante, naquele agradável dia de fevereiro, com a consciência de que estava segura. Um silêncio de vários minutos sucedeu seu primeiro diálogo curto. Ele foi quebrado por Thorpe dizendo, muito abruptamente:

– O velho Allen é tão rico quanto um judeu, não é? – Catherine não entendeu e ele repetiu a pergunta, acrescentando como explicação. – O velho Allen, o homem com quem a senhorita está hospedada.

– Oh! O senhor Allen, o senhor quer dizer. Sim, acredito que ele é muito rico.

– E não tem filhos?

– Não, nenhum.

– Uma coisa boa para seus próximos herdeiros. Ele é seu padrinho, não é?

– Meu padrinho! Não.

– Mas a senhorita está sempre com eles.

– Sim, estou.

– Sim, é isso que eu quis dizer. Ele parece ser um bom velho e viveu muito bem sua vida, ouso dizer. Ele não sofre de gota por acaso. Ele bebe uma garrafa por dia agora?

– Uma garrafa por dia! Não. Por que acha que faria uma coisa dessas? Ele é um homem muito moderado e o senhor não pode ter imaginado que ele bebeu ontem à noite.

– Que Deus a ajude. Vocês, mulheres, estão sempre pensando que os homens estão bêbados. Ora, a senhorita não acha que um homem é derrubado por uma garrafa, acha? Tenho certeza disso: se todos bebessem uma garrafa por dia, não haveria metade dos distúrbios do mundo que existem hoje. Seria uma coisa boa para todos.

– Não acredito nisso.

– Oh! Senhor, seria a salvação de milhares. Não é consumido nem a centésima parte do vinho neste reino como deveria. Nosso clima nebuloso precisa de ajuda.

– E, no entanto, ouvi dizer que bebe-se muito vinho em Oxford.

– Oxford! Não há bebida em Oxford agora, eu asseguro. Ninguém bebe lá. A senhorita dificilmente encontrará um homem que beba mais de dois litros. Agora, por exemplo, foi considerado uma coisa notável, na última festa em meu dormitório, que tivéssemos bebido cerca de dois litros e meio por cabeça. Foi encarado como algo fora do comum. Foi algo famoso, com certeza. Não se encontra com frequência nada parecido em Oxford, e isso diz muito. Mas pode dar uma noção geral do consumo por lá.

– Sim, dá uma noção – disse Catherine calorosamente – e é que todos bebem muito mais vinho do que eu pensava. No entanto, tenho certeza de que James não bebe tanto.

Esta declaração trouxe uma resposta ruidosa e confusa, da qual nenhuma parte era muito distinta, exceto as frequentes exclamações, quase juras, que a adornavam, e Catherine ficou, quando acabou, com uma forte crença de que muito vinho era bebido em Oxford, e a mesma feliz convicção da relativa sobriedade de seu irmão.

A atenção de Thorpe, então, passou para os méritos de sua própria carruagem, e Catherine foi convidada a admirar o espírito e a liberdade com que o cavalo se movia, e a facilidade com que seus passos, assim como a excelência das molas, refletiam no movimento da carruagem. Ela acompanhou a admiração dele o melhor que pôde. Era impossível fazer mais do que isso. O conhecimento dele e a ignorância dela sobre o assunto, a rapidez de expressão dele e a falta de confiança dela a impediam. Catherine não conseguia descobrir nenhum novo elogio, mas prontamente repetia o que ele afirmava, e foi finalmente resolvido entre eles sem qualquer dificuldade que a carruagem de Thorpe era a mais completa do tipo na Inglaterra, o interior era o mais limpo, seu cavalo, o mais forte, e ele próprio, o melhor cocheiro.

— Não acha realmente, senhor Thorpe — disse Catherine então, aventurando-se depois de algum tempo a considerar o assunto inteiramente decidido, e oferecer alguma pequena variação sobre o assunto —, que a carruagem de James vai quebrar?

— Quebrar! Oh, céus! Já viu uma coisa balançando tanto em sua vida? Não há um pedaço de ferro bom nela. As rodas estão desgastadas há pelo menos dez anos. E quanto à carroceria! Sobre a minha alma, dá para desmontá-la com um toque. É o pior negócio diabólico que já vi! Graças a Deus, temos uma melhor. Eu não andaria três quilômetros nela nem por 50 mil libras.

— Bom Deus! — exclamou Catherine, bastante assustada. — Então, é melhor voltar. Eles certamente sofrerão um acidente se continuarmos. Vamos voltar, senhor Thorpe. Pare e fale com meu irmão, e diga a ele que é muito inseguro.

— Inseguro! Oh, Senhor! O que é isso? Eles só vão rolar um pouco se quebrarem e há muita lama. Será uma excelente queda. Ah, maldição! A carruagem é bastante segura, se um homem souber conduzi-la. Uma coisa desse tipo em boas mãos durará mais de vinte anos, mesmo bastante desgastada. Deus a abençoe! Por cinco libras eu iria com ela até York e voltaria, sem perder um prego.

Catherine ouviu com espanto. Ela não sabia como conciliar dois relatos tão diferentes sobre a mesma coisa, pois não tinha sido criada para entender essas idas e vindas, nem para saber a quantas afirmações vazias e falsidades impudicas o excesso de vaidade poderia levar. Sua própria família era formada por pessoas simples e práticas que raramente tinham como objetivo qualquer tipo de esperteza. Seu pai, no máximo, se contentava com um trocadilho, e sua mãe, com um provérbio. Não tinham, portanto, o hábito de contar mentiras para aumentar a própria importância, ou de afirmar em um momento o que iriam contradizer no seguinte.

Ela refletiu sobre o caso por algum tempo com muita perplexidade, e mais de uma vez esteve a ponto de pedir ao senhor Thorpe sua opinião real sobre o assunto, mas se conteve, porque achou que ele não tinha intenção de prestar mais esclarecimentos, de simplificar as coisas que antes tinha deixado ambíguas. E, juntando-se a isso a consideração de que não ele deixaria realmente que a irmã e o amigo fossem expostos a um perigo do qual pudessem ser facilmente preservados, ela concluiu finalmente que ele deveria saber que a carruagem era de fato perfeitamente segura e, portanto, não iria mais ficar alarmada. Todo o assunto parecia inteiramente esquecido pelo senhor Thorpe, e todo o resto de sua conversa, ou melhor, de sua verborragia, começava e terminava com ele e suas próprias preocupações. Falou sobre cavalos que tinha comprado por muito pouco e vendido por quantias incríveis. Sobre a corrida em que seu julgamento tinha infalivelmente previsto o vencedor, caçadas nas quais tinha matado mais pássaros (embora sem atirar bem) do que todos os seus companheiros juntos. E descreveu para Catherine um pouco de um dia lendário com os cães de caça, quando sua capacidade de previsão e sua habilidade em dirigir os cães consertaram os erros dos caçadores mais experientes, no qual sua ousadia ao cavalgar, embora nunca tivesse posto em perigo a própria vida nem por um momento, havia evitado as dificuldades dos outros, e ele calmamente concluiu que muitos teriam quebrado o pescoço se não fosse por ele.

Por mais que Catherine não tivesse o hábito de julgar por si mesma, e sem se importar com suas noções gerais de como deviam ser os homens, ela não podia reprimir completamente uma dúvida, enquanto suportava as efusões da falação infindável dele, se o rapaz era uma pessoa agradável. Era uma suposição ousada, pois ele era irmão de Isabella e tinha sido garantido por James que os modos do amigo o recomendariam ao sexo oposto, mas, apesar disso, o extremo cansaço causado por sua companhia, sensação que havia se apoderado dela antes de passada uma hora, e que continuou a aumentar até que pararam de novo na rua Pulteney, induziu-a, em pequeno grau, a resistir a tal alta autoridade, e desconfiar da capacidade dele de proporcionar grande prazer.

Quando chegaram à porta da senhora Allen, o espanto de Isabella dificilmente poderia ser expresso, ao descobrir que era tarde demais para eles irem à casa de sua amiga:

– Já passou das três horas!

Era inconcebível, incrível, impossível! E ela não acreditava em seu próprio relógio, nem no de seu irmão, nem no de seu servo. Ela não acreditava em nenhuma garantia fundada na razão ou na realidade, até que Morland mostrou seu relógio e confirmou o fato. Ter duvidado mais um momento teria sido igualmente inconcebível, incrível e impossível. E ela só podia protestar, repetidas vezes, que essas duas horas e meia nunca tinham passado tão depressa, e Catherine foi chamada para confirmar. Ela não sabia mentir nem mesmo para agradar Isabella, mas esta foi poupada da tristeza da voz dissonante de sua amiga, pois não esperou por sua resposta. Estava totalmente absorvida por seus próprios sentimentos. Sua infelicidade era mais aguda ao se ver obrigada a ir diretamente para casa. Tinham se passado séculos desde que teve um momento para conversar com sua querida Catherine e, embora tivesse milhares de coisas para dizer a ela, parecia que nunca mais voltariam a ficar juntas. Assim, com sorrisos de desalento e um olhar risonho que sinalizava desânimo absoluto, deu adeus à amiga e prosseguiu.

Catherine descobriu que a senhora Allen tinha acabado de voltar de toda a ociosidade da manhã, e foi imediatamente recebida com um cumprimento:

– Bem, minha querida, aqui está você – uma verdade que ela não tinha nem vontade nem forças para responder. – E espero que tenha se divertido.

– Sim, senhora, obrigada. Não poderíamos ter tido um dia melhor.

– Foi o que a senhora Thorpe disse. Você a deixou muito satisfeita.

– A senhora encontrou-se com ela, então?

– Sim, fui até o Salão das Águas assim que você saiu, e lá eu a encontrei e conversamos bastante. Ela diz que quase não havia carne de vitelo no mercado hoje de manhã, é tão raro.

– A senhora viu alguém mais dos nossos conhecidos?

– Sim. Concordamos em dar uma volta no Crescent, e lá encontramos a senhora Hughes e o senhor e a senhorita Tilney caminhando com ela.

– É mesmo? E eles falaram com a senhora?

– Sim, caminhamos pelo Crescent juntos por meia hora. Eles parecem pessoas muito agradáveis. A senhorita Tilney estava com uma musselina muito bonita e imagino, pelo que vi, que sempre se veste muito bem. A senhora Hughes falou muito sobre a família.

– E o que disse sobre eles?

– Oh! Muitas coisas, de fato, ela quase não falou de mais nada.

– Ela contou de que parte de Gloucestershire eles são?

– Contou, sim, mas não me lembro agora. Mas são pessoas muito boas e muito ricas. O nome de solteira da senhora Tilney era Drummond, e ela e a senhora Hughes eram colegas de escola. Tinha uma fortuna muito grande, assim, quando se casou, o pai lhe deu vinte mil libras, mais quinhentas para comprar roupas de casamento. A senhora Hughes viu todas as roupas quando chegaram da loja.

– E o senhor e a senhora Tilney estão em Bath?

– Sim, imagino que estejam, mas não tenho certeza. Pensando melhor, no entanto, acho que ambos estão mortos. Pelo menos a mãe está. Sim, tenho certeza de que a senhora Tilney está morta, porque a senhora Hughes me disse que havia um belo colar de pérolas que o senhor Drummond tinha dado à filha no dia do casamento, e que agora é da senhorita Tilney, pois foi herdado por ela quando a mãe morreu.

– E o senhor Tilney, meu parceiro, é filho único?

– Não sei isso, minha querida. Acho que é, no entanto é um jovem muito bom, diz a senhora Hughes, e provavelmente vai se sair muito bem.

Catherine não perguntou mais nada. Tinha ouvido o suficiente para sentir que a senhora Allen não tinha mais informações para dar, e que tinha sido muito infeliz perder esse encontro com o irmão e a irmã. Se tivesse previsto tal circunstância, nada iria persuadi-la a sair com os outros. Mas agora ela só podia lamentar sua má sorte, e pensar no que havia perdido, até que ficou claro que o passeio não tinha sido muito agradável, e que o próprio John Thorpe era bastante desagradável.

Capítulo 10

Os Allen, os Thorpe e os Morland se encontraram à noite no teatro e, como Catherine e Isabella se sentaram juntas, houve então uma oportunidade para que esta última contasse algumas das muitas milhares de coisas que esteve guardando para dizer durante o tempo imensurável em que tinham ficado separadas.

– Céus! Minha amada Catherine, finalmente nos encontramos – foi o que falou quando Catherine entrou no camarote e se sentou ao lado dela. – Agora, senhor Morland – pois ele estava perto dela do outro lado –, não vou falar outra palavra com o senhor o resto da noite. Então ordeno que não espere por isso. Minha querida Catherine, como esteve durante todo esse tempo? Mas não preciso perguntar, pois você tem uma aparência maravilhosa. Realmente penteou seu cabelo em um estilo mais celestial do que nunca. Sua criatura travessa, quer atrair todo mundo? Garanto que meu irmão já está apaixonado por você. E quanto ao senhor Tilney, é uma coisa resolvida. Até mesmo sua modéstia não pode duvidar da atração dele agora. A volta dele para Bath torna isso muito claro. Oh! O que eu não daria para vê-lo! Realmente estou ardendo de impaciência. Minha mãe diz que é o jovem mais encantador do mundo. Ela o viu esta manhã, você sabe. Tem que me apresentar a ele. Está no teatro agora? Procure por ele, pelo amor de Deus! Garanto que preciso vê-lo para continuar respirando.

– Não – disse Catherine –, ele não está aqui. Não consigo vê-lo em lugar algum.

– Que horror! Nunca vou conhecê-lo? Você gosta do meu vestido? Acho que não está mal. Eu mesma criei as mangas. Sabe, eu fico tão excessivamente cansada de Bath. Eu e seu irmão estávamos concordando esta manhã que, embora seja muito bom ficar aqui por algumas semanas, não viveríamos aqui nem que nos dessem milhões. Logo descobrimos que nossos gostos eram exatamente iguais, pois preferimos o campo a qualquer outro lugar. Realmente, nossas opiniões eram exatamente as mesmas, era ridículo! Não discordávamos em nenhum ponto. Se você estivesse conosco. Você é uma menina tão astuta, tenho certeza de que teria feito alguma observação engraçada sobre isso.

– Não, na verdade, eu não teria.

– Oh, teria sim. Eu a conheço melhor do que você mesma. Você teria nos dito que parecíamos nascidos um para o outro, ou algum absurdo desse tipo, o que teria me angustiado muito. Minhas bochechas teriam ficado tão vermelhas quanto suas rosas. Ainda bem que não estava conosco.

– De fato você me trata com injustiça. Eu não teria feito uma observação tão imprópria sobre isso e, ademais, tenho certeza de que algo assim nunca teria passado pela minha cabeça.

Isabella sorriu incrédula e conversou o resto da noite com James.

A resolução de Catherine de tentar encontrar a senhorita Tilney continuou em pleno vigor na manhã seguinte, e até a hora habitual de ir ao Salão das Águas, ela sentiu um pouco de medo de que algo novamente a atrapalhasse. Mas nada disso ocorreu, não apareceu nenhum visitante para atrasá-los, e ela e os Allen partiram a tempo para o Salão das Águas, onde os acontecimentos e a conversa ocorriam como sempre.

O senhor Allen, depois de beber seu copo de água medicinal, juntou-se a alguns cavalheiros para conversar sobre a política do dia e comparar os relatos de seus jornais, e as senhoras caminharam juntas, observando cada novo rosto e quase todos os novos chapéus na sala. As mulheres da família Thorpe, acompanhada por James Morland, apareceram entre a multidão em menos de quinze minutos, e Catherine imediatamente tomou seu lugar de sempre ao lado da amiga. James, que agora era uma presença constante, fez o mesmo, e separando-se do resto do grupo, eles andaram dessa maneira por algum tempo, até que Catherine começou a se cansar de uma situação na qual, mesmo muito perto de sua amiga e de seu irmão, recebia uma pequena parcela da atenção deles.

Os dois estavam sempre envolvidos em alguma discussão sentimental ou em disputas acaloradas, mas seus sentimentos eram transmitidos em vozes tão sussurrantes, e sua vivacidade acompanhava tanta risada que, embora a opinião de Catherine fosse sempre solicitada por um ou por outro, ela nunca era capaz de dar alguma, por não ter ouvido uma palavra do assunto.

Por fim conseguiu se desvincular de sua amiga, pela necessidade já confessada de falar com a senhorita Tilney, a quem viu entrando na sala com a senhora Hughes, e com quem se juntou imediatamente, com a firme determinação em conhecê-la melhor principalmente pela lembrança da decepção do dia anterior. A senhorita Tilney a recebeu com muito carinho, respondeu a suas perguntas com igual boa vontade, e continuaram conversando enquanto os dois grupos permaneciam no salão. E embora, com toda a probabilidade, todas as observações e expressões usadas pelas duas já tivessem sido empregada milhares de vezes antes, sob aquele mesmo teto, em todas as temporadas de Bath, o mérito de serem ditas com simplicidade e verdade e sem vaidade pode ter sido algo incomum.

– Como o seu irmão dança bem! – foi uma exclamação ingênua de Catherine no final da conversa, que de imediato surpreendeu e divertiu sua companheira.

– Henry! Sim, ele dança muito bem – ela respondeu com um sorriso.

– Ele deve ter achado muito estranho me ouvir dizendo que já tinha parceiro na outra noite, quando me viu sentada. Mas eu realmente já tinha me comprometido com o senhor Thorpe.

A senhorita Tilney só pôde concordar.

– Você não imagina como fiquei surpresa ao vê-lo novamente. Eu tinha certeza de que ele tinha ido embora – acrescentou Catherine após um momento de silêncio.

– Quando Henry teve o prazer de vê-la antes, estava em Bath apenas por alguns dias. Ele veio apenas para conseguir alojamento para nós.

– Isso nunca me ocorreu e, claro, ao não vê-lo em nenhum lugar, achei que tinha partido. A jovem com quem ele dançou na segunda-feira não se chama senhorita Smith?

– Sim, uma conhecida da senhora Hughes.

– Ouso dizer que ela estava muito feliz em dançar. Você acha que ela é bonita?

– Não muito.

– Ele nunca vem para o Salão das Águas, suponho?

– Sim, às vezes. Mas foi cavalgar com meu pai esta manhã.

A senhora Hughes juntou-se a elas e perguntou à senhorita Tilney se estava pronta para ir.

– Espero ter o prazer de vê-la novamente em breve – disse Catherine. – Vai estar no baile amanhã?

– Talvez nós... Sim, acho que certamente iremos.

– Fico feliz por isso, pois todos estaremos lá.

Essa gentileza foi devidamente retribuída e elas se separaram, do lado da senhorita Tilney, com algum conhecimento dos sentimentos de sua nova conhecida, e de Catherine, sem a menor consciência de tê-los mostrado.

Ela foi para casa muito feliz. A manhã correspondera a todas as suas esperanças e a noite do dia seguinte era agora objeto de expectativa, a alegria futura. Que vestido e que chapéu deveria usar na ocasião tornou-se sua principal preocupação. Ela não pode ser absolvida neste ponto. A toalete é, em todos os momentos, uma ocupação frívola, e uma excessiva preocupação com ela muitas vezes destrói o objetivo desejado. Catherine sabia muito bem disso. Sua tia-avó tinha dado um sermão sobre o assunto justo no Natal anterior e, no entanto, ela ficou deitada acordada durante dez minutos na quarta-feira à noite, debatendo-se entre a musselina de bolinhas ou o bordado, e nada além do pouco tempo a impediu de comprar um novo vestido para a noite. Isso teria sido um erro de julgamento, grande, embora não incomum, do qual alguém do outro sexo, em vez do dela, um irmão, em vez de uma tia mais velha, poderia tê-la alertado, pois só um homem pode estar ciente da insensibilidade de outro homem para um vestido novo. Seria terrível para os sentimentos de muitas mulheres, se elas pudessem entender como o coração do homem é pouco afetado pelo que é caro ou novo nas roupas delas. Como influencia pouco a textura de sua musselina, e como dedicam pouca ternura pelo estampado, o enfeitado com ramos, a musselina ou o algodão. A mulher deve ela mesma ficar satisfeita. Nenhum homem a admirará mais, nenhuma mulher vai gostar dela por isso. O asseio e a moda são suficientes para o primeiro, e um pouco de desmazelo ou impropriedade será mais cativante para o segundo. Mas nenhuma dessas graves reflexões incomodou a tranquilidade de Catherine.

Ela entrou nos salões na noite de quinta-feira com sentimentos muito diferentes do que havia sentido ali na segunda-feira anterior. Naquele momento, estava exultante com seu compromisso com Thorpe, e agora estava principalmente ansiosa para evitar se encontrar com ele, para que não voltasse a convidá-la. Pois, embora não devesse e não ousasse, esperava que o senhor Tilney a convidasse uma terceira vez para dançar. Seus desejos, esperanças e planos, tudo estava centrado nisso. Toda jovem sabe o que sentia minha heroína neste momento crítico, pois toda jovem, em algum momento, já conheceu a mesma agitação. Todas estiveram, ou pelo menos acreditaram estar, expostas ao perigo de ser encontradas por alguém que desejavam evitar. E todas ficaram ansiosas pelas atenções de alguém a quem desejavam agradar.

Assim que se juntaram aos Thorpe, a agonia de Catherine começou. Ela se inquietava se John Thorpe se aproximava dela, se escondia o máximo possível da visão dele, e quando o jovem falou com ela, fingiu não ouvi-lo. Os cotilhões tinham acabado, começara a contradança, e ela não encontrava os Tilney.

– Não se assuste, minha querida Catherine – sussurrou Isabella –, mas eu realmente vou dançar com seu irmão novamente. Declaro positivamente que é bastante chocante. Digo que ele deveria ter vergonha de si mesmo, mas você e John devem nos acompanhar. Apresse-se, minha querida, e venha até nós. John acabou de sair, mas ele estará de volta em breve.

Catherine não teve nem tempo nem vontade para responder. Os outros se afastaram, John Thorpe ainda estava à vista, e ela perdeu as esperanças. Para que não parecesse, no entanto, que o observava ou esperava, ela manteve os olhos fixos em seu leque. Uma autocondenação por sua loucura, por supor que, entre tal multidão, iriam se encontrar com os Tilney a qualquer momento, tinha acabado de passar por sua mente, quando de repente se viu abordada e novamente convidada a dançar pelo próprio senhor Tilney.

Com que olhos cintilantes e pronto movimento ela concedeu o pedido dele, e com que agradável coração palpitante foi com ele para o salão, pode ser facilmente imaginado. Ter escapado, como ela acreditava, por tão pouco de John Thorpe, e ser convidada, assim que ele chegou, pelo senhor Tilney, como se a estivesse procurando para isso! Não parecia que a vida pudesse fornecer maior felicidade.

No entanto, mal conseguiram alcançar um lugar quando sua atenção foi reclamada por John Thorpe, que estava de pé atrás dela.

– Olá, senhorita Morland! Qual é o significado disso? Pensei que íamos dançar – disse ele.

– Estranho que pensasse isso, porque nunca me convidou.

– Essa é boa, por Deus! Eu a convidei assim que cheguei no salão e ia convidar de novo, mas quando me virei, a senhorita havia desaparecido! Que truque maldito! Eu só vim para dançar com a senhorita, e acredito firmemente que estava comprometida comigo desde a segunda-feira. Sim. Eu me lembro, convidei-a enquanto estava esperando no lobby pelo seu casaco. E aqui estava dizendo a todos os meus conhecidos que iria dançar com a garota mais bonita do salão e quando a virem com outra pessoa, eles certamente me perguntarão.

– Ah não. Eles nunca vão pensar em mim, depois de uma descrição como essa.

– Pelos céus, se não fizerem isso, vou expulsá-los do salão por serem estúpidos. Quem é esse que está com a senhorita?

Catherine satisfez a curiosidade dele.

– Tilney – ele repetiu. – Hum, eu não o conheço. Uma boa figura de homem, bem composto. Ele quer um cavalo? Aqui está um amigo meu, Sam Fletcher, que tem um para vender que serviria para qualquer um. Um animal muito inteligente para a estrada – apenas 40 guinéus. Eu tinha pensado em comprá-lo para mim, pois é uma das minhas máximas sempre comprar um bom cavalo quando me encontro com um, mas não serviria ao meu propósito, não serviria para o campo. Eu daria qualquer quantia por um bom cavalo de caça. Tenho três agora, os melhores que já nasceram. Eu não aceitaria nem 800 guinéus por eles. Fletcher e eu pretendemos conseguir uma casa em Leicestershire, na próxima temporada. É tão desagradável viver em uma pousada.

Esta foi a última frase com a qual ele conseguiu cansar a atenção de Catherine, pois foi levado pela pressão irresistível de uma longa fila de mulheres que passavam. Tilney então se aproximou e disse:

– Aquele cavalheiro teria me deixado sem paciência, se tivesse ficado com a senhorita meio minuto a mais. Ele não tem motivos para distrair a atenção de minha parceira de mim. Entramos em um contrato de amenidade mútua pelo espaço de uma noite, e toda a nossa amenidade pertence unicamente um ao outro naquele tempo. Ninguém pode querer roubar a atenção de um sem ferir os direitos do outro. Eu considero a dança como um emblema do casamento. Fidelidade e complacência são os principais deveres de ambos e aqueles homens que preferem não dançar ou não se casar, não devem se meter com as parceiras ou esposas de seus vizinhos.

– Mas são coisas muito diferentes!

– A senhorita acha que não podem ser comparadas.

– Claro que não. As pessoas que casam nunca podem se separar, devem viver juntas. As pessoas que dançam só ficam em frente uma da outra em um longo salão por meia hora.

– E essa é a sua definição de matrimônio e dança. Superficialmente, claro, a semelhança deles não é impressionante, mas acho que poderia colocá-los dessa maneira. A senhorita deve concordar que, em ambos, o homem tem a vantagem da escolha; a mulher, apenas o poder da recusa.

Que, em ambos, é um compromisso entre homem e mulher, formado para o benefício dos dois e que, quando concordam, pertencem exclusivamente um ao outro até o momento de sua dissolução. Que cada um tem o dever de se esforçar para não dar ao outro nenhum motivo para desejar que ele ou ela estivesse em outro lugar. E está entre os interesses deles evitar que a própria imaginação dos dois comece a vagar nas perfeições de seus vizinhos ou imaginar que poderiam estar melhor com outra pessoa. A senhorita concorda com tudo isso?

– Sim, com certeza, como o senhor afirma, tudo isso soa muito bem, mas ainda assim são muito diferentes. Não posso olhar para eles com a mesma importância, nem pensar que devem gerar os mesmos deveres.

– Em um aspecto, certamente há uma diferença. No casamento, o homem deve sustentar a mulher, esta deve tornar a casa agradável ao homem. Ele deve prover e ela, sorrir. Mas na dança, seus deveres são exatamente os opostos. A afabilidade e a conformidade é esperada dele, enquanto ela fornece o leque e a água de lavanda. Isso, eu suponho, foi a diferença que a confundiu, tornando impossível comparar as condições.

– Não, na verdade, nunca pensei nisso.

– Então estou completamente perdido. Uma coisa, no entanto, devo observar. Essa disposição do seu lado é bastante alarmante. A senhorita desaprova totalmente qualquer semelhança nas obrigações e não posso inferir daí que suas noções sobre os deveres da dança não são tão rígidas quanto seu parceiro poderia desejar? Tenho razões para temer que, se o cavalheiro que falou com a senhorita agora voltasse, ou se algum outro cavalheiro se dirigisse à senhorita, não haveria nada que a impedisse de conversar com ele durante o tempo que quisesse?

– O senhor Thorpe é um amigo muito íntimo do meu irmão e, se falar comigo, devo responder, mas não conheço mais do que três cavalheiros no salão.

– E essa é minha única segurança? Ai de mim!

– Tenho certeza de que o senhor não pode ter outra melhor, porque, se não conheço ninguém, é impossível falar com eles, e, além disso, não quero falar com ninguém.

— Agora a senhorita me deu uma segurança que vale a pena ter, e continuarei com coragem. Acha Bath tão agradável quanto quando tive a honra de fazer a pergunta antes?

— Sim, bastante, mais ainda.

— Mais ainda! Tome cuidado, ou vai esquecer de estar cansada dela no momento adequado. Deveria estar cansada ao final de seis semanas.

— Não acho que ficaria cansada nem se ficasse aqui por seis meses.

— Bath, comparada com Londres, tem pouca variedade, e todo mundo descobre isso todo ano. "Por seis semanas, concordo que Bath é bastante agradável, mas além disso, é o lugar mais cansativo do mundo." A senhorita ouvirá isso das pessoas mais diferentes, que vêm regularmente todos os invernos, prolongam suas seis semanas para 10 ou 12 e vão embora porque não podem arcar com os custos de ficar mais.

— Bem, outras pessoas devem julgar por si mesmas, e aqueles que vão a Londres podem não pensar em Bath. Mas eu, que moro num pequeno vilarejo afastado no campo, não acho esse lugar mais cansativo do que meu próprio lar. Pois aqui há uma variedade de diversões, uma variedade de coisas para serem vistas e feitas o dia todo que não existem lá.

— A senhorita não gosta do campo.

— Gosto, sim. Sempre vivi lá e sempre fui muito feliz. Mas certamente a vida no campo é muito mais monótona do que a vida em Bath. Um dia no campo é exatamente igual ao outro.

— Mas então a senhorita gasta seu tempo muito mais racionalmente no campo.

— É mesmo?

— Acha que não?

— Não acredito que haja muita diferença.

— Aqui a senhorita está em busca apenas de diversão o dia todo.

— E também em casa, só que não encontro muita. Eu ando por aqui e faço o mesmo lá, mas aqui vejo uma variedade de pessoas em todas as ruas, e lá só posso falar com a senhora Allen.

O senhor Tilney ficou muito espantado.

— Só falar com a senhora Allen! - repetiu ele. - Que quadro de pobreza intelectual! No entanto, quando a senhorita afundar neste abismo novamente, terá mais a dizer. Poderá conversar sobre Bath e de tudo o que fez aqui.

– Oh! Sim. Nunca mais faltará algo para falar novamente com a senhora Allen, ou qualquer outra pessoa. Realmente acredito que falarei sempre de Bath, quando voltar para casa – gosto muito disso. Se pudesse ter papai e mamãe e o resto da família aqui, acho que ficaria muito feliz! A chegada do James, meu irmão mais velho, foi bastante agradável, especialmente porque a própria família com quem estamos tão íntimos já eram amigos dele. Oh! Quem pode se cansar de Bath?

– Não aqueles com sentimentos tão frescos de todos os tipos como os seus. Mas a maioria dos frequentadores de Bath já perdeu o interesse em pais, mães, irmãos e amigos íntimos e o prazer sincero com bailes, peças teatrais e encontros diários já terminou para eles.

Neste momento a conversa se encerrou, as exigências da dança tinham se tornado muito inoportunas para uma atenção dividida.

Logo depois de chegarem ao fim da dança, Catherine percebeu que era muito admirada por um cavalheiro que estava entre os espectadores, imediatamente atrás de seu parceiro. Era um homem muito bonito, de aspecto imponente, mais velho, mas não distante do vigor da vida. E com os olhos ainda voltados para ela, viu como se dirigia ao senhor Tilney num sussurro familiar. Confusa pela atenção, e corando pelo medo de ter sido provocada por algo errado em sua aparência, ela olhou para o outro lado. Mas quando fez isso, o cavalheiro recuou e seu parceiro, aproximando-se, disse:

– Vejo que adivinhou o que acabam de me perguntar. Aquele cavalheiro sabe o seu nome e a senhorita tem o direito de conhecer o dele. É o general Tilney, meu pai.

A resposta de Catarina foi apenas um "Oh!" – mas era um "Oh!" que expressava o necessário: atenção às palavras dele e confiança perfeita em sua verdade. Com interesse genuíno e forte admiração, seus olhos agora seguiram o general, enquanto ele se movia no meio da multidão. E ela pensou em segredo: "Que bela família eles formam!".

Conversar com a senhorita Tilney antes do final da noite foi uma nova fonte de felicidade para ela. Ela nunca havia feito uma caminhada pelo campo desde a sua chegada a Bath. A senhorita Tilney, que conhecia todos os arredores comumente frequentados, falava deles em termos que davam muita vontade de conhecê-los também. E quando disse que temia não encontrar ninguém para acompanhá-la, foi proposto pelo irmão e pela irmã que fossem caminhar juntos, uma manhã ou outra.

– Eu gostaria mais do qualquer coisa no mundo. E não adiemos, vamos amanhã! – ela exclamou.

Isso foi prontamente aceito, com apenas uma ressalva da senhorita Tilney, caso estivesse chovendo, mas Catherine tinha certeza de que não estaria. Ao meio-dia, eles a pegariam na rua Pulteney, e ela se despediu de sua nova amiga dizendo: "Lembre-se, meio-dia".

Sua outra amiga, a mais antiga e mais estabelecida, Isabella, de cuja fidelidade e valor ela tinha desfrutado por quinze dias, quase não foi vista durante a noite. No entanto, embora ansiosa por contar sua felicidade, ela alegremente se submeteu ao desejo do senhor Allen, que queria ir embora bastante cedo, e seu espírito dançou dentro dela, enquanto balançava em seu assento todo o caminho para casa.

Capítulo 11

O dia seguinte trouxe uma manhã de aparência muito sóbria, com o sol fazendo apenas alguns esforços para aparecer, e Catherine teve o pressentimento de que isso era favorável a seus desejos. Uma manhã clara tão cedo no ano, ela pensou, geralmente se transformaria em chuva, mas uma nebulosa anunciava uma melhora à medida que o dia avançava. Ela pediu que o senhor Allen confirmasse suas esperanças, mas este, sem ter seu próprio céu e nem barômetro, recusou-se a dar qualquer promessa absoluta de sol. Ela recorreu à senhora Allen e a opinião desta foi mais positiva. Ela não tinha nenhuma dúvida no mundo de que seria um dia muito bom, se as nuvens fossem embora e o sol pudesse sair.

Por volta das onze horas, no entanto, algumas pequenas gotas de chuva nas janelas chamaram a atenção de Catherine.

– Oh! Acredito que vai chover – disse ela desanimada.

– Eu acho que vai – disse a senhora Allen.

– Nada de caminhada para mim hoje. Mas talvez não dê em nada ou pare antes do meio-dia – suspirou Catherine.

– Talvez, mas então, minha querida, vai ficar muito enlameado.

– Oh! Isso não será um problema. Eu nunca me importo com a lama.

– Não – respondeu a senhora Allen muito placidamente. – Eu sei que você nunca se importa com a lama.

Depois de uma curta pausa:

– Está caindo cada vez mais forte! – disse Catherine, olhando pela janela.

– Está mesmo. Se continuar chovendo, as ruas ficarão muito molhadas.

– Há quatro guarda-chuvas já. Como eu odeio a visão de um guarda-chuva!

– São coisas desagradáveis para carregar. Preferiria andar de liteira.

– Estava uma manhã tão bonita! Eu estava tão convencida de que ficaria seco!

– Qualquer um teria pensado assim. Haverá poucas pessoas no Salão das Águas, se chover toda a manhã. Espero que o senhor Allen vista o sobretudo quando for, mas ouso dizer que não vai, pois prefere fazer qualquer outra coisa no mundo a sair com um sobretudo. Eu me pergunto por que não gosta, deve ser tão confortável.

A chuva continuou, rápida, embora não muito forte. Catherine ia a cada cinco minutos até o relógio, ameaçando a cada retorno que, se ainda continuasse chovendo mais cinco minutos, perderia as esperanças no assunto. O relógio bateu meio-dia e ainda chovia.

– Você não poderá ir, minha querida.

– Ainda não estou desesperada. Não vou desistir até meio-dia e quinze. Esta é justamente a hora do dia em que começa a ficar mais claro e acho que o tempo parece um pouco melhor. Pronto, é meio-dia e vinte, agora vou desistir inteiramente. Oh! Se tivéssemos o tempo aqui como em *Udolpho*, ou pelo menos na Toscana e no sul da França! A noite em que a pobre St. Aubin morreu! Aquele clima maravilhoso!

Ao meio-dia e meia, quando a ansiosa atenção de Catherine pelo tempo desapareceu e ela não podia mais afirmar que iria melhorar, o céu começou a clarear voluntariamente. Um brilho de sol a pegou de surpresa. Ela olhou em volta, as nuvens se separaram e ela imediatamente voltou para a janela para vigiar e encorajar a feliz aparição. Dez minutos mais garantiram que seria uma tarde brilhante e justificavam a opinião da senhora Allen, que "sempre achou que o tempo iria limpar", mas se Catherine ainda poderia esperar seus amigos, se não tinha chovido muito para a senhorita Tilney se aventurar a sair, ainda era um mistério.

Estava muito enlameado para a senhora Allen acompanhar o marido ao Salão das Águas. Assim, ele partiu sozinho, e Catherine ainda o observava pela rua quando notou a aproximação das mesmas duas carruagens abertas, contendo as mesmas três pessoas que a surpreenderam tanto algumas manhãs antes.

– Isabella, meu irmão e o senhor Thorpe! Talvez estejam vindo me buscar, mas eu não vou, não posso ir, pois sabe, a senhorita Tilney ainda pode vir.

A senhora Allen concordou. John Thorpe logo estava com elas e sua voz chegou antes, pois nas escadas ele dizia para a senhorita Morland descer rápido.

– Apresse-se! Apresse-se! – gritou ao abrir a porta. – Coloque seu chapéu neste momento. Não há tempo a perder. Estamos indo para Bristol. Como vai, senhora Allen?

– Para Bristol! Não é muito longe? Mas, de qualquer modo, não posso ir com vocês hoje, porque tenho um compromisso. Espero alguns amigos a qualquer momento.

Isso foi, evidentemente, veementemente recusado como motivo para a recusa. A senhora Allen foi chamada para apoiá-lo e os outros dois entraram para ajudar.

– Minha querida Catherine, não é ótimo? Vamos dar um passeio celestial. Você deve agradecer a seu irmão e a mim pela decisão, pensamos nisso na hora do café da manhã, eu realmente aceitei no mesmo instante e deveríamos ter saído há duas horas, se não fosse por essa chuva detestável. Mas isso não atrapalha, pois temos a luz da lua à noite e será muito lindo. Oh! Estou em êxtase pensando em um pouco de ar do campo e na quietude! Muito melhor do que ir para os Salões Inferiores. Vamos diretamente para Clifton e jantar lá, e assim que acabarmos, se houver tempo, continuamos para Kingsweston.

– Duvido que possamos fazer tanto – disse James.

– Vire a boca para outro lado! – exclamou Thorpe. – Poderemos fazer dez vezes mais. Kingsweston! Sim, e o Castelo de Blaize também, e qualquer outra coisa que quisermos conhecer, mas aqui está sua irmã dizendo que não irá.

– O Castelo de Blaize! – exclamou Catherine. – O que é isso?

– O melhor lugar da Inglaterra. Sempre vale a pena viajar 80 quilômetros para vê-lo.

– Como, realmente é um castelo, um castelo antigo?

– O mais antigo do reino.

– Mas é como aqueles das lendas?

– Exatamente, assim mesmo.

– Mas então, realmente tem torres e longas galerias?

– Às dezenas.

– Então eu gostaria de conhecê-lo, mas não posso, não posso ir.

– Não pode ir! Minha querida, como assim?

– Não posso ir, porque – abaixando a cabeça enquanto falava, com medo do sorriso de Isabella – espero a senhorita Tilney e o irmão para fazer uma caminhada pelo campo. Eles prometeram vir ao meio-dia, só que estava chovendo, mas agora, como está tudo bem, ouso dizer que chegarão em breve.

– Não virão, na verdade – exclamou Thorpe. – Pois, quando entramos na rua Broad, eu os vi. Ele não dirige uma carruagem castanho brilhante?

– Eu não sei.

– Sim, eu sei que era ele. Eu o vi. Está falando do homem com quem a senhorita dançou ontem à noite, não é?

– Sim.

– Bem, eu o vi naquele momento virar na Lansdown Road, levando uma garota muito bonita.

– É mesmo?

– Pela minha alma. Eu o reconheci imediatamente, e também parecia ter cavalos muito bons.

– É muito estranho! Mas suponho que pensaram que estaria muito enlameado para uma caminhada.

– E é bem verdade, porque nunca vi tanta lama em minha vida. Caminhada! Seria mais fácil voar do que caminhar! Não esteve tão enlameado este inverno. Afundamos até o tornozelo em todos os lugares.

Isabella corroborou:

– Minha querida Catherine, não pode ter ideia da lama. Venha, você precisa vir. Não pode recusar agora.

– Eu gostaria de ver o castelo, mas podemos passear por ele? Podemos subir todas as escadas e entrar em todos os quartos?

– Sim, sim, todos os buracos e cantos.

– Mas então, se eles só ficarem fora por uma hora até que esteja mais seco, e vierem me buscar?

– Fique tranquila, não há perigo, pois ouvi Tilney cumprimentar um homem que estava passando a cavalo, dizendo que estavam indo até Wick Rocks.

– Então eu vou. Devo ir, senhora Allen?

– Como quiser, minha querida.

– Senhora Allen, deve persuadi-la a ir – foi a exclamação geral.

A senhora Allen não estava desatenta a isso:

– Bem, minha querida. Acho que deve ir – disse ela.

E em dois minutos eles estavam saindo.

Catherine, quando entrou na carruagem, estava muito inquieta, dividida entre o arrependimento pela perda de um grande prazer e a esperança de logo desfrutar de outro, quase tão grande, por mais que fosse de um tipo diferente. Não podia pensar que os Tilneys tivessem agido muito bem com ela, desistindo logo do compromisso, sem enviar qualquer mensagem de desculpa. Havia passado apenas uma hora do horário combinado para o início da caminhada e, apesar de ter ouvido sobre o grande acúmulo de lama no curso daquela hora, não pôde, por sua própria observação, deixar de pensar que poderiam ter caminhado com poucos inconvenientes. Sentir-se desprezada por eles foi muito doloroso. Por outro lado, a delícia de explorar uma construção como descrito em *Udolpho*, como sua fantasia representava o Castelo Blaize, era uma compensação que poderia consolá-la de quase tudo.

Passaram rapidamente pela rua Pulteney e por Laura Place, sem trocar muitas palavras. Thorpe falava com seu cavalo, e ela meditava, às vezes, sobre promessas quebradas e arcos, carruagens e faltas cometidas, os Tilney e alçapões. Quando entraram em Argyle Buildings, no entanto, ela foi despertada por este comentário de seu companheiro:

– Quem é aquela garota que olhou para a senhorita com tanta atenção quando passou?

– Quem? Onde?

– Na calçada da direita, ela deve estar quase fora de vista agora.

Catherine olhou para trás e viu a senhorita Tilney de braço dado com seu irmão, andando devagar pela rua. Ela viu os dois olhando para ela.

– Pare, pare, senhor Thorpe – ela exclamou impaciente. – É a senhorita Tilney. Claro que é. Como me disse que tinham ido embora? Pare, pare, vou sair agora mesmo para ir até eles.

Mas para que ela disse isso? Thorpe apenas chicoteou o cavalo para que trotasse mais rápido. Os Tilney, que tinham parado para olhar para ela, logo desapareceram depois da esquina de Laura Place e, pouco depois, ela já estava no mercado. Ainda assim, durante toda a extensão da rua, ela pediu que ele parasse.

– Pare, pare, senhor Thorpe. Não posso ir. Eu não vou continuar. Preciso voltar para a senhorita Tilney.

Mas o senhor Thorpe apenas ria, chicoteava encorajando o cavalo, fazia ruídos estranhos e seguia em frente. E Catherine, zangada e irritada como estava, não tendo como fugir, foi obrigada a desistir da discussão e se submeter. Não poupou, no entanto, suas repreensões.

– Como pôde me enganar, senhor Thorpe? Como pôde me dizer que os viu em Lansdown Road? Eu não teria deixado isso acontecer. Eles devem pensar que é tão estranho, tão rude de minha parte! Passar por eles também, sem dizer uma palavra! O senhor não sabe como estou irritada. Não terei prazer em Clifton nem em mais nada. Eu preferia, dez mil vezes, descer agora e voltar para eles. Como pôde me dizer que os viu em uma carruagem?

Thorpe se defendeu com muita firmeza, declarou que nunca tinha visto dois homens tão parecidos em sua vida, e não desistiu de dizer que era mesmo Tilney.

O passeio, mesmo quando este assunto acabou, não foi muito agradável. A afabilidade de Catherine não era mais a mesma que tinha sido antes. Ela ouvia com relutância e suas respostas eram curtas. O Castelo Blaize foi seu único conforto. Enquanto ia para lá, ela ainda sentia intervalos de prazer, embora, para não ter que ficar desapontada com a caminhada prometida, e especialmente para não ser mal vista pelos Tilney, ela teria de bom grado desistido de toda a felicidade que suas muralhas poderiam fornecer. A felicidade de andar por inúmeros aposentos luxuosos, exibindo os restos de móveis magníficos, apesar de estarem abandonados há muitos anos. A felicidade de passar em seu caminho por estreitas e sinuosas abóbadas, por uma porta baixa gradeada. Ou até mesmo de ter sua vela, sua única vela, apagada por uma súbita rajada de vento, e terminar na total escuridão.

Eles prosseguiram em sua jornada sem nenhum contratempo, e já podiam ver a cidade de Keynsham quando um grito de James, que estava atrás deles, fez o amigo parar, para saber qual era o problema. Os outros chegaram perto o suficiente para conversar e James disse:

– É melhor voltarmos, Thorpe. É tarde demais para continuar hoje. Sua irmã concorda comigo. Estamos a exatamente uma hora da rua Pulteney, pouco mais de 11 quilômetros, e, suponho, temos pelo menos mais 13 para ir. Não conseguiremos. Saímos muito tarde. É melhor adiar até outro dia e dar meia-volta.

– Dá no mesmo para mim – respondeu Thorpe com raiva, e, imediatamente virando o cavalo, começaram a voltar para Bath.

– Se o seu irmão não tivesse essa droga de animal – disse ele logo depois –, poderíamos ter conseguido. Meu cavalo teria trotado até Clifton em uma hora, se estivesse sozinho, e eu quase quebrei meu braço diminuindo o ritmo para acompanhar o passo daquele maldito cavalo doente com problemas de respiração. James é um tolo por não ter um cavalo próprio.

– Não, ele não é – disse Catherine brava –, pois tenho certeza de que ele não pode pagar.

– E por que ele não pode pagar?

– Porque ele não tem dinheiro suficiente.

– E de quem é a culpa?

– De ninguém, que eu saiba.

Thorpe então disse algo na maneira alta e incoerente a que frequentemente recorria, sobre ser difícil ser miserável. E que se as pessoas que tinham dinheiro não pudessem pagar as coisas, ele não sabia quem poderia, o que Catherine nem mesmo se esforçou para entender. Desapontada com o que deveria ter sido o consolo de seu primeiro desapontamento, ela estava cada vez menos disposta a ser agradável ou gostar de sua companhia, e voltaram para a rua Pulteney sem que ela falasse vinte palavras.

Quando Catherine entrou na casa, o criado disse que um cavalheiro e uma dama tinham vindo e perguntado por ela alguns minutos depois que havia partido. E, quando ele disse que tinha saído com o senhor Thorpe, a senhora perguntou se alguma mensagem havia sido deixada para ela. Ao ouvir que não, quis deixar um cartão, mas falou que não tinha nenhum com ela e foi embora. Ponderando sobre essas notícias comoventes, Catherine subiu as escadas lentamente. No alto, foi recebida pelo senhor Allen, que, ao ouvir a razão de seu rápido retorno, disse:

– Estou contente que seu irmão tenha tido tanto bom senso. Estou feliz que esteja de volta. Foi um passeio estranho e difícil.

Todos passaram a noite juntos com os Thorpe. Catherine estava perturbada e sem ânimo, mas Isabella parecia considerar uma rodada de jogo de cartas, em parceria com James. Isso compensava não ter aproveitado o ar calmo e rural de uma estalagem em Clifton. Sua satisfação, também, em não estar nos Salões Inferiores, foi dita mais de uma vez.

– Como tenho pena das pobres criaturas que estão indo para lá! Que bom que não estou entre elas! Eu me pergunto se o baile estará cheio ou não! Eles ainda nem começaram a dançar. Não gostaria de estar lá por nada desse mundo, é tão delicioso ter uma noite de vez em quando para nós mesmas. Ouso dizer que não será um bom baile. Sei que os Mitchell não estarão lá. Tenho certeza de que lamento por todos que estão. Mas, ouso dizer, senhor Morland, que gostaria de ter ido, não é? Tenho certeza de que sim. Bem, não deixe que ninguém aqui o impeça de ir. Ouso dizer que poderíamos ficar muito bem sem o senhor, mas vocês, homens, se julgam muito importantes.

Catherine pensou em acusar Isabella de não demonstrar nenhuma ternura por ela e suas tristezas, pois pareciam cruzar muito pouco a mente da amiga.

– Não fique tão quieta, minha querida – ela sussurrou. – Vai me deixar triste. Foi muito chocante, com certeza, mas os Tilney foram os culpados. Por que não foram mais pontuais? Estava enlameado, de fato, mas o que isso importava? Tenho certeza de que John e eu não nos importaríamos. Nunca me importo de passar por qualquer coisa, quando se trata de um amigo. Essa é a minha disposição, e John é igual. Ele tem sentimentos fortes incríveis. Deus do céu! Que cartas maravilhosas você tem! Reis! Nunca tive essa sorte em minha vida! Eu preferiria cinquenta vezes que você a tivesse do que eu.

E agora posso deixar minha heroína na cama sem dormir, que é a verdadeira sina de uma heroína, um travesseiro cheio de espinhos e molhado de lágrimas. E ela poderá achar que terá sorte, se conseguir outra boa noite de descanso no curso dos próximos três meses.

Capítulo 12

– Senhora Allen – disse Catherine na manhã seguinte –, haverá algum mal em visitar a senhorita Tilney hoje? Não ficarei tranquila até ter explicado tudo.

– Vá, com certeza, minha querida, apenas coloque um vestido branco. A senhorita Tilney sempre veste branco.

Catherine concordou alegremente, e estando devidamente vestida, estava mais impaciente do que nunca para chegar ao Salão das Águas e informar-se onde o general Tilney estava hospedado, pois, embora acreditasse que estavam na rua Milsom, não tinha certeza de qual casa. E as convicções oscilantes da senhora Allen só tornavam tudo mais confuso. Foi até a rua Milsom e, já sabendo o número, apressou-se com passos ansiosos e um coração palpitante para sua visita, onde poderia explicar sua conduta e ser perdoada. Ao passar pelo pátio da igreja o mais silenciosamente possível, resolutamente desviou os olhos, para não ser obrigada a ver sua amada Isabella e sua querida família que, ela tinha motivos para acreditar, estavam em uma loja por perto.

Chegou à casa sem qualquer impedimento, procurou o número, bateu na porta e perguntou pela senhorita Tilney. O criado acreditava que a senhorita Tilney estava em casa, mas não tinha certeza. Poderia anunciar seu nome? Ela deu seu cartão. Em poucos minutos, o criado retornou e, com um olhar que não confirmava as palavras, disse estar enganado, pois a senhorita Tilney tinha saído. Catherine, com um rubor de mortificação, partiu. Sentia-se quase convencida de que a senhorita Tilney estava em casa e ofendida demais para recebê-la. Quando seguiu pela rua, não pôde deixar de olhar para as janelas da sala de visitas, na expectativa de vê-la ali, mas ninguém apareceu nelas. No fim da rua, no entanto, olhou para trás novamente, e então, não em uma janela, mas saindo pela porta, viu a própria senhorita Tilney. Era seguida por um cavalheiro, que Catherine acreditou ser o pai, e eles viraram em direção ao Edgar's Buildings. Catherine, profundamente mortificada, prosseguiu em seu caminho.

Catherine quase podia ficar com raiva de uma falta de educação tão profunda, mas reprimiu o ressentimento. Lembrava-se de sua própria ignorância. Ela não sabia como uma ofensa como a dela poderia ser classificada pelas leis da polidez cotidiana, até que ponto isso era imperdoável, nem a que rigores de indelicadeza em retorno poderia ser amenizada em forma justa.

Abatida e humilhada, pensou até em não ir com os outros ao teatro naquela noite, mas é preciso confessar que isso não durou muito tempo, pois ela logo se lembrou, em primeiro lugar, de que não tinha desculpa para ficar em casa, e, em segundo, que era uma peça que queria muito ver.

Então, todos foram para o teatro. Nenhum Tilney apareceu para atormentá-la ou agradá-la. Ela temia que, entre as muitas qualidade da família, o gosto por peças não estivesse incluído, mas talvez fosse porque estavam habituados às melhores atuações dos palcos de Londres, que, ela sabia por Isabella, transformavam todo o resto em algo "bastante horrível".

Ela não foi enganada em sua própria expectativa de prazer. A comédia a entreteve tão bem que ninguém, observando-a durante os primeiros quatro atos, imaginaria que estava sofrendo por alguma coisa. No início do quinto, no entanto, a súbita visão do senhor Henry Tilney e seu pai, juntando-se a um grupo no camarote oposto, lembrou-a de sua ansiedade e angústia. O palco não podia mais proporcionar a genuína alegria e não conseguia manter mais toda a atenção dela. Estava sempre olhando para o camarote oposto e, pelo espaço de duas cenas inteiras, olhou direto para Henry Tilney, sem conseguir chamar sua atenção. Ele não podia ser acusado de mostrar indiferença pela peça. Sua atenção não deixou o palco durante duas cenas inteiras.

Por fim, no entanto, ele olhou para ela e fez uma reverência, mas que reverência! Nenhum sorriso, nenhum olhar demorado o acompanhou. Seus olhos se voltaram imediatamente para o palco. Catherine ficou inquieta e infeliz, quase podia ter corrido para o camarote em que ele estava sentado para forçá-lo a ouvir sua explicação. Sentimentos mais naturais a uma moça comum do que a uma heroína tomavam conta dela. Em vez de considerar sua própria dignidade ferida por essa pronta condenação e orgulhosamente resolver, com uma inocência consciente, mostrar seu ressentimento para ele, o que poderia levá-lo a sentir uma dúvida e deixar para ele todo o trabalho de buscar uma explicação e iluminar o passado, apenas evitando olhar para ele, ou flertando com outra pessoa, ela assumiu para si toda a vergonha da má conduta, ou a aparência desta, e estava ansiosa apenas por uma oportunidade de se explicar.

A peça terminou e a cortina caiu. Henry Tilney não foi mais visto onde até então estivera sentado, mas seu pai permaneceu, e talvez ele agora estivesse vindo para o camarote delas. Ela estava certa. Em poucos minutos, ele apareceu e, abrindo caminho entre as fileiras que se esvaziavam, dirigiu-se com delicadeza tranquila à senhora Allen e sua amiga. Esta respondeu não com tanta calma:

– Oh! Senhor Tilney, quero muito falar com o senhor e pedir desculpas. Deve ter me achado muito rude, mas na verdade não foi culpa minha, foi, senhora Allen? Não me disseram que o senhor Tilney e sua irmã tinham partido em uma carruagem? E então o que eu poderia fazer? Mas tinha dez mil vezes mais vontade de estar com vocês. Não é mesmo, senhora Allen?

– Minha querida, está puxando meu vestido – foi a resposta da senhora Allen.

Ela, no entanto, concordou com Catherine, e isso teve certo efeito. Trouxe um sorriso mais cordial e natural ao semblante dele, que respondeu num tom que conservava apenas uma pequena reserva afetada:

– De qualquer forma, ficamos muito gratos à senhorita por nos desejar um agradável passeio depois que nos cruzamos na rua Argyle. Foi tão amável ao olhar para trás de propósito.

– Mas, na verdade, não estava desejando uma agradável caminhada. Nunca pensei em tal coisa, implorei para que o senhor Thorpe parasse. Pedi assim que os vi. Agora, senhora Allen, não... Oh! A senhora não estava lá, mas de fato eu fiz isso e se o senhor Thorpe tivesse parado, eu teria saltado e corrido atrás de vocês.

Existe algum Henry no mundo que poderia ser insensível a tal declaração? Henry Tilney, pelo menos, não poderia. Com um sorriso ainda mais doce, ele disse tudo que precisava ser dito sobre a preocupação que aquela situação havia causado em sua irmã, e a confiança dela na honra de Catherine.

– Oh! Não diga que a senhorita Tilney não estava com raiva – exclamou Catherine –, porque sei que estava. Ela não me recebeu esta manhã quando fui visitá-la. Eu a vi saindo da casa no minuto seguinte depois de minha partida. Fiquei triste, mas não me ofendi. Talvez não saiba que eu estive lá.

– Eu não estava no momento, mas Eleanor me contou, e ela quer, desde então, vê-la para explicar a razão de tal falta de polidez, mas talvez eu também possa fazer isso. Foi meu pai. Eles estavam se preparando para sair e, como ele estava com pressa e não se importando com suas atitudes, mandou que não a recebesse. Isso foi tudo, eu garanto. Ela ficou muito aborrecida e pretendia pedir desculpas o mais breve possível.

Catherine ficou muito mais tranquila com essa informação, mas permaneceu ainda uma certa preocupação, da qual surgiu a seguinte pergunta, completamente ingênua, embora um pouco incômoda para o cavalheiro:

– Mas, senhor Tilney, por que foi menos generoso que sua irmã? Se ela sentia tanta confiança em minhas boas intenções e imaginou que foi apenas um erro, por que o senhor estava tão pronto para se ofender?

– Eu! Ofender-me!

– Não, tenho certeza pelo seu olhar, quando sentou-se no camarote, que estava com raiva.

– Eu, com raiva! Não teria motivo.

– Bem, ninguém teria pensado que não tinha motivo ao ver seu rosto.

Henry Tilney respondeu pedindo que Catherine abrisse espaço para ele sentar ao lado dela e começou a falar sobre a peça.

Ele ficou com elas algum tempo e foi bastante atencioso com Catherine, que já estava contente quando ele foi embora. Antes de se separarem, no entanto, foi combinado que a caminhada projetada deveria ser realizada o quanto antes, e, apesar da infelicidade por ele ir embora, ela era, no geral, uma das criaturas mais felizes do mundo.

Enquanto conversavam, ela havia observado com alguma surpresa que John Thorpe, que nunca permanecia no mesmo lugar por dez minutos, estava conversando com o general Tilney. E ela sentiu algo mais do que surpresa quando pensou que podia ser o objeto da atenção e da conversa deles. O que eles poderiam falar sobre ela? Ela temia que o general Tilney não gostasse de sua aparência. Achou que isso estava implícito quando impediu que falasse com a filha, em vez de adiar sua caminhada por alguns minutos.

– Como o senhor Thorpe conhece seu pai? – foi a pergunta ansiosa de Catherine, quando ela os apontou para seu companheiro.

Henry não sabia, mas explicou que o pai, como todo militar, conhecia muita gente.

Quando o espetáculo acabou, Thorpe veio para ajudá-las a sair. Catherine foi o objeto imediato de sua galanteria e, enquanto esperavam no saguão por uma liteira, ele se adiantou à pergunta que estava quase na ponta da língua dela, perguntando, de maneira pomposa, se ela o vira conversando com o general Tilney:

– Ele é um bom e velho sujeito, juro pela minha alma! Robusto, ativo, parece tão jovem quanto o filho. Tenho um grande respeito por ele, asseguro-lhe. Um tipo de cavalheiro, um dos melhores sujeitos que já viveram.

– Mas como o senhor o conhece?

– Conhecê-lo? Há poucas pessoas nessa cidade que eu não conheço. Eu sempre o encontro em Bedford e o reconheci no momento em que entrou na sala de bilhar. Um dos melhores jogadores que temos, a propósito. E tivemos um pequeno contato, embora eu quase tivesse medo dele no começo: as chances eram de cinco para quatro contra mim e, se não tivesse dado uma das tacadas mais brilhantes que talvez já tenha sido feita neste mundo: acertei exatamente a bola dele. Mas eu não poderia explicar sem uma mesa. No entanto, eu o venci. Um sujeito muito bom. Tão rico quanto um judeu. Gostaria de jantar com ele, ouso dizer que dá jantares famosos. Mas sobre o que acha que estivemos falando? Sobre a senhorita. Sim, pelos céus! E o general acha que é a moça mais bonita de Bath.

– Oh! Bobagem! Como pode dizer isso?

– E o que a senhorita acha que eu disse? – baixando a voz – Exatamente, general – disse eu. – Sou da mesma opinião.

Aqui Catherine, que estava muito menos satisfeita com a admiração dele do que com a do general Tilney, não ficou triste ao ser chamada pelo senhor Allen. Thorpe, no entanto, acompanhou-a até sua liteira e, até que ela entrasse, continuaria com o mesmo tipo de lisonja delicada, apesar das súplicas dela para que parasse.

Que o general Tilney, em vez de não gostar, a admirava, era encantador. Ela pensou com alegria que não havia ninguém da família que ela agora temesse conhecer. A noite tinha sido muito boa para ela, mais do que podia esperar.

Capítulo 13

Segunda, terça, quarta, quinta, sexta e sábado já foram repassados para o leitor. Os acontecimentos de cada dia, esperanças e medos, constrangimentos e prazeres, foram tratados separadamente, e agora só falta as dores do domingo para serem descritas e assim fechar a semana. O plano de Clifton fora adiado, não abandonado, e no Crescent, na tarde deste dia, foi novamente mencionado. Em uma conversa privada entre Isabella e James, sendo que a primeira desejava ir, e o segundo também, pois queria muito agradá-la, foi decidido que se o tempo estivesse bom, o passeio deveria acontecer na manhã seguinte e eles partiriam muito cedo, para voltarem para casa a tempo.

O assunto foi assim decidido, e com a aprovação de Thorpe assegurada, só faltava informar Catherine sobre isso. Ela os havia deixado por alguns minutos para falar com a senhorita Tilney. Nesse intervalo, o plano foi concluído e, assim que ela voltou, exigiram que concordasse, mas em vez do consentimento alegre esperado por Isabella, Catherine ficou séria, lamentou muito, mas não podia ir. O compromisso que deveria impedi-la de se juntar à primeira tentativa de passeio tornava impossível que ela os acompanhasse agora. Ela havia, naquele momento, combinado com a senhorita Tilney fazer no dia seguinte a caminhada proposta. Estava bastante determinada e não retrocederia de nenhuma maneira.

Porém ela deveria e iria voltar atrás imediatamente, foi a exclamação ansiosa dos dois Thorpes. Eles tinham que ir a Clifton amanhã, e não iriam sem ela. Não seria nenhum problema adiar uma simples caminhada por mais um dia, e eles não aceitariam uma recusa. Catherine ficou aborrecida, mas não cedeu.

– Não insista, Isabella. Estou comprometida com a senhorita Tilney. Não posso ir.

Seus pedidos não adiantaram. Foi assediada pelos mesmos argumentos: ela deveria ir, teria de ir, e eles não aceitariam uma recusa.

– Seria tão fácil dizer à senhorita Tilney que você acabou de se lembrar de um compromisso anterior, e só precisaria implorar para adiar a caminhada até a terça-feira.

– Não, não seria fácil. Não poderia fazer isso. Não havia nenhum compromisso anterior.

Mas Isabella tornou-se cada vez mais insistente, falando com ela da maneira mais afetuosa, dirigindo-lhe as palavras doces. Tinha certeza que sua querida e doce Catherine não recusaria seriamente um pedido tão insignificante a uma amiga que a amava tão carinhosamente. Ela sabia que sua amada Catherine tinha um coração carinhoso, um temperamento tão doce, que seria facilmente persuadida por aqueles que amava. Mas tudo em vão. Catherine sentia que estava certa e, embora aflita por súplicas tão carinhosas e lisonjeiras, não podia permitir que isso a influenciasse.

Isabella então tentou outro método. Ela a censurou por ter mais afeição pela senhorita Tilney, embora a conhecesse há pouco tempo, do que por seus melhores e mais antigos amigos, por ter ficado fria e indiferente, principalmente com ela.

– Não posso deixar de sentir ciúmes, Catherine, quando me vejo desprezada por estranhos, eu, que a amo tanto! Quando entrego minha afeição nada pode alterá-la. Mas acredito que meus sentimentos são mais fortes que os de qualquer outra pessoa. Tenho certeza de que são fortes demais para minha própria paz. E ver-me suplantada em sua amizade por estranhos coloca em perigo minha paz de espírito. Esses Tilney parecem engolir tudo à sua volta.

Catherine achou essa reprovação igualmente estranha e indelicada. Seria parte de uma amizade, então, expor seus sentimentos à atenção dos outros? Isabella pareceu, para ela, egoísta e pouco generosa, indiferente a tudo que não fosse sua própria satisfação. Essas ideias dolorosas cruzaram sua mente, embora não tenha dito nada. Isabella, nesse meio tempo, tinha levado o lenço aos olhos e Morland, infeliz com tal visão, não pôde deixar de dizer:

– Não, Catherine. Acho que não pode mais se recusar agora. O sacrifício não é muito para agradar uma amiga assim. Vou pensar que você é muito indelicada, se ainda assim se recusar.

Essa foi a primeira vez que o irmão ficou abertamente contra ela e, ansiosa para evitar seu descontentamento, propôs um compromisso. Se eles adiassem o passeio até a terça-feira, o que poderiam facilmente fazer, já que dependia apenas de si mesmos, ela iria com eles, e todos ficariam satisfeitos. Mas "Não, não, não!" foi a resposta imediata. "Isso não poderia ser, pois Thorpe sabia que deveria ir à cidade na terça-feira." Catherine lamentou, mas não podia fazer mais nada, e um curto silêncio se seguiu, quebrado por Isabella, que, com uma voz de frio ressentimento, disse:

– Muito bem, então não haverá passeio. Se Catherine não for, eu não posso ir. Não posso ser a única mulher. Não faria, de nenhuma maneira, algo tão impróprio.

– Catherine, você precisa ir – disse James.

– Mas por que o senhor Thorpe não pode levar uma de suas outras irmãs? Ouso dizer que qualquer uma gostaria de ir.

– Obrigado – exclamou Thorpe –, mas não vim para Bath para levar minhas irmãs de um lado para o outro e ficar parecendo um tolo. Não, se a senhorita não for, para o diabo que eu vou. Só quero ir para levá-la.

– Esse é um elogio que não me dá nenhum prazer.

Mas Thorpe não ouviu suas palavras, pois tinha se afastado abruptamente.

Os outros três ainda continuaram juntos, pressionando de maneira muito desconfortável a pobre Catherine. Às vezes nem uma palavra era dita, às vezes ela era novamente atacada por súplicas ou censuras, e seu braço ainda estava ligado ao de Isabella, embora seus corações estivessem em guerra. Em um momento ela estava mais tranquila, em outro, irritada. Muito angustiada, mas sempre firme.

– Não achei que você fosse tão obstinada, Catherine. Você não era tão difícil de ser convencida. Já foi a mais gentil e carinhosa das minhas irmãs – disse James.

– Espero não ser menos agora, mas realmente não posso ir. Se estiver errada, estou fazendo o que acredito estar certo – ela respondeu sentida.

– Suspeito que não esteja muito empenhada nisso – disse Isabella, em voz baixa.

O coração de Catherine pesou. Ela retirou o braço e Isabella não se opôs. Assim, passaram-se dez longos minutos, até que se uniram novamente a Thorpe, que, chegando com um olhar mais alegre, disse:

– Bem, resolvi o assunto e agora todos podemos ir amanhã com a consciência tranquila. Eu fui à senhorita Tilney e dei desculpas de sua parte.

– O senhor não fez isso! – exclamou Catherine.

– Juro pela minha alma. Eu a deixei neste momento. Disse que a senhorita me enviara para dizer que, tendo acabado de se lembrar do compromisso anterior de ir para Clifton conosco amanhã, não poderia ter o prazer de caminhar com ela antes de terça-feira. Ela disse muito bem, terça-feira era conveniente para ela. Então terminaram todas as nossas dificuldades. Boa ideia a minha, não?

O semblante de Isabella estava novamente sorrindo com bom humor, e James também parecia feliz de novo.

– Uma ideia celestial, de fato! Agora, minha doce Catherine, todas as nossas aflições acabaram. A senhorita está honrosamente liberada e faremos um passeio muito agradável.

– Isso não é correto. Não posso me submeter a isso. Vou correr atrás da senhorita Tilney imediatamente e resolver o assunto – disse Catherine.

Isabella, no entanto, segurou uma de suas mãos, Thorpe segurou a outra, e os três protestaram. Até James estava muito bravo. Se tudo estava resolvido, se a própria senhorita Tilney tinha dito que terça-feira estava bem para ela, era ridículo, um absurdo completo, fazer qualquer outra objeção.

– Eu não me importo. O senhor Thorpe não tinha por que inventar tal mensagem. Se eu achasse certo adiar, poderia ter falado eu mesma com a senhorita Tilney. Isso foi muito rude, e como posso saber se o senhor Thorpe falou... Talvez ele tenha se equivocado novamente. Ele me levou a um ato de grosseria por seu erro na sexta-feira. Solte-me, senhor Thorpe. Isabella, não me segure.

Thorpe disse a ela que seria em vão ir atrás dos Tilney. Eles estavam virando a esquina na rua Brock quando ele os alcançou, e já estariam em casa a essa hora.

– Então irei atrás deles – disse Catherine. – Onde quer que estejam, vou atrás deles. Não adianta. Não serei persuadida a fazer o que acho errado, nem enganada para isso.

E com essas palavras, ela se afastou correndo. Thorpe teria corrido atrás dela, mas Morland o reteve.

– Deixe-a ir, deixe-a ir, se ela quiser.

– Ela é tão obstinada quanto...

Thorpe não terminou a comparação, pois dificilmente poderia ter sido adequada.

Catherine correu muito agitada, tão rápido quanto a multidão permitia, temerosa de ser perseguida, mas determinada a não desistir. Enquanto caminhava, refletiu sobre o que havia passado. Era doloroso para ela desapontá-los e desagradá-los, particularmente desagradar seu irmão, mas ela não iria se arrepender de sua resistência. Deixando sua própria vontade de lado, ter falhado uma segunda vez em seu compromisso com a senhorita Tilney, ter recuado de uma promessa feita voluntariamente apenas cinco minutos antes, ainda mais com um falso pretexto, teria sido algo muito errado. Ela não tinha resistido apenas por princípios egoístas, não buscava apenas a própria gratificação. Isso poderia ser assegurado em algum grau pela própria excursão ao Castelo Blaize. Não, ela havia prestado atenção ao que era devido aos outros e ao seu próprio caráter, na opinião deles.

A convicção de estar certa, no entanto, não foi suficiente para restaurar a tranquilidade de Catherine. Até falar com a senhorita Tilney, não ficaria sossegada, e, acelerando o ritmo quando se afastou do Crescent, quase correu toda a distância que faltava até chegar ao alto da rua Milsom. Ela foi tão rápida que, apesar da vantagem dos Tilney no início, eles estavam apenas entrando em seus aposentos quando ela os viu. E com o criado ainda com a porta aberta, apenas disse que precisava falar com a senhorita Tilney naquele momento e subiu as escadas. Então, abrindo a primeira porta à sua frente, viu-se na sala de visitas com o general Tilney e seus dois filhos. Sua explicação, falha por sua irritação e falta de ar, foi dada imediatamente.

– Vim muito depressa... Foi tudo um engano... Nunca prometi ir... Disse a eles desde o início que não podia ir. Saí correndo com muita pressa para explicar. Não me importa o que estiverem pensando de mim. Não queria esperar o criado.

A questão, entretanto, embora não perfeitamente elucidada por esse discurso, logo deixou de ser um enigma. Catherine descobriu que John Thorpe dera a mensagem, e a senhorita Tilney não teve escrúpulos em confessar que se sentira muito surpresa com ela. Mas se o irmão havia ficado também ressentido, Catherine, embora instintivamente se dirigisse tanto a um quanto a outro em sua defesa, não tinha como saber. O que quer que tenha sido sentido antes de sua chegada, suas ansiosas declarações imediatamente tornaram cada olhar e frase tão amigáveis quanto ela poderia desejar.

Com o caso então felizmente resolvido, ela foi apresentada pela senhorita Tilney a seu pai e recebida por ele com tanta polidez que lembrou-se do que Thorpe havia falado, e isso a fez pensar com prazer que às vezes ele era digno de confiança. Tanta era atenção educada do general que, sem estar ciente da extraordinária rapidez dela ao entrar na casa, ficou bastante zangado com o criado cuja negligência a obrigara a abrir ela mesma a porta do aposento.

– O que William quis com isso? – perguntou ele, afirmando que deveria investigar o assunto.

E, se Catherine não tivesse confirmado a inocência do criado, parecia provável que William perdesse a estima de seu mestre para sempre, ou até mesmo o emprego, devido à pressa dela.

Depois de ficar com eles por quinze minutos, Catherine se levantou para se despedir, e depois ficou agradavelmente surpresa quando o general Tilney perguntou se ela daria a honra de jantar e passar o resto do dia com sua filha. A senhorita Tilney reiterou o desejo. Catherine estava muito grata, mas não poderia aceitar. O senhor e a senhora Allen a esperavam de volta a qualquer momento.

O general declarou que não insistiria, pois as ordens do senhor e da senhora Allen não deveriam ser desobedecidas. Mas, em outro dia, ele esperava, quando o convite pudesse ser feito com mais antecedência, eles não se recusariam a deixar que passasse tempo com sua amiga.

Catherine tinha certeza de que não fariam a menor objeção, e ela teria muito prazer em vir. O general acompanhou-a até a porta da rua, dizendo coisas galantes enquanto desciam as escadas, admirando a elasticidade de seu andar, que correspondia exatamente à vivacidade de sua dança, e fazendo uma das mais graciosas reverências que ela já tinha visto, quando se separaram.

Catherine, encantada com tudo o que havia acontecido, seguiu alegremente para a rua Pulteney caminhando, como concluiu, com grande elasticidade, embora nunca tivesse pensado nisso antes. Ela chegou em casa sem ver ninguém da parte ofendida. Agora que tinha triunfado, mantido sua postura, e estava segura de que iria fazer a caminhada, começou, enquanto ia se tranquilizando, a duvidar se estava totalmente certa.

Um sacrifício sempre era nobre. E se ela tivesse cedido às súplicas deles, teria sido poupada da ideia angustiante de ter deixado uma amiga descontente, um irmão zangado e um passeio feliz para ambos destruído, talvez por sua culpa. Para se tranquilizar e certificar-se, pela opinião de uma pessoa imparcial, como tinha sido sua conduta, ela mencionou diante do senhor Allen o passeio meio estabelecido entre seu irmão e os Thorpe para o dia seguinte. O senhor Allen perguntou imediatamente:

— Bem, e você pensa em ir?

— Não. Eu tinha acabado de combinar uma caminhada com a senhorita Tilney antes que me contassem. Portanto, não poderia ir com eles, poderia?

— Não, certamente não. E fico feliz que não pense nisso. Esses passeios não são bons. Rapazes e garotas jovens andando pelo campo em carruagens abertas! De vez em quando está tudo bem, mas ir a pousadas e locais públicos juntos! Não é certo e me pergunto se a senhora Thorpe deveria permitir isso. Fico feliz que não pense em ir. Tenho certeza de que a senhora Morland não ficaria satisfeita. Senhora Allen, não concorda comigo? Não acha que esse tipo de passeio é questionável?

— Sim, muito mesmo. Carruagens abertas são coisas desagradáveis. Um vestido não fica limpo nem por cinco minutos nelas. Espirra lama quando entra e quando sai. E o vento joga seu cabelo e seu chapéu para todas as direções. Eu odeio carruagens abertas.

— Sei que odeia, mas essa não é a questão. Não acha que é estranho que as jovens sejam levadas com frequência por rapazes que nem são parentes?

— Sim, meu querido, algo muito estranho, de fato. Não suporto ver isso.

— Querida senhora — exclamou Catherine —, então por que não me disse isso antes? Tenho certeza que, se soubesse que era impróprio, não teria ido com o senhor Thorpe. Mas sempre esperei que a senhora me dissesse, se achasse que eu estava errada.

— E é o que faria, minha querida, pode contar com isso. Como disse à senhora Morland na despedida, sempre faria o melhor por você, que está sob meus cuidados. Mas não é possível se deter nos detalhes. Os jovens sempre serão jovens, como sua boa mãe diz. Você sabe que eu não queria que você, quando chegamos, comprasse aquela musselina de raminhos, mas você comprou. Os jovens não gostam de ser sempre contrariados.

— Mas isso era algo muito importante e não acho que teria sido difícil me persuadir.

– Até o ponto em que chegou no momento, não houve mal nenhum. E eu só a aconselho, minha querida, a não sair mais com o senhor Thorpe – disse o senhor Allen.

– Isso é exatamente o que eu ia dizer – acrescentou sua esposa.

Catherine, aliviada, sentiu-se triste por Isabella, e depois de pensar um pouco, perguntou ao senhor Allen se não seria adequado e gentil escrever para a senhorita Thorpe, e explicar a falta de decoro que ela mesma podia não estar percebendo. Pois achava que talvez Isabella fosse para Clifton no dia seguinte, apesar do que havia acontecido. O senhor Allen, no entanto, desencorajou-a de fazer algo assim.

– É melhor deixá-la em paz, minha querida. Ela tem idade suficiente para saber o que deve ou não fazer e, se não souber, tem uma mãe para aconselhá-la. A senhora Thorpe é indulgente demais, portanto, é melhor não interferir. Ela e seu irmão escolheram ir, e você só estará conquistando inimizades.

Catherine aceitou e, embora lamentasse pensar que Isabella iria fazer algo errado, sentiu-se muito aliviada com a aprovação da sua própria conduta pelo senhor Allen, e realmente ficou alegre em ser aconselhada sobre o perigo de cair em tal erro. Seu afastamento do passeio a Clifton era agora uma fuga de fato. Pois o que os Tilney teriam pensado dela, se tivesse quebrado sua promessa com eles para fazer o que era errado, ou se ela tivesse sido culpada de uma quebra de decoro, só para ser culpada de outra?

Capítulo 14

O tempo estava bom na manhã seguinte e Catherine quase esperava outro ataque do grupo formado por James e os Thorpe. Com o senhor Allen para apoiá-la, não sentiu medo do evento, mas ficaria feliz de ser poupada de uma disputa onde a própria vitória seria dolorosa, e estava muito alegre por não ver nem ouvir nada deles.

Os Tilney chegaram na hora marcada. Sem nenhuma nova dificuldade, lembrança repentina, convocação inesperada ou intrusão impertinente para desconcertar suas ações, minha heroína foi estranhamente capaz de cumprir seu compromisso, embora tivesse sido marcado com o próprio herói. Eles decidiram caminhar ao redor de Beechen Cliff, aquela colina nobre cujo belo bosque verde o torna tão admirado de quase todos os pontos de Bath.

– Eu nunca olho para ele sem pensar no sul da França – disse Catherine, enquanto caminhavam ao longo da margem do rio.

– A senhorita já viajou para o exterior então? – perguntou Henry, um pouco surpreso.

– Oh! Não, só quis dizer que li sobre esse lugar. Sempre me lembra o país pelo qual Emily e seu pai viajaram, em *Os mistérios de Udolpho*. Mas o senhor nunca lê romances, eu me atrevo a dizer?

– Por que não?

— Porque não são inteligentes o suficiente para o senhor. Cavalheiros leem livros melhores.

— A pessoa, seja cavalheiro ou dama, que não sente prazer em um bom romance, deve ser intoleravelmente estúpida. Li todas as obras da senhora Radcliffe e a maioria delas com grande prazer. *Os Mistérios de Udolpho*, quando comecei, não consegui deixar. Lembro de terminar em dois dias. Estava com o cabelo arrepiado o tempo todo.

— Sim, e lembro que estava lendo em voz alta para mim. Mas quando fui chamada por apenas cinco minutos para responder a uma mensagem, em vez de esperar por mim, você levou o volume para o Hermitage Walk, e fui obrigada a esperar até você terminar – acrescentou a senhorita Tilney.

— Obrigado, Eleanor. Um testemunho muito honroso. Viu, senhorita Morland, a injustiça de suas suspeitas? Aqui estava eu, na minha ansiedade de continuar, recusando-me a esperar cinco minutos por minha irmã, quebrando a promessa que fiz de ler em voz alta para ela e mantendo-a em suspense na parte mais interessante, ao fugir com o volume que, a senhorita deve observar, era dela. Sinto orgulho quando penso nisso e acho que deve melhorar sua opinião sobre mim.

— Estou muito feliz em ouvi-lo, e agora nunca mais vou sentir vergonha de gostar de *Udolpho*. Mas eu realmente pensava antes que era surpreendente que jovens cavalheiros desprezassem romances.

— É surpreendente. E é ainda mais surpreendente porque leem quase tanto quanto as mulheres. Eu mesmo já li centenas e centenas. Não imagine que a senhorita possa ganhar de mim em um conhecimento de Júlias e Louisas. Se passarmos aos detalhes e começarmos a perguntar se "Leu este?" e "Leu aquele?", logo a deixarei para trás quanto... Como devo dizer? Preciso de um exemplo apropriado: tão para trás quanto sua amiga Emily deixou o pobre Valancourt quando foi com a tia para a Itália. Considere quantos anos eu tenho mais que a senhorita. Tinha entrado em meus estudos em Oxford enquanto a senhorita era uma boa menina costurando em casa!

— Não muito boa, infelizmente. Mas o senhor não acha que *Udolpho* é o livro mais belo do mundo?

– O mais belo? Suponho que a senhorita se refere ao mais bem encadernado. Isso deve depender da edição.

– Henry – disse a senhorita Tilney –, você é muito impertinente. Senhorita Morland, ele a está tratando exatamente como faz com a irmã. Está sempre encontrando defeitos em mim, por alguma incorreção da linguagem, e agora está tomando a mesma liberdade com você. A palavra "belo", como você usou, não combinava para ele, e é melhor mudá-la assim que puder, ou teremos que ouvir muito Johnson e Blair o resto do caminho.

– Tenho certeza – exclamou Catherine – que não pretendia dizer nada errado, pois é um belo livro e por que não devo chamá-lo assim?

– É verdade – disse Henry – e este é um dia muito belo, e estamos dando um passeio muito belo e vocês são duas moças muito belas. Oh! É uma palavra muito bela mesmo! Serve para tudo. Originalmente, talvez fosse aplicada apenas para expressar cuidado, propriedade, delicadeza ou refinamento – as pessoas eram belas em suas roupas, em seus sentimentos ou em suas escolhas. Mas agora todo elogio sobre cada assunto está contido nessa palavra.

– Embora, de fato – exclamou a irmã – só deva ser aplicado a você, sem nenhum elogio. Você é mais belo do que sábio. Venha, senhorita Morland, vamos deixá-lo meditar sobre nossas falhas de léxico, enquanto louvamos *Udolpho* nos termos que preferirmos. É um trabalho muito interessante. Gosta desse tipo de leitura?

– Para dizer a verdade, não gosto muito de nenhuma outra.

– É mesmo!

– Quer dizer, posso ler poesia e peças de teatro e coisas desse tipo e não desgosto de relatos de viagens. Mas história, história verdadeira e solene, não consigo me interessar. Você consegue?

– Sim, gosto de história.

– Eu também gostaria de gostar. Li um pouco como dever, mas não me diz nada que não me deixe irritada ou cansada. As brigas de papas e reis, com guerras ou pestes, em todas as páginas. Os homens terríveis, e quase nenhuma mulher é mencionada, tudo isso é muito cansativo. No entanto, penso que é estranho que seja tão monótona, pois muita coisa deve ser invenção. Os discursos que são colocados nas bocas dos heróis, seus pensamentos e desígnios... A maior parte de tudo isso deve ser invenção, e é a invenção que me encanta em outros livros.

— Os historiadores — disse a senhorita Tilney — não são felizes em suas descrições. Eles exibem imaginação sem aumentar o interesse. Eu gosto muito de história e estou muito contente em aceitar o falso como verdadeiro. Nos principais fatos, suas fontes de informação são antigas histórias e registros, que podem ser tão confiáveis, concluo, quanto qualquer coisa que não tenha acontecido longe da nossa própria observação. E quanto aos pequenos enfeites dos quais você fala, são ornamentos e gosto deles como tal. Se um discurso for bem elaborado, eu o leio com prazer, seja de quem for. E provavelmente com mais prazer ainda se forem escritos do senhor Hume ou do senhor Robertson do que se forem as palavras genuínas de Caractacus, Júlio Agrícola ou Alfredo, o Grande.

— A senhorita gosta de história! Assim como o senhor Allen e meu pai. E tenho dois irmãos que também gostam. Tantos exemplos dentro do meu pequeno círculo de amigos é notável! Dessa forma, não sentirei mais pena dos escritores de história. Se as pessoas gostam de ler os livros deles, tudo está muito bem, mas ter tanto trabalho para preencher grandes volumes que, eu costumava pensar, ninguém jamais teria vontade de ler, trabalhando apenas para o tormento das crianças, sempre me pareceu um destino cruel. E embora eu saiba que é tudo muito certo e necessário, muitas vezes questionei a coragem da pessoa que poderia se sentar com o propósito de escrever esses livros.

— Ninguém que conhece a natureza humana em um estado civilizado pode negar que crianças são atormentados por esses livros — disse Henry. — Mas, em favor de nossos historiadores mais ilustres, devo observar que eles podem muito bem se sentir ofendidos por não terem objetivos mais elevados, e que, pelo método e estilo deles, estão perfeitamente qualificados para atormentar leitores com mente mais avançada e tempo de vida mais amadurecido. Eu uso o verbo "atormentar", como observei ser seu método, no lugar de "instruir", supondo que sejam agora admitidos como sinônimos.

– O senhor me acha tola de chamar a instrução de tormento, mas se estivesse tão acostumado quanto eu a ouvir crianças pequenas aprendendo as letras e depois aprendendo a soletrar, se já tivesse visto como elas podem ser estúpidas por uma manhã inteira, juntos, e como minha pobre mãe está cansada no final, como tenho o hábito de ver quase todos os dias da minha vida em casa, permitiria que "atormentar" e "instruir" às vezes possam ser usadas como palavras sinônimas.

– Muito provavelmente. Mas os historiadores não são responsáveis pela dificuldade de aprender a ler. E até mesmo a senhorita, que não parece particularmente amigável a uma aplicação muito severa e muito intensa, pode talvez reconhecer que vale muito a pena ser atormentado por dois ou três anos de vida, pelo bem de ser capaz de ler pelo resto dela. Considere, se a leitura não tivesse sido ensinada, a senhora Radcliffe teria escrito em vão ou talvez não tivesse escrito nada.

Catherine concordou e um elogio muito caloroso dela sobre os méritos daquela senhora fechou o assunto. Os Tilney logo se envolveram em outro tema sobre o qual ela não tinha nada a dizer. Eles estavam vendo o campo com os olhos de pessoas acostumadas a desenhar, e decidindo sobre a capacidade de serem transformados em quadros, com toda a sinceridade do bom gosto. Aqui Catherine estava completamente perdida. Ela não sabia nada de desenho. Não tinha gosto pelo assunto e escutava com atenção, mas isso não ajudava muito, pois eles falavam frases que quase não faziam sentido para ela. O pouco que podia entender, no entanto, parecia contradizer as poucas noções que tinha sobre o assunto. Parecia que uma boa vista não era mais observada do topo de uma colina alta, e que um céu azul-claro não era mais uma prova de um belo dia.

Ela estava sinceramente envergonhada de sua ignorância. Uma vergonha equivocada. Quando as pessoas desejam se unir, elas sempre devem ser ignorantes. Chegar com uma mente bem informada é vir com uma incapacidade de administrar a vaidade dos outros, algo que uma pessoa sensata sempre deveria evitar. Uma mulher, especialmente, se tiver a infelicidade de possuir conhecimentos, deve esconder o melhor que puder.

A Abadia de Northanger

As vantagens da tolice natural em uma linda menina já foram estabelecidas pela excelente pena de uma autora irmã[3]. E à forma como ela tratou o assunto, acrescentarei, por justiça aos homens, que, embora para a maior e mais insignificante parte deste gênero a imbecilidade nas mulheres seja um grande aprimoramento de seus encantos pessoais, há uma porção deles muito razoável e muito bem informada para desejar algo mais na mulher do que a ignorância.

Mas Catherine não conhecia suas próprias vantagens. Não sabia que uma garota de boa aparência, com um coração afetuoso e uma mente muito ignorante, não pode deixar de atrair um jovem inteligente, a menos que as circunstâncias sejam particularmente adversas. No presente caso, ela confessou e lamentou sua falta de conhecimento. Declarou que daria qualquer coisa no mundo para poder desenhar e uma aula sobre pintura imediatamente começou, na qual as instruções dele eram tão claras que ela logo começou a ver a beleza em tudo que admirava, e sua atenção foi tão séria que ele ficou muito satisfeito com o bom gosto natural nela. Ele falou de primeiros planos, distâncias e segundas distâncias, telas laterais e perspectivas, luzes e sombras. E Catherine era uma aluna tão promissora que, quando chegaram ao topo de Beechen Cliff, ela voluntariamente rejeitou toda a cidade de Bath como indigna de fazer parte de uma paisagem.

Encantado com o progresso dela e com medo de cansá-la com muitas lições de uma só vez, Henry mudou de assunto, e através de uma transição fácil usando um pedaço de fragmento rochoso e o carvalho murcho que havia colocado perto do topo, passou para carvalhos em geral, florestas, como a que estava ao redor deles, terrenos devastados, terras da coroa e governo, logo chegando à política. E da política, foi um passo fácil para o silêncio. A pausa geral que sucedeu seu breve discurso sobre o estado da nação foi quebrada por Catherine que, em um tom de voz bastante solene, disse:

– Ouvi dizer que algo muito chocante, de fato, em breve acontecerá em Londres.

---

3. Jane Austen faz referência ao romance *Camilla*, de Fanny Burney. (N. T.)

A senhorita Tilney, a quem isso foi principalmente endereçado, foi surpreendida, e rapidamente respondeu:

– É mesmo! E de que natureza?

– Isso eu não sei, nem quem é o autor. Só ouvi dizer que será mais horrível do que qualquer coisa que já vimos.

– Meu Deus! Onde você poderia ter ouvido tal coisa?

– Um amigo meu recebeu essa notícia em uma carta de Londres ontem. Será extraordinariamente terrível. Esperaria assassinatos e algo do tipo.

– Você fala com uma calma assombrosa! Mas espero que as notícias do seu amigo tenham sido exageradas, e, se tal assunto é conhecido de antemão, que as medidas apropriadas sejam sem dúvida tomadas pelo governo para evitar que ele venha a ocorrer.

– O governo – disse Henry, esforçando-se para não sorrir – nem deseja nem se atreve a interferir nesses assuntos. Os assassinatos vão acontecer e o governo não se importa com isso.

As jovens olharam para ele. Henry riu e acrescentou:

– Vamos, devo fazer vocês se entenderem ou deixar que descubram a explicação que puderem? Não, serei nobre. Vou provar que sou um homem, não menos pela generosidade da minha alma do que pela clareza da minha mente. Não tenho paciência com pessoas do meu sexo que não se permitem às vezes descer ao nível da compreensão feminina. Talvez as habilidades das mulheres não sejam nem boas nem precisas. Nem vigorosas ou aguçadas. Talvez falte observação, discernimento, julgamento, fogo, genialidade e inteligência nelas.

– Senhorita Morland, não se importe com o que ele diz, mas tenha a bondade de me informar sobre esse levante terrível.

– Tumulto! Que tumulto?

– Minha querida Eleanor, o tumulto está na sua cabeça. O tumulto lá é escandaloso. A senhorita Morland não falou de nada mais terrível do que uma nova publicação que em breve sairá, em três volumes, 276 páginas cada um, sendo que a capa do primeiro é a representação de duas lápides e uma lanterna, entende? Senhorita Morland, minha irmã tola confundiu todas as suas claras expressões. A senhorita falou de horrores esperados em Londres e em vez de pensar instantaneamente, como qualquer criatura racional teria feito, que tais palavras só podiam se relacionar com uma livraria, ela imediatamente imaginou uma multidão de três mil homens reunidos em St. George's Fields, o Banco atacado, a Torre ameaçada, as ruas de Londres tomadas pelo sangue, um destacamento dos Lanceiros (a esperança da nação) convocados de Northampton para reprimir os insurgentes e o galante capitão Frederick Tilney, no momento de atacar à frente de sua tropa, derrubado de seu cavalo por um tijolo jogado de uma janela. Perdoe sua estupidez. Os medos da irmã aumentaram a fraqueza da mulher, mas ela não é de modo algum uma simplória no geral.

Catherine ficou séria.

– E agora, Henry – disse a senhorita Tilney –, que você nos explicou, pode muito bem mostrar para a senhorita Morland, a menos que queira que ela pense que é intoleravelmente grosseiro com sua irmã e um grande bruto em sua opinião sobre as mulheres em geral. A senhorita Morland não está acostumada com seus modos estranhos.

– Eu ficarei muito feliz em fazer com que ela os conheça melhor.

– Sem dúvida, mas isso não é explicação do que acabou de acontecer.

– O que devo fazer?

– Você sabe o que deveria fazer. Limpe sua reputação generosamente para ela. Diga que acredita muito na inteligência das mulheres.

– Senhorita Morland, acredito muito na inteligência de todas as mulheres do mundo, especialmente daquelas, sejam quem forem, que estejam em minha companhia.

– Isso não é suficiente. Seja mais sério.

– Senhorita Morland, ninguém pode acreditar mais na inteligência das mulheres do que eu. Na minha opinião, a natureza deu-lhes tanto que nunca acham necessário usar mais do que a metade.

– Não vamos tirar nada mais sério dele agora, senhorita Morland. Ele não está sóbrio. Mas garanto que ele está sendo mal compreendido se parecer que fala algo injusto de qualquer mulher, ou algo indelicado de mim.

Não foi um esforço para Catherine acreditar que Henry Tilney nunca poderia estar errado. Suas maneiras podiam às vezes surpreender, mas seu significado deveria ser sempre justo. E o que ela não entendia, estava quase tão pronta para admirar quanto o que entendia. A caminhada inteira foi deliciosa e, embora terminasse cedo demais, a conclusão também foi ótima. Os amigos a acompanharam até sua casa e a senhorita Tilney, antes de se separarem, dirigindo-se com respeito, tanto para a senhora Allen quanto para Catherine, pediu que ela pudesse jantar em sua casa dali a dois dias. Nenhuma dificuldade foi levantada pela senhora Allen, e a única dificuldade em Catherine era esconder o excesso de alegria.

A manhã havia passado tão encantadoramente que Catherine não pensou nenhuma vez em Isabella ou James durante a caminhada. Quando os Tilney foram embora, tornou a se lembrar deles, mas foi por pouco tempo e sem efeito. A senhora Allen não tinha informações para dar que pudesse aliviar sua ansiedade. Não tinha ouvido nada de nenhum deles. No final da manhã, no entanto, Catherine, tendo necessidade de comprar sem demora um indispensável pedaço de fita, caminhou até a cidade e, na rua Bond, encontrou a senhorita Anne Thorpe, enquanto se dirigia para Edgar's Buildings, com duas das meninas mais doces do mundo, que a acompanharam a manhã toda. Dela, logo ficou sabendo que o passeio até Clifton havia acontecido.

– Eles partiram às oito da manhã – disse a senhorita Anne – e tenho certeza de que não invejo o passeio deles. Eu acho que você e eu estamos muito bem longe dessa confusão. Deve ser a coisa mais maçante do mundo, pois não há uma alma em Clifton nesta época do ano. Belle foi com seu irmão e John levou Maria.

Catherine falou do prazer que sentia ao ouvir essa parte do arranjo.

– Oh! Sim – concordou a outra. – Maria também foi. Ela queria muito ir. Pensou que seria algo muito bom. Não posso dizer que admiro o gosto dela e, de minha parte, estava determinada desde o começo a não ir, mesmo se me pressionassem muito.

Catherine, duvidando um pouco disso, não pôde deixar de responder:

– Eu gostaria que você também tivesse ido. É uma pena que não puderam ir todos.

– Obrigada, mas é indiferente para mim. Na verdade, eu não teria ido de qualquer maneira. Estava dizendo isso para Emily e Sophia quando você nos alcançou.

Catherine ainda não estava convencida, mas sentiu-se feliz que Anne tinha a amizade de Emily e Sophia para consolá-la. Despediu-se tranquila e voltou para casa, satisfeita de que o passeio não tivesse fracassado por sua recusa em participar, e desejando que fosse muito agradável para permitir que James ou Isabella não se ressentissem mais pela sua resistência.

Capítulo 15

No dia seguinte bem cedo, um bilhete de Isabella, falando com paz e ternura em todas as linhas, e suplicando a presença imediata de sua amiga em uma questão da maior importância, fez com que Catherine fosse depressa, cheia de confiança e curiosidade, para Edgar's Buildings. As duas senhoritas Thorpe mais jovens estavam sozinhas na sala de visitas, e, quando Anne saiu para chamar a irmã, Catherine aproveitou a oportunidade para perguntar à outra algumas informações sobre o passeio do dia anterior. Maria queria muito falar e Catherine imediatamente soube que tinha sido o passeio mais delicioso do mundo, que ninguém podia imaginar como tinha sido encantador e que fora mais agradável do que qualquer um poderia conceber. Tal foi a informação dos primeiros cinco minutos, depois ela deu mais detalhes, que eles tinham ido diretamente para o Hotel York, tomado um pouco de sopa, e fizeram um jantar antecipado, andaram até o Salão das Águas, provaram a água e gastaram alguns xelins em lembranças. Dali, seguiram para tomar sorvete em uma confeitaria, e, voltando apressadamente para o hotel, engoliram o jantar rápido, para evitar voltar depois de escurecer. Então fizeram uma viagem agradável de volta, só que a lua não apareceu e choveu um pouco. E o cavalo do senhor Morland estava tão cansado que mal conseguia caminhar.

Catherine escutou com satisfação sincera. Parecia que nem tinham pensado em ir ao castelo Blaize e, quanto a todo o resto, não havia nada a lamentar nem por um instante. As informações de Maria concluíram com uma terna demonstração de pena por sua irmã Anne, que ela imaginava estar muito chateada, por ter sido excluída do passeio.

– Ela nunca me perdoará, tenho certeza, mas, você sabe, como eu poderia evitar? John queria que eu fosse, pois jurou que não a levaria, porque ela tem tornozelos grossos. Ouso dizer que ela não estará de bom humor durante todo este mês, mas estou determinada a ficar tranquila. Não será uma questão menor que vai me tirar do sério.

Isabella entrou na sala com um passo tão ansioso e um olhar cheio de significados, chamando a atenção de sua amiga. Maria foi dispensada sem cerimônia e Isabella, abraçando Catherine, começou assim:

– Sim, minha querida Catherine, é realmente assim. Sua perspicácia não a enganou. Oh! Esses seus olhos! Eles veem tudo.

Catherine respondeu apenas com um olhar que transparecia desconcertante ignorância.

– Não, minha amada, minha mais doce amiga – continuou a outra. – Componha-se. Estou incrivelmente agitada, como pode perceber. Vamos nos sentar e conversar confortavelmente. Bem, e então, você adivinhou no momento em que recebeu meu bilhete? Criatura manhosa! Oh! Minha querida Catherine, só você, que conhece meu coração, pode julgar minha felicidade atual. Seu irmão é o mais encantador dos homens. Só queria ser mais digna dele. Mas o que seu excelente pai e mãe dirão? Oh! Céus! Quando penso neles fico tão agitada!

Catherine começou a entender. Uma ideia da verdade de repente cruzou sua mente e, com o rubor natural de uma emoção tão nova, ela exclamou:

– Meu Deus! Minha querida Isabella, como assim? Você está... Realmente está apaixonada pelo James?

Essa ousada suposição, no entanto, ela logo descobriu, era apenas metade da história. O afeto ansioso, que ela era acusada de ter percebido continuamente em cada olhar e ação de Isabella, tinha, no curso do passeio do dia anterior, recebido a deliciosa confissão de um amor igual. O coração e a confiança dela estavam igualmente comprometidos com James. Catherine nunca tinha ouvido algo com tanto interesse, surpresa e alegria. Seu irmão e sua amiga comprometidos! Sem experiência em tais circunstâncias, sua importância parecia indescritivelmente grande, e ela pensava que era um daqueles grandes eventos, dos quais o curso normal da vida dificilmente pode permitir um retorno. Ela não conseguia expressar a força de seus sentimentos. A natureza deles, no entanto, deixava a amiga contente. A felicidade de tê-la como irmã foi a primeira manifestação, e as belas jovens se juntaram em abraços e lágrimas de alegria.

Por mais encantada que Catherine sinceramente estivesse com a perspectiva da conexão, deve-se reconhecer que Isabella estava ainda mais.

– Você será infinitamente mais querida para mim, minha Catherine, do que Anne ou Maria: sinto que ficarei muito mais ligada à família do meu querido Morland do que à minha própria.

Era um passo de amizade que Catherine não poderia igualar.

– Você é tão parecida com seu querido irmão – continuou Isabella – que eu a adorei desde o primeiro momento em que a vi. Mas é assim sempre comigo. O primeiro momento é o que determina tudo. No primeiro dia em que Morland nos visitou no último Natal – no primeiro momento que o vi, meu coração foi irremediavelmente conquistado. Lembro que estava usando meu vestido amarelo, com o cabelo preso em tranças, e quando entrei na sala de visitas, e John o apresentou, achei que nunca havia visto ninguém tão bonito antes.

Aqui Catherine secretamente reconheceu o poder do amor, pois, apesar de gostar muito do irmão e admirar suas qualidades, nunca o poderia considerar bonito.

– Lembro também que a senhorita Andrews tomou chá conosco naquela noite e estava usando seu vestido de seda castanho-escuro, e estava tão divina que achei que seu irmão certamente iria se apaixonar por ela. Não consegui dormir pensando nisso. Oh! Catherine, quantas noites sem dormir por causa do seu irmão! Espero que não sofra metade do que eu sofri! Fui ficando cada vez mais magra, eu sei, mas não vou atormentá-la descrevendo minha ansiedade. Você já viu o suficiente. Sinto que estive me traindo, tão descuidada ao falar da minha inclinação pelos clérigos! Mas sempre tive certeza de que meu segredo estaria seguro com você.

Catherine reconheceu que realmente teria sido impossível divulgar aquele segredo. Não quis mais discutir ou contradizer a amiga, principalmente porque sentia vergonha de sua própria ignorância. Afinal, era melhor passar por alguém perspicaz e confiável, como pensava Isabella. James, ela soube, estava se preparando para partir a toda velocidade para Fullerton, para dar a conhecer sua situação e pedir o consentimento dos pais. E isso era fonte de muita agitação na mente de Isabella. Catherine esforçou-se por persuadi-la, como ela mesma acreditava, de que seu pai e sua mãe nunca se oporiam aos desejos do filho.

— É impossível que haja pais mais gentis ou mais desejosos da felicidade de seus filhos. Não tenho dúvida de que eles consentirão imediatamente – disse ela.

— Morland diz exatamente o mesmo. E, no entanto, não me atrevo a esperar. Minha fortuna é tão pequena, eles nunca vão consentir. Seu irmão, que poderia se casar com qualquer pessoa! – respondeu Isabella.

Aqui Catherine novamente discerniu a força do amor.

— Na verdade, Isabella, você é muito humilde. A diferença de fortuna não significa nada.

— Oh! Minha doce Catherine, em seu generoso coração sei que isso não significaria nada, mas não devemos esperar tal desinteresse nos outros. Quanto a mim, tenho certeza de que desejaria que nossas situações estivessem invertidas. Mesmo se eu tivesse milhões, fosse a dona do mundo inteiro, seu irmão seria minha única escolha.

Esse sentimento encantador, recomendado tanto pelo bom senso quanto pela novidade, dava a Catherine uma lembrança muito agradável de todas as heroínas que conhecia. E ela achou que a amiga nunca tinha parecido mais adorável do que ao proferir essa nobre ideia.

— Tenho certeza de que consentirão – foi o que repetiu. – Tenho certeza de que ficarão encantados com você.

— De minha parte, meus desejos são tão moderados que a menor renda seria suficiente para mim. Quando as pessoas realmente se amam, a pobreza em si é riqueza. Detesto a grandeza: não quero me estabelecer em Londres de jeito nenhum. Uma casinha em algum vilarejo distante seria maravilhoso. Há algumas pequenas casas charmosas em Richmond – disse Isabella.

– Richmond! Vocês devem se estabelecer perto de Fullerton. Ficarão perto de nós – exclamou Catherine.

– Tenho certeza de que serei muito infeliz se não fizermos isso. Se eu puder estar perto de você, ficarei satisfeita. Mas não devemos falar dessas coisas! Não me permitirei pensar em tais coisas até que tenhamos a resposta de seu pai. Morland diz que, enviando uma carta esta noite a Salisbury, poderemos ter a resposta amanhã. Amanhã? Sei que nunca terei coragem de abrir a carta. Sei que será a minha morte.

A afirmação foi seguida por um devaneio. E quando Isabella falou de novo, foi para falar de seu vestido de noiva.

A conversa foi encerrada pelo ansioso jovem noivo, que veio dar um suspiro de despedida antes de partir para Wiltshire. Catherine queria parabenizá-lo, mas não sabia o que dizer, e sua eloquência estava apenas em seus olhos. Neles, no entanto, um discurso completo brilhava da forma mais expressiva e James podia entendê-las com facilidade. Impaciente para a realização de tudo o que esperava em casa, sua despedida não foi longa e teria sido ainda mais curta, se ele não tivesse sido frequentemente detido pelas recomendações urgentes de sua amada para que fosse rápido. Duas vezes ele foi chamado quase da porta para aconselhá-lo a ir depressa.

– Na verdade, Morland, imploro que vá logo. Considere o quanto terá que cavalgar. Não suporto ver a sua demora. Pelo amor de Deus, não perca mais tempo. Vá, vá, eu insisto.

As duas amigas, com os corações agora mais unidos do que nunca, não se separaram durante o dia. E, em atividades que davam muita felicidade fraterna, as horas voavam. A senhora Thorpe e o filho, que sabiam de tudo, e que pareciam apenas esperar o consentimento do senhor Morland para considerar o noivado de Isabella como a circunstância mais afortunada possível para sua família, foram autorizados a contribuir com seus conselhos e adicionar sua cota de olhares significativos e expressões misteriosas para aumentar a curiosidade das irmãs mais jovens, que não sabiam de nada. Uma reserva tão estranha, cuja finalidade Catherine não conseguia compreender, teria ferido os sentimentos dela e a teriam levado a dar uma explicação às duas. Mas Anne e Maria logo a tranquilizaram levando o assunto na brincadeira e fazendo alarde de que sabiam tudo "o que estava acontecendo". E a noite foi passada numa espécie de guerra de esperteza, numa demonstração de engenhosidade familiar, um lado procurando manter o mistério de um segredo, o outro querendo aparentar que se sabia mais do que imaginava.

Catherine encontrou a amiga novamente no dia seguinte, esforçando-se para apoiá-la e esperar as muitas horas tediosas antes da entrega da carta. Um esforço necessário, pois, à medida que o tempo de expectativa razoável se aproximava, Isabella ia ficando cada vez mais desanimada, e, antes da chegada da carta, havia sido tomada por um estado de verdadeira angústia. Mas, quando chegou, onde estava a aflição? "Não tive dificuldade em obter o consentimento de meus amáveis pais que me prometeram que farão tudo ao seu alcance para promover minha felicidade", foram as três primeiras linhas, e em um momento tudo foi alegria e segurança. O rosto de Isabella se iluminou instantaneamente, todo o cuidado e a ansiedade pareciam removidos, seu ânimo quase se descontrolou, e ela disse sem escrúpulos que era a mais feliz das mortais.

A senhora Thorpe, com lágrimas de alegria, abraçou a filha, o filho, a visitante, e poderia ter abraçado metade dos habitantes de Bath com satisfação. Seu coração estava transbordando de ternura. Era "querido John" e "querida Catherine" em cada palavra. "Querida Ana e querida Maria" imediatamente compartilharam a felicidade dela. E duas "queridas" de uma só vez antes do nome de Isabella era o que aquela filha amada agora merecia. O próprio John não poupava alegria. Ele não só concedia ao senhor Morland a alta recomendação de ser um dos melhores rapazes do mundo, mas falava em sua homenagem.

A carta de onde saía toda essa felicidade era curta, contendo pouco mais que essa garantia de sucesso. Todos os detalhes foram adiados até que James pudesse escrever novamente. Mas Isabella podia se dar ao luxo de esperar os detalhes. O necessário estava incluído na promessa do senhor Morland que jurava que iria facilitar tudo. E de que maneira a renda deles seria formada, se alguma propriedade seria herdada ou se algum dinheiro seria oferecido eram questões que não preocupavam seu espírito desinteressado. Ela sabia o suficiente para se sentir segura de um estabelecimento honrado e rápido, e sua imaginação deu um ligeiro voo sobre essas felicidades. Ela se viu, dentro de algumas semanas, olhada e admirada por cada novo conhecido em Fullerton, a inveja de todos os velhos amigos importantes em Putney, em uma carruagem, um novo nome em seu cartão e uma aliança brilhante exibida no dedo.

Quando o conteúdo da carta foi revelado, John Thorpe, que aguardava apenas a chegada dela para iniciar sua jornada a Londres, preparou-se para partir.

– Bem, senhorita Morland, vim me despedir – disse ele, ao encontrá-la sozinha na sala de visitas.

Catherine desejou-lhe uma boa viagem. Sem parecer ouvi-la, ele foi até a janela, mexeu nela, cantarolou uma melodia e parecia totalmente absorto.

– O senhor não vai se atrasar, já que vai a Devizes? – perguntou Catherine. Ele não respondeu, mas depois de um minuto de silêncio falou:

– Uma coisa boa é esse plano de casamento, juro pela minha alma! Uma jogada inteligente de Morland e Belle. O que acha, senhorita Morland? Digo que não é uma ideia ruim.

– Tenho certeza de que acho muito bom.

– Acha? Que honestidade, pelos céus! Fico feliz que não seja inimiga do matrimônio. A senhorita já ouviu a velha música "Ir a um casamento traz outro"? Digo, a senhorita virá ao casamento da Belle, espero.

– Sim. Prometi a sua irmã que estaria com ela, se possível.

– E então a senhorita sabe – virando-se e forçando uma risada tola. – Digo, então a senhorita sabe, podemos testar a verdade dessa velha canção.

– Podemos? Mas eu nunca canto. Bom, desejo-lhe uma boa viagem. Janto com a senhorita Tilney hoje e agora devo ir para casa.

– Não, mas qual é esse diabo de pressa? Quem sabe quando podemos estar juntos novamente? Só voltarei daqui a quinze dias e será uma terrível e longa quinzena para mim.

– Então por que o senhor ficará longe por tanto tempo? – perguntou Catherine, sabendo que ele esperava por uma resposta.

– Isso é gentil da sua parte. Gentil e de boa índole. Não vou esquecer isso tão rápido. Mas a senhorita é mais bondosa do que qualquer outra pessoa viva, eu acredito. Realmente muito bondosa, e não é apenas bondade, a senhorita tem muito, muito de tudo. E então a senhorita tem tanta... Pela minha alma, não conheço ninguém como a senhorita.

– Oh, há muita gente como eu, ouso dizer, apenas muito melhor. Bom dia para o senhor.

– Mas estou dizendo, senhorita Morland, devo ir e prestar meus respeitos em Fullerton sem demora, se não for desagradável.

– Claro, vá. Meu pai e minha mãe ficarão muito felizes em vê-lo.

– E espero, espero, senhorita Morland, que não se arrependa de me ver.

– Oh, de jeito nenhum. Há poucas pessoas que lamento ver. Ter companhia é sempre alegre.

– Essa é a minha maneira de pensar. Dê-me apenas uma companhia um pouco alegre, deixe-me ter apenas a companhia das pessoas que amo, deixe-me apenas onde gosto de estar e com quem gosto, e o diabo pode levar o resto, digo eu. E estou sinceramente feliz em ouvir a senhorita falar o mesmo. Mas tenho uma ideia, senhorita Morland, nós pensamos de forma parecida na maioria dos assuntos.

– Talvez seja verdade, mas jamais havia pensado nisso. E quanto à maioria dos assuntos, para dizer a verdade, não há muitos que eu conheça.

– Por Deus, nem eu. Não gosto de incomodar meu cérebro com o que não me diz respeito. Minha visão das coisas é bem simples. Deixe-me ter apenas a garota que gosto, digamos, com uma casa confortável por cima da minha cabeça, e que me importa todo o resto? A fortuna não é nada. Tenho assegurada uma boa renda própria e, se ela não tivesse um centavo, tanto melhor.

– É verdade. Penso como o senhor. Se há uma boa fortuna de um lado, não é preciso nada do outro. Não importa quem tiver, desde que seja o suficiente. Odeio a ideia de uma grande fortuna procurando outra. E acho a coisa mais cruel que existe casar-se por dinheiro. Bom dia. Ficaremos muito felizes em vê-lo em Fullerton, quando for conveniente.

E foi embora. Toda a galanteria dele não poderia detê-la por mais tempo. Com tantas notícias para comunicar, e visitas para preparar, sua partida não deveria ser atrasada por nada que ele pudesse dizer. E ela se apressou, deixando-o com a certeza de sua feliz abordagem e seu encorajamento explícito.

A agitação que ela mesma experimentou ao ficar sabendo do envolvimento do irmão fez com que esperasse grande emoção no senhor e na senhora Allen quando contou sobre o maravilhoso evento. Como foi grande sua decepção! O importante assunto, que precisou de muitas palavras de preparação para ser introduzido, havia sido previsto por ambos desde a chegada de seu irmão. E tudo o que sentiram na ocasião envolvia um desejo pela felicidade dos jovens, com uma observação, do lado do cavalheiro, pela beleza de Isabella, e da dama, de sua grande sorte. Para Catherine foi uma insensibilidade surpreendente. A revelação, no entanto, do grande segredo de que James havia ido a Fullerton no dia anterior, despertou alguma emoção na senhora Allen. Ela não ouviu isso com perfeita calma, mas lamentou a necessidade de terem ocultado a viagem, desejou que pudesse ter conhecido sua intenção, assim poderia tê-lo visto antes de sua partida e teria mandado seus cumprimentos aos pais dele e a todos os Skinner.

Capítulo 16

A expectativa de Catherine de sentir prazer com sua visita à rua Milsom era tão alta que a decepção era inevitável. E, portanto, apesar de ter sido recebida com muita cortesia pelo general Tilney, e gentilmente recepcionada pela filha dele, mesmo com Henry estando em casa, e ninguém mais do grupo, ela descobriu, quando voltava, sem gastar muitas horas examinando seus sentimentos, que havia ido fazer sua visita se preparando para uma felicidade que não poderia ser proporcionada.

Em vez de se aproximar da senhorita Tilney, por conta da conversa daquele dia, Catherine não parecia ter ficado mais íntima dela do que antes. Em vez de ter mais oportunidades do que nunca de ver Henry Tilney, no conforto de um grupo familiar, ele jamais falara tão pouco, e jamais tinha sido tão pouco agradável. E, apesar da grande educação dispensada a ela pelo pai deles, apesar de seus agradecimentos, convites e elogios, tinha sido um alívio sair de perto dele.

Explicar tudo isso a intrigava. Não podia ser culpa do general Tilney. Não havia dúvidas quanto ao fato de que ele era perfeitamente agradável e de bom coração, e em geral um homem muito charmoso, pois era alto e bonito, e o pai de Henry. Não podia ser responsabilizado pela pusilanimidade de seus filhos, ou pela falta de prazer que ela sentira na companhia dele. A primeira ela esperava por fim que fosse acidental, e a segunda só podia atribuir à sua própria estupidez. Isabella, ao ouvir os detalhes da visita, deu uma explicação diferente: "Foi tudo orgulho,

orgulho, arrogância insuportável e orgulho! Ela há muito suspeitava que aquela família era muito altiva, e isso se confirmou. Ela jamais testemunhara na vida comportamento tão insolente quanto o da senhorita Tilney! Onde já se viu não honrar a própria casa com simples boa educação! Tratar sua convidada com tamanha condescendência! Mal dirigir a palavra a ela!".

– Mas não foi tão ruim assim, Isabella. Não houve condescendência, ela foi muito educada.

– Ora! Não a defenda! E também tem o irmão, ele, que aparentara sentir tanto carinho por você! Meu Deus! Bem, os sentimentos de certas pessoas são incompreensíveis. Então quer dizer que ele mal olhou uma vez para você durante todo o dia?

– Eu não falei isso. Mas ele não parecia muito animado.

– Que desprezível! Entre tudo o que há no mundo, sinto aversão pela inconstância. Permita-me que lhe suplique nunca mais tornar a pensar nele, minha querida Catherine. Ele de fato não é digno de você.

– Indigno! Presumo que ele sequer pensa em mim.

– É exatamente isso o que eu estou dizendo, ele nunca pensa em você. Quanta volubilidade! Oh! Como ele é diferente do meu irmão e do seu! Eu realmente acredito que John tenha o coração mais constante.

– Mas quanto ao general Tilney, eu lhe garanto que seria impossível que alguém me tratasse com mais educação e atenção. A única preocupação dele parecia ser me entreter e me deixar feliz.

– Oh! Não sei de nada de mal sobre ele, não suspeito que seja orgulhoso. Acho que é um homem bastante cavalheiro. John o tem em alta conta, e a opinião de John...

– Bem, verei como eles se comportarão comigo esta noite, vamos nos encontrar nos salões.

– E eu devo ir?

– Você não pretende ir? Achei que este assunto estava resolvido.

– Não, já que você faz tanta questão, não lhe posso recusar nada. Mas não insista para que eu seja muito simpática, pois meu coração, como você sabe, vai estar a mais de 60 quilômetros dali. E, quanto a dançar, nem fale sobre isso, eu lhe suplico. Isso está totalmente fora de questão. Atrevo-me a dizer que Charles Hodges vai me importunar muito, mas vou dispensá-lo logo. Aposto dez contra um que ele vai adivinhar o motivo, e isso é exatamente o que eu quero evitar, então, vou insistir para que ele guarde suas especulações para si mesmo.

A opinião de Isabella sobre os Tilney não influenciou sua amiga. Catherine tinha certeza de que não houve insolência nos modos do irmão ou da irmã, e ela não acreditava haver qualquer sinal de orgulho nos corações deles. A noite confirmou sua certeza. Ela foi recebida por uma com a mesma gentileza, e pelo outro, com a mesma atenção do que antes: a senhorita Tilney se deu o trabalho de ficar perto dela, e Henry a convidou para dançar.

Tendo ouvido no dia anterior na rua Milsom que o irmão mais velho deles, o capitão Tilney, era esperado a qualquer hora, ela já sabia o nome de um jovem de aparência muito moderna e bonita, que ela nunca vira antes, e que agora evidentemente pertencia ao grupo deles. Ela olhou para ele com grande admiração, e até achou possível que algumas pessoas pudessem achá-lo ainda mais bonito do que o irmão, mas, aos olhos dela, ele tinha um ar mais presunçoso, e seu semblante era menos atraente. Seus gostos e modos eram, sem sombra de dúvida, inferiores, pois, pelo que ela pôde ouvir de onde estava, ele não só reclamou de cada sugestão para que dançasse, como também até riu abertamente de Henry por ter aventado essa possibilidade. Desta última circunstância se pode presumir que, qualquer que seja a opinião que nossa heroína faça dele, a admiração que ele sentia por ela não era de um tipo muito perigoso. Não era provável que provocasse animosidades entre os irmãos, ou perseguições à jovem. Ele não pode ser o instigador dos três vilões de gibão, que daqui para frente vão obrigá-la a viajar em uma carruagem que vai partir numa velocidade incrível. Catherine, enquanto isso, sem se perturbar com os pressentimentos de tamanho mal, ou de qualquer mal, exceto o de ter um conjunto curto de músicas para dançar, desfrutou de sua costumeira felicidade com Henry Tilney, ouvindo com olhos radiantes tudo o que ele dizia. E, achando-o irresistível, tornou-se irresistível também.

Ao final da primeira dança, o capitão Tilney tornou a vir na direção deles, e, para grande desgosto de Catherine, afastou o irmão dali. Eles saíram sussurrando juntos, e, apesar de sua sensibilidade delicada não ter ficado alarmada de imediato e não ter se dado conta de que o capitão Tilney deveria ter ouvido algum comentário maldoso sobre ela, que ele agora se apressava para contar para o irmão, na esperança de separá-los para sempre, ela não podia ter o seu parceiro afastado sem ter um incômodo sentimento. O suspense durou cinco minutos, e ela estava começando a achar que haviam se passado longos quinze minutos quando os dois voltaram e uma explicação foi dada. Foi quando Henry quis saber se Catherine achava que a amiga dela, a senhorita Thorpe, teria alguma objeção a dançar, pois o irmão dele ficaria muito feliz de ser apresentado a ela. Catherine, sem hesitar, respondeu que tinha muita certeza de que a senhorita Thorpe não pretendia de modo algum dançar. A resposta cruel foi repassada ao outro, e ele imediatamente saiu dali.

— Seu irmão não vai se importar, eu sei – disse ela –, porque eu o ouvi dizer mais cedo que odiava dançar, mas foi muito amável da parte dele pensar nisso. Presumo que ele tenha visto Isabella sentada, e imaginou que ela poderia querer um parceiro. Mas ele está muito enganado, pois ela não dançaria por nada neste mundo.

Henry sorriu e disse:

— A senhorita se esforça muito pouco para entender os motivos por trás das atitudes das pessoas.

— Por quê? O que o senhor quer dizer com isso?

— Com a senhorita, a questão não é: "Como alguém assim pode ser influenciado?", "O que teria maior probabilidade de influir sobre os sentimentos, a idade, a situação e os prováveis hábitos de uma pessoa?", mas sim: "Como serei influenciada? O que me influenciaria a agir assim ou assado?"

— Não lhe entendo.

— Então, não estamos de igual para igual, pois eu lhe entendo perfeitamente bem.

— Eu? Sim, eu não falo bem o bastante para ser ininteligível.

— Bravo! Que excelente ironia sobre a linguagem moderna.

— Mas, por favor, diga-me o que o senhor quer dizer.

— Devo mesmo dizer? A senhorita realmente quer isso? Mas a senhorita não está ciente das consequências. Isso vai lhe envolver em um constrangimento muito cruel, e com certeza provocará um desentendimento entre nós.

– Não, não, não vai provocar nem uma coisa nem outra. Não tenho medo.

– Bem, então, eu só quis dizer que o fato de a senhorita ter atribuído o desejo de meu irmão dançar com a senhorita Thorpe somente à amabilidade me deixou convencido de que sua própria amabilidade é superior à de todo o resto do mundo.

Catherine ficou vermelha e negou, e as previsões do cavalheiro se cumpriram. No entanto, alguma coisa nas palavras dele a recompensara pela dor da confusão, e isso ocupou tanto a mente dela que ficou alheia por um tempo, se esquecendo de falar ou de ouvir, e quase esquecendo onde estava. Até que, despertada pela voz de Isabella, Catherine ergueu o olhar e a viu prestes a dar a mão para o capitão Tilney.

Isabella deu de ombros e sorriu, a única explicação que poderia ser dada naquele momento para aquela mudança extraordinária. Mas como a explicação não foi suficiente para a compreensão de Catherine, ela claramente expressou sua perplexidade para seu parceiro.

– Não consigo conceber como isso pôde acontecer! Isabella estava muito determinada a não dançar.

– E por acaso Isabella jamais mudou de ideia antes?

– Oh! Mas, por quê? E o seu irmão! Depois que o senhor contou a ele o que eu lhe disse, como ele pôde pensar em chamá-la para dançar?

– Eu não posso me surpreender com ele. A senhorita me pediu que ficasse surpreso com relação à sua amiga, e, portanto, eu estou. Mas, quanto ao meu irmão, a conduta dele em tudo isso, devo admitir, não foi nem um pouco diferente da que eu achei que ele teria. A beleza de sua amiga foi uma clara atração. A firmeza dela, sabe, só pode ser entendida pela senhorita.

– O senhor está rindo, mas eu lhe asseguro, Isabella em geral é muito firme.

– Isso pode ser dito sobre qualquer pessoa. Ser firme sempre significa ser obstinado com frequência. O momento adequado de relaxar é uma questão de decisão pessoal. E, sem fazer referência ao meu irmão, eu realmente acho que a senhorita Thorpe de jeito algum fez uma escolha ruim ao decidir relaxar neste exato momento.

As amigas não conseguiram se reunir para trocar qualquer confidência antes de todas as danças terminarem. Mas, depois, enquanto caminhavam de braços dados pelo salão, Isabella se explicou:

– Não me espanta a sua surpresa, e estou de fato morta de cansaço. E como ele é falastrão! Seria divertido o bastante, se minha cabeça não estivesse em outro lugar, mas eu teria dado a vida para ter ficado sentada e parada.

– Então, por que não ficou?

– Oh! Minha querida! Teria parecido implicância de minha parte, e você sabe como eu abomino fazer isso. Eu o recusei pelo máximo de tempo que pude, mas ele não aceitava minhas negativas. Você não faz ideia de como me pressionou. Implorei para que me desculpasse, e para que arranjasse outra parceira... Mas não, ele não. Depois de ter desejado a minha mão, não havia mais ninguém no salão em que ele suportava pensar. E o capitão não queria apenas dançar, queria a minha presença. Oh! Que disparate! Eu disse que ele havia escolhido um modo pouco provável de me convencer, pois, de todas as coisas do mundo, eu odeio discursos bonitos e elogios. E então... E então, eu me dei conta de que não teria paz se não me levantasse. Além disso, pensei que a senhora Hughes, que me apresentou a ele, pudesse se ofender se eu não dançasse. E quanto ao seu querido irmão, estou certa de que ele teria ficado muito infeliz caso eu permanecesse sentada a noite toda. Estou tão contente que isso acabou! Meu ânimo está saturado de ouvir os disparates dele. Além do mais, por ele ser um jovem tão bem-apresentado, vi que todos estava olhando para nós.

– Ele, de fato, é muito bonito.

– Bonito! Sim, acho que até pode ser. Eu me arrisco a dizer que as pessoas em geral o admirariam. Mas ele não faz o meu tipo de beleza nem um pouco. Odeio homens de pele avermelhada e olhos escuros. No entanto, ele está muito bem. É incrivelmente presunçoso, tenho certeza. Sabe, ao meu próprio modo, fiz vários ataques à vaidade dele.

Quando as jovens tornaram a se encontrar, tinham um assunto muito mais interessante para discutir. A segunda carta de James Morland havia então sido recebida, e as boas intenções de seu pai, totalmente explicadas. Uma renda, da qual o senhor Morland era ele mesmo o patrocinador e o recebedor, de cerca de 400 libras por ano, iria ser renunciada em prol de seu filho assim que ele tivesse idade o suficiente. Aquilo não era uma redução sem importância na renda da família, nem tampouco um encargo avarento para um entre dez filhos. Além disso, uma propriedade de quase o mesmo valor estava garantida como sua futura herança.

Na ocasião, James expressou a gratidão apropriada, e a necessidade de eles terem de esperar dois ou três anos antes de se casarem, apesar de indesejada, não era mais longa do que ele esperava, e foi suportada por ele sem descontentamento. Catherine, cujas expectativas haviam sido tão imprecisas quanto a noção que tinha da renda de seu pai, e cujo julgamento era agora completamente orientado por seu irmão, se sentiu também muito satisfeita, e parabenizou Isabella com efusão por ter tudo resolvido de modo tão agradável.

– É de fato muito admirável – disse Isabella, com o rosto sério.

– O senhor Morland de fato se comportou maravilhosamente – falou a gentil senhora Thorpe, olhando com ansiedade para a filha. – Eu só queria poder fazer o mesmo. Não se podia esperar mais dele, sabe? Se ele descobrir que pode fazer mais daqui a algum tempo, me arrisco a dizer que vai, pois tenho certeza de que deve ser um homem excelente, de bom coração. De fato, 400 libras são uma renda pequena para se começar uma vida, mas as suas vontades, minha querida Isabella, são tão modestas que você não leva em consideração o quão pouco quer, minha querida.

– Não é por mim que desejo mais, mas não posso suportar que isso seja um meio de magoar o meu querido Morland, ao fazê-lo se conformar com uma renda que mal cobre as necessidades triviais de sobrevivência. Para mim, ter pouco não importa, eu jamais penso em mim mesma.

– Eu sei que não, minha querida, e você sempre encontrará recompensa no afeto que as pessoas sentem por você por causa disso. Jamais houve uma moça tão querida como você por todos os que a conhecem e me atrevo a dizer que quando o senhor Morland lhe vir, minha querida menina... mas não angustiemos nossa querida Catherine ao falar desses assuntos. O senhor Morland se comportou de modo muito bonito. Sempre ouvi dizer que ele era um homem excelente, e, minha querida, não devemos fazer suposições, mas, caso você tivesse tido uma fortuna adequada, ele teria acrescentado algo a ela, pois estou certa de que ele é um homem de cabeça bastante liberal.

– Ninguém pode ter o senhor Morland em mais alta conta do que eu, estou certa disso. Mas todos têm os seus defeitos, sabe, e todos têm o direito de fazer o que quiserem com seu próprio dinheiro.

Catherine ficou magoada com essas insinuações.

– Estou muito certa – disse ela – de que meu pai prometeu fazer o máximo que ele puder pagar.

Isabella se recompôs.

– Quanto a isso, minha doce Catherine, não pode haver dúvida, e você me conhece o bastante para ter certeza de que eu ficaria satisfeita com uma renda muito menor. Não é a falta de mais dinheiro que me deixa um tanto desanimada agora mesmo. Eu detesto dinheiro, e se nossa união pudesse ser realizada agora apenas com 50 libras por ano, eu não teria um desejo sequer por satisfazer. Ah!, minha Catherine, você me descobriu. O que me incomoda são os longos, longos e intermináveis dois anos e meio que terão de passar antes que o seu irmão comece a receber a renda.

– Sim, sim, minha querida Isabella – comentou a senhora Thorpe –, nós conseguimos ver com clareza os seus sentimentos. Você não os esconde. E nós entendemos perfeitamente a sua irritação atual, e todos devem lhe querer mais ainda por esse carinho tão nobre e sincero.

O sentimento incômodo de Catherine começou a diminuir. Ela se esforçou para acreditar que o adiamento do casamento era a única fonte de arrependimento de Isabella. E quando Catherine a viu no encontro seguinte delas tão alegre e amigável quanto de costume, se esforçou para esquecer que por um instante havia achado o contrário. James chegou logo depois da carta dele, e foi recebido com a mais gratificante gentileza.

Capítulo 17

Os Allen estavam agora na sexta semana de sua estada em Bath, e se aquela seria a última foi por algum tempo uma dúvida, à qual Catherine prestava atenção com o coração palpitante. Ter a sua familiaridade com os Tilney cortada tão prematuramente assim era um mal que nada podia contrabalançar. Toda a felicidade dela parecia estar em jogo enquanto o assunto não era decidido, e tudo pareceu estar garantido quando foi decidido que os aposentos seriam ocupados por mais quinze dias. Se esses quinze dias a mais provocariam nela algo além do prazer de às vezes ver Henry Tilney era uma parte diminuta das conjecturas de Catherine.

De fato, em uma ou duas ocasiões desde que o noivado de James lhe ensinara o que poderia ser feito, ela havia chegado ao ponto de em segredo se permitir um "talvez", mas, em geral, a felicidade de estar com ele no presente limitava suas visões: o presente agora consistia de mais três semanas, e com a sua felicidade garantida por esse período de tempo, o resto da vida de Catherine parecia tão distante que pouco interesse despertava nela. Ao longo da manhã que testemunhou a resolução desta questão, ela visitou a senhorita Tilney e revelou seus sentimentos de alegria.

Aquele era um dia fadado a ser difícil. Logo após ela haver expressado seu encanto pela estada estendida do senhor Allen, a senhorita Tilney contou a ela que o seu pai havia acabado de decidir partir de Bath ao final de mais uma semana. Isso foi um golpe duro! O suspense vivido na manhã havia sido fácil e tranquilo perto da decepção do presente. O semblante de Catherine desabou, e com um tom de voz que revelava a mais sincera das preocupações, ela repetiu as últimas palavras da senhorita Tilney: "Ao final de mais uma semana!".

– Sim, meu pai raramente consegue ser convencido a pelo menos entrar nas águas. Ele tem andado decepcionado porque alguns amigos que ele esperava que viessem não puderam viajar, e como agora ele está muito bem de saúde, está com pressa para voltar para casa.

– Lamento muito isso. Se eu tivesse ficado sabendo disso antes... – disse Catherine com tristeza.

– Talvez – falou a senhorita Tilney, um tanto constrangida – você teria a bondade... eu ficaria muito feliz se...

A chegada do pai deu um fim àquela demonstração de cortesia, a qual Catherine começava a esperar que fosse incitar um convite para elas se corresponderem. Depois de se dirigir a ela com sua boa educação costumeira, ele se virou para a filha e falou:

– Bem, Eleanor, posso parabenizá-la por sua bem-sucedida dedicação à sua linda amiga?

– Eu mal havia começado a fazer o pedido quando o senhor entrou aqui.

– Bem, pode prosseguir. Sei o quanto você deseja isso. Minha filha, a senhorita Morland – prosseguiu ele, sem dar tempo à filha para falar – está elaborando um desejo muito intenso. Nós partiremos de Bath, como ela talvez lhe tenha dito, uma semana depois de sábado. Uma carta do meu intendente me informou que a minha presença é requisitada em casa, e, frustradas as minhas esperanças de encontrar o marquês de Longtown e o general Courteney aqui, que são dois velhos amigos, não há nada que me prenda por mais tempo aqui em Bath. E se pudéssemos convencê-la de nosso argumento egoísta, partiríamos sem qualquer arrependimento. Trocando em miúdos, pode a senhorita ser convencida a abandonar este cenário de triunfo público e dar o prazer de sua companhia à sua amiga Eleanor em Gloucestershire? Quase fico constrangido de fazer este pedido, apesar de que o atrevimento dele certamente pareceria maior para qualquer criatura em Bath que não seja a senhorita. Com uma modéstia como a sua, eu nada no mundo faria para importuná-la com elogios sinceros. Se a senhorita puder ser convencida a nos honrar com uma visita, vai nos fazer mais feliz do que somos capazes de expressar. É verdade que não podemos oferecer-lhe nada parecido com os luxos deste animado lugar. Não podemos tentá-la com diversão ou esplendor, pois nosso modo de viver, como a senhorita vê, é simples e despretensioso. No entanto, não faltarão esforços de nossa parte para tornar a Abadia de Northanger não totalmente desagradável.

A Abadia de Northanger! Aquelas eram palavras emocionantes, que levaram os sentimentos de Catherine ao ponto mais alto do êxtase. Seu coração agradecido e satisfeito mal podia conter suas expressões dentro da linguagem tolerável da calma. Receber um convite tão lisonjeiro assim! Ter sua companhia solicitada com tanto carinho assim! Tudo o que era honrado e reconfortante, cada prazer atual, e cada esperança futura estavam contidos no coração dela. E a aquiescência, com a condição de que papai e mamãe permitissem, foi dada com avidez.

– Vou escrever para casa imediatamente, e se eles não se opuserem, como me atrevo a dizer que não se oporão... – disse ela.

O general Tilney não ficou menos otimista, pois já tinha consultado os ótimos amigos dela na rua Pulteney, e obtido a aprovação deles quanto ao seu desejo.

– Se eles podem consentir em deixar você partir, podemos esperar boa vontade do mundo todo – disse ele.

A senhorita Tilney foi sincera, porém gentil, em suas cortesias adicionais, e dentro de alguns minutos o assunto ficou quase tão resolvido quanto permitiria essa consulta a Fullerton.

As circunstâncias da manhã fizeram os sentimentos de Catherine passarem do suspense para a certeza, e, depois, para a decepção. Mas eles agora estavam abrigados em segurança na mais perfeita felicidade. E, com o ânimo alvoroçado à beira do arrebatamento, com Henry em seu coração e a Abadia de Northanger nos lábios, ela se apressou para ir para casa escrever a carta.

O senhor e a senhora Morland, contando com a prudência dos amigos a quem eles já haviam confiado a filha, não tiveram dúvidas quanto à decência de uma amizade que havia se formado diante deles, e, portanto, enviaram de volta pelo correio seu rápido consentimento para que ela fosse a Gloucestershire. Essa permissão, apesar de não ser mais do que aquilo que Catherine esperara, completou sua convicção de que ela era mais privilegiada do que qualquer outra criatura humana, em matéria de amigos e fortuna, circunstância e destino.

Tudo parecia trabalhar a seu favor. Por conta da gentileza de seus primeiros amigos, os Allen, ela havia sido apresentada a cenários em que prazeres de todo tipo a encontraram. Tanto seus sentimentos quanto suas preferências tiveram a felicidade de ser correspondidos. Onde quer que sentisse algum vínculo emocional, ela havia sido capaz de criá-lo. A afeição de Isabella lhe seria garantida como a de uma irmã.

Os Tilney, de quem, acima de todos os outros, ela desejava o bem-querer, superaram até mesmo os seus desejos com o modo lisonjeiro com que a intimidade deles iria continuar. Ela seria a visitante escolhida por eles, passaria semanas sob o mesmo teto que a pessoa cuja companhia ela mais prezava – e, além de tudo isso, aquele teto era o teto de uma abadia! A paixão dela por edifícios antigos era quase tão forte quanto sua paixão por Henry Tilney, e castelos e abadias supriam de encantamento os devaneios que a imagem dele não preenchia. Ver e explorar as muralhas ou o torreão de um, os claustros da outra, haviam sido um desejo muito querido. No entanto, ser uma visitante por mais de uma hora parecia quase impossível demais para desejar. Ainda assim, isso ia se concretizar.

Com todas as probabilidades contra ela em termos de casa, salão principal, localização, parque, pátio e cabana, Northanger calhou de ser uma abadia, e ela seria um de seus residentes. Seus corredores compridos e úmidos, suas celas estreitas e capela em ruínas estariam ao alcance dela diariamente, e ela não conseguia reprimir por completo a esperança de escutar algumas lendas tradicionais, ou de encontrar o terrível memorial de uma freira ferida e malfadada.

A Abadia de Northanger

Era maravilhoso que seus amigos parecessem tão pouco entusiasmados com o fato de possuírem uma casa como aquela, que a noção daquilo fosse aceita com tanta serenidade. O poder do hábito precoce era a única explicação para aquilo. Uma distinção para a qual eles haviam nascido não despertava neles orgulho. A superioridade da morada não tinha mais valor para eles do que a superioridade da pessoa.

Muitas eram as perguntas que Catherine estava ansiosa por fazer à senhorita Tilney, mas seus pensamentos estavam tão agitados que, quando as perguntas foram respondidas, ela não se sentiu muito mais certa do que antes sobre o fato de a Abadia de Northanger ter sido um rico convento na época da Reforma Anglicana, de que um antepassado dos Tilney tomara posse dela na época de sua dissolução, de uma grande parte da construção antiga ainda fazer parte da casa atual, apesar de o resto estar em ruínas, ou de que a casa ficava na parte baixa de um vale, protegida ao norte e ao leste por altos carvalhais.

Capítulo 18

Portanto, repleta de felicidade, Catherine mal se deu conta de que dois ou três dias se passaram sem que ela visse Isabella por mais do que alguns minutos no total. Ela, a princípio, começou a se dar conta disso, e a suspirar pela conversa da amiga, enquanto caminhava pelo salão das fontes de águas medicinais certa manhã, sem nada para dizer ou para ouvir. E mal sentira falta da amizade por cinco minutos quando o objeto dela apareceu, e convidando-a para uma conversa privada, conduziu-a a um assento.

– Este é meu lugar favorito – disse ela enquanto se sentava em um banco entre as portas, que oferecia uma vista razoável das pessoas que podiam entrar por qualquer uma delas. – É muito afastado de tudo.

Catherine, observando que os olhos de Isabella não desgrudavam de uma ou da outra porta, como se estivessem em ansiosa expectativa, e se lembrando da frequência com que ela fora falsamente acusada de ser maliciosa, pensou que aquela era uma ótima oportunidade de realmente ser maliciosa. Portanto, disse com alegria:

– Não fique preocupada, Isabella, James logo vai chegar aqui.

– Ah! Minha querida criatura – replicou ela –, não me tome por uma idiota que sempre quer ele grudado ao meu braço. Seria horrendo estar sempre juntos, nos tornaríamos motivo de chacota neste lugar. Então, você vai para Northanger! Estou incrivelmente contente por isso.

É uma das melhores propriedades antigas da Inglaterra, pelo que sei. Esperarei uma descrição minuciosa de lá.

– Você com certeza receberá a melhor descrição que eu puder fazer. Mas quem está procurando? Suas irmãs estão vindo para cá?

– Não estou procurando ninguém. Temos de olhar para algum lugar, e você sabe como é complicado para mim fixar meu olhar quando meus pensamentos estão a uma centena de quilômetros daqui. Estou incrivelmente absorta. Creio ser a criatura mais absorta do mundo. Tilney diz que esse sempre é o caso com um certo tipo de mente.

– Mas, Isabella, eu achei que você tinha algo em particular para me contar, não é?

– Oh! Sim, é verdade. Mais eis aqui uma prova do que eu estava dizendo. Minha pobre cabeça, esqueci por completo. Bem, é o seguinte: acabei de receber uma carta de John. Você pode adivinhar o conteúdo.

– Não, na verdade, não posso.

– Minha querida, não fique tão afetada. Sobre o que mais ele poderia escrever além de você? Você sabe que ele está perdidamente apaixonado por você.

– Por mim, querida Isabella?

– Não, minha doce Catherine, você está sendo demasiado absurda! A modéstia, e tudo o mais, é muito boa a seu modo, mas, na verdade, um pouco de honestidade corriqueira às vezes é tão pertinente quanto. Não tenho a intenção de ser tão desmesurada assim! Você está querendo receber elogios. Os galanteios dele eram tamanhos que até uma criança teria reparado. E meia hora antes de ele partir de Bath foi quando você lhe deu o incentivo mais claro. É o que ele diz em sua carta, que ele praticamente lhe fez uma oferta, e que você recebeu as investidas dele do modo mais gentil possível. E agora ele quer que eu reitere os galanteios dele, e que lhe diga toda a sorte de coisas bonitas. Então, de nada serve fingir ignorância.

Catherine, com toda a franqueza da verdade, expressou sua perplexidade diante de tal acusação, declarando-se inocente de ter tido qualquer pensamento sobre o senhor Thorpe estar apaixonado por ela, e afirmando a consequente impossibilidade de ela sequer ter tencionado encorajá-lo.

— E quanto a quaisquer galanteios da parte dele, declaro, em nome de minha honra, que nem por um instante me sensibilizei por eles – exceto por quando ele me convidou para dançar no dia da chegada dele. E quanto a me fazer uma oferta, ou qualquer coisa semelhante a isso, deve haver algum engano que não foi considerado. Eu não teria interpretado de maneira errada uma coisa desse tipo, você sabe! E, como quero que acredite em mim, eu solenemente declaro que nenhuma sílaba dessa natureza foi trocada entre nós. Meia hora antes de ele partir! Deve ser total e completamente um engano, pois eu sequer o vi uma vez que fosse em toda aquela manhã.

— Mas você com certeza o viu sim, pois passou toda a manhã nos Edgard's Buildings – foi o dia em que chegou a permissão do seu pai –, e estou certa de que você e John ficaram a sós na sala de visitas algum tempo antes de você ter saído da casa.

— Está certa mesmo? Bem, se você está dizendo que aconteceu, então aconteceu mesmo, mas me atrevo a dizer que juro pela minha vida que não me lembro disso. Eu de fato agora me lembro de ter estado com você e de vê-lo, assim como vi outras pessoas, mas não de ter passado cinco minutos a sós com ele. No entanto, não vale a pena discutir sobre isso, pois, o que quer aconteça da parte dele, você deve se convencer, pelo fato de eu não me lembrar, de que eu jamais pensei, esperei ou desejei dele qualquer coisa desse tipo. Estou excessivamente preocupada que ele tenha qualquer estima por mim, mas, de fato, da minha parte tudo foi sem intenção. Jamais tive a menor ideia disso. Rogo-lhe que esclareça isso para ele o quanto antes e diga que eu peço desculpas a Quer dizer... Eu não sei o que eu deveria dizer... Mas faça com que ele entenda o que estou querendo dizer, da maneira mais apropriada possível. Eu jamais faltaria ao respeito com um irmão seu, Isabella, estou certa disso, mas você sabe muito bem que, se eu pudesse pensar em um homem mais do que em outro... Ele não seria essa pessoa – Isabella ficou calada. – Minha querida amiga, não sinta raiva de mim. Não posso presumir que seu irmão se importe tanto assim comigo. E, você sabe, ainda assim continuaremos sendo irmãs.

— Sim, sim – respondeu Isabella, ficando corada –, há mais de uma maneira de sermos irmãs. Mas estou fazendo uma digressão. Bem, minha querida Catherine, parece que o caso é que você está decidida a rejeitar o pobre John, não é mesmo?

– Eu certamente não posso retribuir o afeto dele, e com certeza jamais tive a intenção de encorajá-lo.

– Visto que é este o caso, estou certa de que não vou mais implicar com você sobre isso. John queria que eu discutisse este assunto com você e, portanto, foi o que fiz. Mas confesso que, assim que li a carta, pensei se tratar de um assunto tolo e impulsivo, com pouca probabilidade de render coisas boas para qualquer uma das partes, pois você sobreviveria do quê, caso se casassem? Vocês dois têm algumas posses, com certeza, mas hoje em dia não se sustenta uma família com qualquer ninharia. E, digam o que digam os apaixonados, não dá para viver sem dinheiro. Eu me pergunto apenas como John foi ter essa ideia. Ele decerto ainda não recebeu minha última carta.

– Então, você me isenta de ter feito qualquer coisa de errado? Está convencida de que eu nunca tencionei enganar o seu irmão, e que nunca suspeitei que ele gostasse de mim até este momento?

– Oh! Quanto a isso, eu não pretendo determinar quais poderiam ter sido os seus pensamentos ou intenções no passado – respondeu rindo Isabella. – Quem sabe disso é você mesma. Um ou outro flerte inofensivo vai acontecer, e frequentemente somos levados a dar mais encorajamento do que a outra pessoa está disposta a receber. Mas pode ter certeza de que eu serei a última pessoa no mundo a julgá-la com severidade. Todas essas coisas deveriam ser permitidas em se tratando de jovens e de espíritos exaltados. O que uma pessoa quer dizer em um dia, sabe, pode não querer dizer no dia seguinte. As circunstâncias mudam, as opiniões se alteram.

– Mas a minha opinião sobre seu irmão jamais mudou, ela sempre foi a mesma. Você está descrevendo algo que nunca aconteceu.

– Minha querida Catherine, por nada no mundo eu a apressaria a aceitar um noivado antes que você tivesse certeza de suas intenções – prosseguiu a outra sem sequer prestar atenção ao que Catherine havia dito. – Não acho que nada justificaria que eu desejasse que você sacrificasse toda a sua felicidade apenas para agradar ao meu irmão, porque ele é meu irmão, e, talvez, sabe, ele seja feliz do mesmo modo sem você, pois as pessoas poucas vezes sabem o que querem, em especial os rapazes, eles são incrivelmente mutáveis e inconstantes. O que estou dizendo é: por que a felicidade de um irmão deveria ser mais cara do que a de uma amiga? Você sabe que minhas noções de amizade são muito elevadas. Mas, acima de tudo, minha querida Catherine, não tenha pressa. Acredite em mim: se você for muito apressada, com certeza vai viver em arrependimento. Tilney diz que não há nada que mais engane as pessoas do que o estado dos próprios afetos delas, e acredito que ele tenha plena razão. Ah! Lá vem ele. Deixe para lá, ele não vai nos ver, estou certa disso.

Catherine, erguendo o olhar, percebeu a presença do capitão Tilney. E Isabella, encarando-o com seriedade à medida que falava, logo chamou a atenção dele. Ele se aproximou imediatamente e se sentou no lugar indicado por ela. A primeira fala dele fez Catherine levar um susto. Apesar de dita em voz baixa, ela conseguiu distinguir: "O quê?! Sempre a ser observada, pessoalmente ou por relatos dos outros!".

— Oh, mas que absurdo! — foi a resposta de Isabella, que também falou quase sussurrando. — Por que você coloca essas coisas na minha cabeça? Se pelo menos eu pudesse acreditar... Meu espírito, sabe, é muito independente.

— Eu queria que o seu coração fosse independente. Isso seria o bastante para mim.

— De fato, meu coração! O que você pode ter a ver com corações? Vocês, homens, não têm corações.

— Se não temos corações, temos olhos, e eles já nos atormentam o suficiente.

— É mesmo? Lamento por isso. Lamento que eles encontrem algo tão desagradável assim em mim. Vou olhar em outra direção. Espero que isso lhe agrade — virando de costas para ele. — Espero que agora seus olhos já não estejam atormentados.

— Eles jamais estiveram mais atormentados, pois a borda de uma bochecha corada ainda está à vista... É, ao mesmo tempo, muito e muito pouco.

Catherine escutou tudo aquilo e, muito desconcertada, já não podia mais ouvir. Impressionada com o fato de que Isabella suportava aquilo, e sentindo ciúmes por seu irmão, ela se levantou e, dizendo que ia se encontrar com a senhora Allen, sugeriu que eles dessem uma caminhada. Mas Isabella não demonstrou qualquer intenção de fazer isso. Ela estava incrivelmente exausta e era muito detestável ficar desfilando pela sala das águas medicinais. E, se saísse de seu lugar, ia deixar de encontrar as irmãs. Ela esperava que as irmãs chegassem a qualquer momento, então, a querida Catherine deveria desculpá-la e tornar a se sentar calmamente.

Mas Catherine também podia ser teimosa, e com a senhora Allen chegando naquele momento para sugerir que elas voltassem para casa, Catherine se juntou a ela e saiu da sala das águas medicinais, deixando Isabella ainda sentada com o capitão Tilney. Foi com muita inquietação que ela então os deixou. Para ela, parecia que o capitão Tilney estava se apaixonando por Isabella, e que Isabella inconscientemente o encorajava. Tinha de ser de modo inconsciente, pois a ligação de Isabella com James era certa, e tão bem conhecida quanto o seu noivado. Duvidar da sinceridade ou das boas intenções dela era impossível. Ainda assim, durante toda a conversa delas, o comportamento de Isabella havia sido estranho. Ela queria que Isabella tivesse falado mais de seu modo costumeiro, e não tanto sobre dinheiro, e que não tivesse parecido tão satisfeita ao ver o capitão Tilney. Que estranho que ela não se desse conta da admiração dele! Catherine queria muito apontar isso a ela, para que ficasse atenta e evitasse toda a dor que o comportamento muito vivaz dela poderia, por outro lado, causar tanto nele quanto no irmão dela.

A afeição de John Thorpe não compensou a falta de atenção da irmã. Catherine acreditava quase tão pouco nesse afeto quanto desejava que fosse sincero, pois ela não se esquecera de que ele podia cometer erros. E a afirmação dele sobre a oferta e os incentivos dela convenceram-na de que os erros dele às vezes poderiam ser muito graves. Portanto, da vaidade ela pouco extraiu, seu lucro principal foi em termos de surpresa. Que ele pudesse crer que valia a pena imaginar que estava apaixonado por ela era uma questão de grande perplexidade. Isabella falou dos galanteios dele. Catherine jamais se dera conta de nenhum, mas Isabella dissera muitas coisas que Catherine esperava que tivessem sido ditas apressadamente, e que jamais tornariam a ser ditas. E ficou contente em acreditar que assim seriam as coisas, para que naquele momento pudesse se sentir tranquila e confortável.

Capítulo 19

Alguns dias se passaram e Catherine, apesar de não se permitir suspeitar da amiga, não podia evitar vigiá-la de perto. O resultado das observações não foi agradável. Isabella parecia uma criatura alterada. Quando Catherine a via rodeada pelos amigos mais próximos delas nos Edgard's Buildings ou na rua Pulteney, a mudança no comportamento dela era tão insignificante que, se não tivesse prosseguido, talvez passasse despercebida. Ocasionalmente, ela iria se deparar com algo, uma indiferença lânguida, ou uma alardeada desatenção que Catherine nunca ouvira antes; mas, se nada de pior tivesse aparecido, isso talvez tivesse simplesmente espalhado um novo encanto e inspirado um interesse mais caloroso.

Mas quando Catherine a viu em público aceitando a corte do capitão Tilney tão prontamente quanto ela havia sido oferecida, e permitindo a ele um quinhão quase igual ao de James em sua atenção e em seus sorrisos, a mudança se tornou clara demais para ser deixada de lado. O que poderia ela querer dizer com tal comportamento instável, o que sua amiga pretendia, escapava à compreensão de Catherine. Isabella não podia ter ideia da dor que estava causando; mas era um grau de inconsciência deliberada do qual Catherine só podia se ressentir.

James era quem sofria. Ela o viu sério e incomodado, e, por mais indiferente ao estado de espírito atual dele que pudesse estar a mulher que lhe dera seu coração, para Catherine o estado de espírito do irmão era sempre objeto de suas preocupações. Ela também estava muito preocupada com o capitão Tilney. Apesar de a aparência dele não a agradar, ela sentia simpatia devido ao sobrenome dele, e pensou com sincera compaixão sobre a decepção iminente que ele teria. Pois, apesar do que ela acreditara ter ouvido no Salão das Águas, o comportamento dele era tão incompatível com o conhecimento do noivado de Isabella que Catherine não podia, depois de refletir, imaginar que ele soubesse disso. Ele talvez ficasse com ciúmes por ter o irmão dela como rival, mas se parecia algo mais do que isso, ela deveria ter compreendido mal.

Catherine queria, com uma gentil advertência, lembrar Isabella de sua situação, e fazer com que ela se desse conta dessa dupla indelicadeza, mas não encontrava oportunidade para isso. Se ela fizesse apenas uma leve sugestão, Isabella não entenderia. Em meio a essa aflição, a planejada partida da família Tilney se tornou seu principal consolo. A viagem deles para Gloucestershire aconteceria dentro de alguns dias, e a saída do capitão Tilney pelo menos restabeleceria a paz em todos os corações, menos no dele. Mas o capitão Tilney no momento não tinha intenção de partir; ele não fazia parte do grupo que iria para Northanger e permaneceria em Bath. Quando Catherine ficou sabendo disso, ela se decidiu imediatamente. Falou com Henry Tilney sobre o assunto, lamentando a evidente parcialidade dele com relação à senhorita Thorpe, e suplicando a ele que tornasse conhecido o compromisso anterior dela.

– Meu irmão sabe – Foi a resposta de Henry.

– Sabe mesmo? Então por que ele continua aqui?

Ele não respondeu e começou a falar de outra coisa. Mas ela prosseguiu com avidez:

– Por que o senhor não o convence a ir embora? Quanto mais tempo ele ficar, pior vai ser para ele. Por favor, aconselhe-o, para o bem dele e de todos, a partir imediatamente de Bath. Com o tempo, a ausência vai deixá-lo confortável outra vez; mas ele não pode ter esperanças aqui, e ficar só o deixará infeliz.

Henry sorriu e disse:

– Tenho certeza de que meu irmão não iria querer fazer isso.

— Então o senhor vai persuadi-lo a ir embora?

— Isso não está ao meu alcance. Mas me perdoe, eu nem sequer posso fazer um esforço para isso. Eu mesmo contei a ele que a senhorita Thorpe está noiva. Ele sabe o que faz, e tem de decidir sozinho o que é melhor.

— Não, ele não sabe o que faz — exclamou Catherine. — Ele não sabe a dor que está causando em meu irmão. Não que James algum dia tenha me dito isso, mas estou certa de que ele está muito incomodado.

— E a senhorita tem certeza de que é por culpa do meu irmão?

— Sim, certeza absoluta.

— São os galanteios de meu irmão para a senhorita Thorpe ou o fato de ela tê-los aceitado que causam essa dor?

— E não é a mesma coisa?

— Acho que o senhor Morland veria alguma diferença. Nenhum homem se ofende por outro homem admirar a mulher que ele ama; é somente a mulher que pode fazer disso um tormento.

Catherine sentiu vergonha pela amiga, e disse:

— Isabella está errada. Mas tenho certeza de que a intenção dela não pode ser atormentar, pois ela é muito ligada ao meu irmão. Ela é apaixonada por ele desde que eles se viram pela primeira vez, e enquanto o consentimento de meu pai não era certo, ela se inquietou quase ao ponto de ter uma febre. O senhor sabe que ela deve se unir a ele.

— Eu entendo: ela está apaixonada por James, e flerta com Frederick.

— Oh! Não, não flerta. Uma mulher apaixonada por um homem não pode flertar com outro.

— É provável que ela não vá amar tão bem, ou flertar tão bem, quanto poderia se fizesse apenas uma dessas coisas. Cada um dos cavalheiros deve ceder um pouco.

Depois de uma curta pausa, Catherine voltou a falar:

— Então o senhor não acredita que Isabella seja muito ligada ao meu irmão?

— Não posso opinar sobre esse assunto.

— Mas quais podem ser as intenções do seu irmão? Se ele sabe do noivado dela, o que significa o comportamento dele?

— A senhorita é uma inquisidora minuciosa.

— Sou mesmo? Eu só pergunto o que quero que me contem.

— Mas a senhorita só pergunta o que se pode esperar que seja contado?

— Sim, acho que sim; pois o senhor deve conhecer o coração do seu irmão.

— Sobre o coração do meu irmão, como a senhorita chamou, no presente momento, lhe garanto que só posso fazer especulações.

— E então?

— Ora! Não, se for para adivinhar, que cada um faça suas próprias especulações. Ser pautado por conjecturas de segunda mão é deplorável. Os fatos estão diante da senhorita. Meu irmão é vivaz e, talvez, às vezes, um rapaz desajuizado; faz uma semana que ele conhece a sua amiga, e ele sabe do noivado dela praticamente desde que eles se conheceram.

— Bem – disse Catherine, depois de alguns momentos de consideração –, o senhor pode ser capaz de adivinhar as intenções do seu irmão a partir de tudo isso; mas eu estou certa de que eu não sou. Mas o seu pai não está incomodado com isso? Ele não quer que o capitão Tilney vá embora? Se o seu pai falasse com ele, com certeza ele partiria.

— Minha querida senhorita Morland – falou Henry –, nessa preocupação pelo bem-estar do seu irmão, não pode estar um tanto equivocada? Não teria a senhorita ido um pouco longe demais? Ele lhe agradeceria, da parte dele ou da parte da senhorita Thorpe, por supor que o afeto dela, ou pelo menos o bom comportamento dela, só pode ser garantido se ela não vir mais o capitão Tilney? Estará ele a salvo apenas na solidão? Ou o coração dela só é fiel a ele quando não solicitado por ninguém mais? Ele não pode pensar isso. E pode ter certeza de que ele não iria querer que a senhorita pensasse isso. Não direi "Não se sinta incomodada" porque sei que no momento é assim que se sente. Mas fique incomodada o mínimo que puder. A senhorita não tem dúvidas quanto à ligação mútua entre seu irmão e sua amiga. Portanto, confie que jamais existirão ciúmes entre eles. Confie que nenhum desentendimento entre eles possa ser duradouro. Os corações deles estão abertos um para o outro, e nenhum deles pode se abrir para a senhorita. Eles sabem exatamente o exigido e o que pode ser suportado, e pode ter certeza de que um nunca implicará com o outro ao ponto de que isso se torne algo desagradável.

Percebendo que ela ainda estava séria e indecisa, ele acrescentou:

– Apesar de Frederick não partir de Bath conosco, ele provavelmente vai ficar muito pouco tempo aqui, talvez só mais alguns dias depois que nós formos embora. A licença dele logo vai acabar, e ele terá de voltar para o seu regimento. O que será então da amizade deles? Os oficiais beberão à saúde de Isabella Thorpe por uma quinzena, e ela rirá por um mês com seu irmão da paixão do pobre Tilney.

Catherine não mais lutaria contra o conforto. Ela havia resistido às investidas do conforto durante todo um discurso, mas agora era presa dele. Henry Tilney deveria saber melhor. Ela culpava a si mesma pela dimensão dos seus receios, e decidiu nunca mais tornar a pensar tão seriamente assim naquele assunto.

A decisão de Catherine foi respaldada pelo comportamento de Isabella no último encontro das duas. Os Thorpe passaram a última noite da estada de Catherine na rua Pulteney, e nada aconteceu entre os noivos que a deixasse incomodada, ou que fizesse com que ela saísse da companhia deles por apreensão. James estava muito bem-humorado, e Isabella, muito agradavelmente plácida. A ternura que ela sentia pela amiga parecia, na verdade, tomar conta de seu coração, mas isso, em um momento como aquele, era admissível. Uma vez, Isabella fez ao seu noivo uma clara objeção, e outra, afastou a mão; mas Catherine se lembrou das instruções de Henry e justificou tudo isso como afeto sensato. Os abraços, lágrimas e promessas das duas quando se despediram podem ser imaginados.

Capítulo 20

O senhor e a senhora Allen lamentaram se separar de sua jovem amiga, cuja alegria e bom humor a tornavam uma companhia valiosa, e, na promoção do divertimento dela, o deles aumentara um pouco. Mas a felicidade dela em partir com a senhorita Tilney os impedia de desejar que ficasse. E, como eles mesmos só iam ficar mais uma semana em Bath, a partida dela agora não seria sentida por muito tempo. O senhor Allen a acompanhou até a rua Milsom, onde ela tomaria o café da manhã, e a viu sentada com a mais gentil das boas-vindas em meio a seus novos amigos. Mas o nervosismo dela em se ver como um dos membros da família era tão grande, e ela tinha tanto medo de não fazer exatamente o que era certo, e de não conseguir preservar a boa opinião deles com relação a ela, que, no constrangimento dos primeiros cinco minutos, ela quase poderia ter desejado retornar com o senhor Allen para a rua Pulteney.

Os modos da senhorita Tilney e o sorriso de Henry logo espantaram alguns dos sentimentos desagradáveis de Catherine. Ainda assim, ela estava longe de se sentir tranquila, e nem as incessantes atenções do próprio general podiam reconfortá-la por completo. Por mais estranho que pudesse parecer, ela se perguntava se talvez não sentisse menos tensa se fosse menos alvo de atenções. A ansiedade do general pelo bem-estar dela, os contínuos pedidos dele para que ela comesse e os medos frequentemente expressados por ele de que ela não visse nada que a agradasse, apesar de nunca na vida ela ter visto tamanha variedade em uma mesa de café da manhã, tornou impossível que ela esquecesse por um só instante que era uma visita. Catherine se sentiu completamente desmerecedora de tamanho respeito, e não sabia como reagir.

O nervosismo dela aumentou com a impaciência do general pela aparência do filho mais velho dele, ou com o desprazer que ele expressou com relação ao desleixo do filho quando o capitão Tilney finalmente desceu. Catherine se compadeceu da severidade da reprimenda do pai, que parecia desproporcional à ofensa do filho, e a preocupação dela aumentou muito quando se viu como o principal motivo do sermão, e que o atraso dele era principalmente ressentido por se tratar de um desrespeito a ela. Isso a deixava em uma situação muito incômoda e ela se compadeceu muito do capitão Tilney, sem ser capaz de esperar pela simpatia dele.

Tilney ouviu o pai em silêncio e não tentou se defender, o que confirmou o receio de Catherine de que a inquietude da mente dele, por conta de Isabella, talvez pudesse, ao tirar seu sono, ter sido a causa real de ele ter acordado tarde. Aquela era a primeira vez em que ela estava realmente na companhia dele, e esperava agora ser capaz de formar uma opinião sobre o capitão. Mas ela mal ouviu a voz de Tilney enquanto o pai dele permaneceu no cômodo; e, mesmo depois, o humor dele foi tão afetado que ela não conseguiu distinguir nada além destas palavras, em um sussurro para Eleanor: "Como vou ficar contente depois que todos vocês forem embora."

A agitação da partida não foi agradável. O relógio bateu às dez horas enquanto os baús eram levados para o andar de baixo, e o general determinara sua saída da rua Milsom naquele horário. O sobretudo dele, em vez de ser levado para que ele o vestisse, estava estendido dentro da carruagem em que ele iria acompanhar o filho. O assento do meio não havia sido puxado, apesar de haver três pessoas para viajar nele, e a dama de companhia da filha havia enchido tanto o coche de pacotes que a senhorita Morland não teria espaço para se sentar nele; e ele estava tão influenciado por essa apreensão quando a conduziu para dentro do coche que Catherine teve alguma dificuldade em impedir que a própria escrivaninha nova dela fosse atirada na rua. Por fim, no entanto, a porta foi fechada com as três mulheres dentro da carruagem, e elas partiram no ritmo sereno com que os bonitos e bem alimentados quatro cavalos de um cavalheiro costumam fazer uma viagem de quase 50 quilômetros: essa era a distância de Northanger a Bath, que agora iria ser percorrida em duas etapas iguais. Catherine se reanimou à medida que elas se afastaram, pois, com a senhorita Tilney, ela não se sentia intimidada. E, com interesse por uma estrada que lhe era completamente nova, uma abadia diante de si e uma carruagem atrás, ela olhou para Bath uma última vez sem arrependimentos, e se deparou com todos os marcos da estrada antes do que ela esperava. Em seguida veio o tédio de uma espera de duas horas no vilarejo de Petty France, em que não havia nada a fazer além de comer sem ter fome, e caminhar a esmo sem ter nada para ver. Isso diminuiu um pouco a admiração dela pelo estilo no qual eles viajavam, na moderna carruagem com postilhões vestindo lindas librés, se elevando tão regularmente em seus estribos, e vários batedores adequadamente montados, por conta dessa consequente inconveniência. Caso o grupo dela fosse perfeitamente agradável, o atraso teria sido uma bobagem, mas o general Tilney, apesar de ser um homem encantador, parecia estar sempre tentando conter os ânimos de seus filhos, e quase nada foi dito por ninguém além dele. Observar o descontentamento dele sobre o que quer que fosse que a estalagem tinha a oferecer e sua impaciência irritada com os garçons, fizeram com que Catherine ficasse cada vez mais perplexa com ele, e pareceu transformar as duas horas em quatro. No entanto, por fim a ordem de partida foi dada, e Catherine então ficou muito surpresa com a sugestão do general de que ela deveria tomar o lugar dele na carruagem de seu filho pelo restante da viagem, afirmando que o dia estava bonito, e ele estava ansioso para que ela visse o máximo possível a paisagem do interior.

Catherine corou ao lembrar-se da opinião do senhor Allen sobre carruagens e rapazes, e o primeiro pensamento dela foi declinar do convite, mas o segundo foi de uma maior deferência pelo julgamento de general Tilney. Ele não podia sugerir a ela nada que fosse impróprio e, após alguns minutos, ela se viu com Henry na carruagem, e era a criatura mais feliz que jamais existiu. Depois de passar pouco tempo ali ela se convenceu de que uma carruagem era o veículo mais bonito do mundo. O coche de quatro rodas rodava majestosamente, é certo, mas era também pesado e incômodo, e ela não conseguia esquecer facilmente o fato de que ele havia feito uma parada de duas horas em Petty France. A metade daquele tempo teria sido o suficiente, e os cavalos leves se moviam tão agilmente que, não tivesse o general decidido que o seu coche iria na frente, eles teriam ultrapassado o coche do general facilmente em meio minuto.

Porém o mérito não era todo dos cavalos. Henry dirigia muito bem de modo muito silencioso, sem fazer qualquer perturbação, sem se exibir para ela, e sem maldizer os cavalos: era muito diferente do único cavalheiro-cocheiro com quem ela podia fazer uma comparação! E o chapéu dele estava tão bem posicionado, e as inúmeras capas de sua pelerine pareciam muito encantadoramente convenientes! Ser conduzida por ele, junto com ter dançado com ele, certamente era a maior felicidade do mundo. Além de todos os outros prazeres, ela agora sentia o de ouvir os elogios dele: o agradecimento, em nome da irmã dele, por sua gentileza em visitá-la, considerando aquilo uma amizade verdadeira e demonstrando uma enorme gratidão. A irmã, disse ele, estava em uma situação incômoda, ela não tinha nenhuma companhia feminina e, com a ausência frequente do pai, ela às vezes ficava sem qualquer companhia.

– Mas como pode ser isso? – indagou Catherine. – O senhor não faz companhia a ela?

– Northanger não é exatamente o meu lar. Tenho minha própria casa em Woodston, que fica a mais de 30 quilômetros da casa do meu pai, e passo necessariamente uma parte do meu tempo lá.

– Como deve lamentar isso!

– Eu sempre lamento quando tenho de ficar longe de Eleanor.

– Sim, mas, além de seu afeto por ela, o senhor deve sentir muito carinho pela abadia! Depois de se acostumar a morar em uma casa como a abadia, ter de morar em um presbitério comum deve ser desagradável.

Ele sorriu e disse:

– A senhorita formou uma opinião muito favorável da abadia.

– Decerto que sim. Não se trata de um lugar antigo e bonito, como se lê nos romances?

– E a senhorita está disposta a ter contato com todos os horrores que uma casa "como se lê nos romances" pode oferecer? A senhorita tem um coração forte? Seus nervos aguentam portas de correr e tapeçaria?

– Oh! Sim, eu não acho que me assustarei com facilidade, porque haverá muitas outras pessoas na casa, e além disso, a abadia nunca ficou desabitada e abandonada por anos, para então a família voltar para lá sem dar um aviso prévio, como geralmente acontece nos romances.

– Não, certamente. Não teremos que explorar os caminhos de um salão mal iluminado pelas fracas brasas de uma lareira... Nem obrigados a estender nossas camas no chão de um cômodo sem janelas, portas ou mobília. Mas a senhorita deve saber que, quando uma jovem é (por qualquer que seja o meio) apresentada a uma morada desse tipo, ela sempre é acomodada separada do resto da família. Enquanto eles vão confortavelmente para a extremidade deles da casa, ela é conduzida formalmente por Dorothy, a vetusta governanta, por uma escada diferente, e por muitos corredores escuros, para um aposento que não é usado desde que algum primo ou outro parente morreu ali cerca de vinte anos antes. A senhorita consegue suportar uma cerimônia como essa? A sua mente não vai lhe encher de dúvidas quando estiver nesse quarto escuro, alto e amplo demais, somente com os fracos raios de um único lampião para dar conta da iluminação, com tapeçarias nas paredes retratando figuras em tamanho real, e a cama, de algo verde-escuro ou de veludo roxo, tendo mesmo a aparência fúnebre? Seu coração não vai se afundar no seu peito?

– Oh! Mas isso não vai acontecer comigo, estou certa.

– Com quanto pavor a senhorita examinará a mobília do seu aposento! E o que distinguirá? Não mesas, lavabos, cômodas ou gavetas, mas, em um canto, talvez os resquícios de um alaúde quebrado, e, em outro, um baú pesado e impossível de abrir, e, sobre a lareira, o retrato de algum guerreiro bonito, cujas feições lhe afetarão tão incompreensivelmente que a senhorita não conseguirá desgrudar os olhos dele.

Dorothy, enquanto isso, não menos impressionada com a sua aparência, olhará fixamente para a senhorita, muito agitada, e deixará escapar algumas pistas ininteligíveis. Para lhe animar, além disso, ela lhe dará motivos para supor que a parte da abadia em que está hospedada é sem dúvida mal-assombrada, e lhe informar que a senhorita não terá um só criado por perto quando chamar. Com esta cordial despedida ela fará uma mesura e sairá. E a senhorita ouvirá os passos dela se afastando até que o último eco chegue aos seus ouvidos, e quando, já quase desvanecendo, tentar trancar a sua porta, vai descobrir, com crescente alarme, que ela não tem tranca.

– Oh! Senhor Tilney, que assustador! É exatamente como em um livro! Mas isso na verdade não pode acontecer comigo. Tenho certeza de que sua governanta não é de fato Dorothy. Bem, então o que vem depois?

– Talvez nada que cause alarme aconteça na primeira noite. Depois de superar o seu pavor incontrolável da cama, a senhorita se deitará e dormirá por algumas horas um sono intranquilo. Mas, na segunda, ou no máximo na terceira noite depois de sua chegada, provavelmente cairá uma tempestade violenta. Trovoadas tão altas que parecem abalar as fundações da casa soarão pelas montanhas vizinhas, e, durante as assustadoras rajadas de vento que as acompanharão, a senhorita provavelmente pensará que distingue, pois seu lampião ainda não apagou, que um trecho da tapeçaria da parede se agita com mais força do que o resto. Obviamente incapaz de reprimir sua curiosidade em um momento tão favorável para satisfazê-la, a senhorita imediatamente vai se levantar, e, jogando seu roupão sobre o corpo, examinará esse mistério. Depois de uma breve busca, descobrirá uma divisão na tapeçaria tão habilidosamente feita que desafiará a inspeção mais minuciosa. Ao abri-la, uma porta imediatamente aparecerá, trancada apenas por sólidas barras e um ferrolho, que a senhorita, depois de algumas tentativas, conseguirá abrir, e, com seu lampião em mãos, passará por ela e entrará em um pequeno cômodo abobadado.

– Certamente que não. Eu ficaria assustada demais para fazer qualquer coisa desse tipo.

– O quê! Não depois que a Dorothy lhe tiver dado a entender que existe uma ligação subterrânea entre o seu aposento e a capela de Santo Antônio, que fica a menos de três quilômetros da abadia! A senhorita teria medo de fazer uma aventura tão simples assim? Não, não, a senhorita irá entrar nesse pequeno cômodo abobadado e passar por vários outros, sem perceber nada de muito notável neles. Em um talvez haja uma adaga, em outro, algumas gotas de sangue, e, em um terceiro, os resquícios de algum instrumento de tortura. Mas, não havendo nada fora do comum, e com seu lampião quase se apagando, voltará na direção do seu aposento. Ao passar de novo pelo cômodo abobadado, no entanto, seus olhos serão atraídos na direção de um grande armário antiquado, feito de ébano e ouro, que, apesar de ter examinado detidamente a mobília antes, passara despercebido. Impelida por um pressentimento irresistível, a senhorita irá com avidez até ele, destrancando as portas, e examinando todas as gavetas... Mas sem descobrir nada de importante por algum tempo... Talvez nada além de um considerável tesouro em diamantes. Por fim, no entanto, ao tocar em uma mola secreta, um compartimento interno se abrirá e um conjunto de papéis enrolados aparecerá. A senhorita irá pegá-lo e ele conterá várias folhas manuscritas... A senhorita vai se apressar com o precioso tesouro de volta para o seu aposento, mas mal terá conseguido decifrar: "Oh! Vossa mercê, quem quer que vossa mercê possa ser, nas mãos de quem chegam essas memórias da infeliz Matilda"... Quando seu lampião subitamente se apagará e lhe deixará completamente no escuro.

– Oh! Não, não não diga isso. Bem, prossiga.

Mas Henry estava entretido demais pelo interesse que havia suscitado para prosseguir com a história; já não conseguia controlar a solenidade tanto do tema quanto do tom de voz, e foi obrigado a suplicar a ela que usasse a própria imaginação no exame detido dos infortúnios de Matilda. Catherine, se recompondo, ficou constrangida por sua própria avidez, e começou a seriamente assegurar a ele que sua atenção havia sido prendida sem a mínima apreensão de que realmente fosse acontecer o que ele relatara. A senhorita Tilney, ela estava certa, jamais a hospedaria em um aposento como o que ele descrevera! Ela não sentia nenhum medo.

À medida que eles se aproximavam do fim da viagem, a impaciência de Catherine por avistar a abadia, que por algum tempo fora esquecida pela conversa dele sobre assuntos muito diferentes, voltou com força total, e cada curva da estrada era esperada com um assombro solene de que revelaria um vislumbre de seus sólidos muros de pedra cinza, se elevando em meio a um antigo carvalhal, com os últimos raios do sol brilhando com lindo esplendor em suas altas janelas góticas. Mas a construção era tão baixa que ela se viu atravessando os grandes portões da guarita e chegando à propriedade de Northanger sem nem mesmo ter visto uma chaminé antiga.

Não sabia se tinha o direito de ficar surpresa, mas havia algo nesse modo de se aproximar que ela certamente não esperara. Passar por entre alojamentos de aparência moderna, e se encontrar tão facilmente no terreno da abadia, e ser conduzida tão rapidamente por uma estrada plana e nivelada de cascalho fino, sem obstáculos, alarme ou solenidade de qualquer espécie, foi algo que lhe pareceu estranho e incoerente. No entanto, não teve muito tempo para essas considerações. Uma súbita pancada de chuva, caindo com toda força no rosto dela, tornou impossível que observasse qualquer outra coisa, e fez com que ela fixasse seu pensamento no bem-estar de seu chapéu de palha novo. E ela estava, na verdade, sob os muros da abadia, saltando, com a ajuda de Henry, da carruagem. Foi para baixo do abrigo do velho pórtico e depois passou para o salão principal, onde sua amiga e o general esperavam para dar-lhe as boas-vindas, sem sentir qualquer pressentimento terrível de uma infelicidade futura para ela, ou nem um instante de suspeita de quaisquer cenas passadas de terror que tivessem ocorrido dentro do solene edifício. A brisa não parecia soprar nos ouvidos dela os sussurros dos assassinados; a brisa não soprara nada além de uma chuva rápida e forte; e tendo dado uma boa sacudida em suas roupas, ela estava pronta para ser apresentada à sala de estar coletiva, e observar o que a rodeava.

Uma abadia! Sim, era encantador estar de fato em uma abadia! Mas Catherine duvidava, à medida que olhava à sua volta no cômodo, se qualquer coisa dentro de seu campo de visão faria com que ela tomasse consciência disso. A mobília era tão abundante e elegante quanto ditava o bom gosto moderno. A lareira, que ela esperava que fosse larga e carregada dos entalhes dos tempos antigos, havia sido reduzida a uma lareira de Rumford, com lajotas de mármore simples porém bonito, e ornada com a mais bonita porcelana inglesa. As janelas, para as quais ela olhava com uma peculiar dependência, por ter ouvido o general falar que as havia preservado em sua forma gótica com zelo reverencial, eram ainda menos impressionantes do que ela havia imaginado. De fato, os arcos pontiagudos haviam sido preservados e o formato delas era gótico, mas esses arcos podiam até ser caixilhos, porém cada vidraça era muito grande, muito clara, muito leve! Para uma imaginação que havia esperado por divisões menores, e por uma alvenaria muito pesada, por vitrais, poeira e teias de aranha, a diferença era muito perturbante.

O general, percebendo como o olhar dela se ocupava, começou a falar da pequenez do cômodo e da simplicidade da mobília, em que tudo, sendo de uso diário, era pensado para ser confortável. No entanto, lisonjeando a si mesmo, disse que havia alguns cômodos da abadia que eram dignos da atenção dela, e estava começando a mencionar o alto custo de dourar um dos cômodos em especial quando, retirando o relógio do bolso, ele mudou de assunto para anunciar com surpresa que já eram vinte para as cinco da tarde! Isso pareceu ser o sinal de dispersão, e Catherine se viu tão apressadamente levada para fora dali pela senhorita Tilney que ficou convencida de que a mais rigorosa pontualidade com relação aos horários da família era esperada em Northanger.

Voltando pelo amplo e alto salão principal, elas subiram por uma escadaria larga de carvalho brilhante, a qual, depois de muitos lances e patamares, as conduziu até uma galeria larga e comprida. De um lado havia uma série de portas, e ela era iluminada do outro lado por janelas que Catherine só teve tempo de descobrir que davam para um pátio interno quadrado antes que a senhorita Tilney a conduzisse até um quarto, dizendo que esperava que Catherine o achasse confortável, e pedindo-lhe que se arrumasse o mais depressa possível.

Capítulo 21

Um rápido olhar foi o bastante para convencer Catherine de que os aposentos dela eram muito diferentes daqueles com que Henry tentara assustá-la ao descrevê-los. Não eram de modo algum absurdamente grandes, e não tinham nenhuma tapeçaria ou veludo. As paredes eram cobertas com papel, e o chão, acarpetado. As janelas não eram menos perfeitas ou mais escuras do que aquelas na sala de estar do andar de baixo; a mobília, apesar de não acompanhar a última moda, era bonita e confortável, e o ambiente geral do quarto estava longe de ser triste.

Com o coração imediatamente tranquilo àquela altura, ela decidiu não perder tempo algum em examinar nada, pois tinha muito medo de contrariar o general com qualquer atraso. Sua roupa então foi tirada com toda a pressa possível, e ela estava se preparando para tirar os alfinetes da muda de roupa de cama e banho, que havia sido deixada no assento da poltrona para que ela se acomodasse imediatamente, quando subitamente avistou um grande e alto baú, nos fundos de um vão ao lado da lareira. A visão daquilo fez com que ela levasse um susto e, se esquecendo de todas as outras coisas, ficou de pé olhando fixamente para o baú com uma perplexidade imóvel, enquanto estes pensamentos passavam por sua mente:

"Isto de fato é estranho! Jamais esperei uma visão como esta! Um imenso e pesado baú! O que haverá dentro dele? Por que ele foi colocado ali? E foi arrastado até o fundo do vão, como se a intenção fosse que ele ficasse fora de vista! Vou olhar dentro dele, custe o que custar, vou olhar dentro dele... E imediatamente, à luz do dia. Se eu esperar até a noite, minha vela pode apagar."

Catherine aproximou-se e examinou o baú de perto: ele era de cedro, curiosamente marchetado com alguma madeira mais escura, e pousado, a cerca de 30 centímetros do chão, em um estrado feito da mesma madeira. A fechadura era de prata, que perdera o brilho por conta do tempo. Em cada extremidade havia os resquícios imperfeitos de duas alças também de prata, talvez quebradas prematuramente por algum estranho ato de violência; e, no centro da tampa, havia um misterioso monograma, feito do mesmo metal. Catherine, concentrada, se inclinou sobre a mensagem, mas não conseguiu distinguir nada com certeza. Ela não podia, em qualquer direção que tentasse ler, acreditar que a última letra fosse um "T". Ainda assim, que aquilo fosse qualquer outra coisa naquela casa era uma circunstância que suscitava um grau pouco comum de perplexidade. Se o baú não era originalmente deles, que estranhos eventos haviam feito com que ele caísse nas mãos da família Tilney?

A curiosidade medrosa de Catherine crescia a cada momento e, pegando, com mãos trêmulas, a argola da fechadura, ela decidiu a todo custo satisfazer pelo menos a sua curiosidade sobre o conteúdo do baú. Com dificuldade, pois algo parecia resistir a todos os esforços dela, conseguiu abrir a tampa por alguns centímetros; mas, naquele momento, uma batida súbita na porta do quarto fez com que ela, pulando de susto, soltasse a tampa, que fechou com uma violência alarmante. Esse intruso inoportuno era a criada da senhorita Tilney, que havia sido enviada por sua ama para ser útil à senhorita Morland; e, apesar de Catherine dispensá-la imediatamente, aquilo a fez relembrar o que deveria estar fazendo, e a obrigou, apesar de seu desejo ansioso de se aprofundar naquele mistério, a continuar a se vestir sem mais demora.

Seu progresso não foi rápido, pois seus pensamentos e seu olhar ainda estavam voltados para o objeto tão cuidadosamente calculado para despertar o interesse e assustar. E apesar de ela não ter ousado desperdiçar mais um instante sequer com uma segunda tentativa, não conseguia se afastar muito do baú. Por fim, depois de ter colocado uma das mangas do vestido, a toalete de Catherine parecia tão praticamente terminada que ela podia satisfazer a curiosidade. Certamente podia desperdiçar um instante; e, tão desesperado seria o esforço dela que, a não ser que estivesse fechada por alguma força sobrenatural, a tampa em algum momento seria lançada para trás. Com este espírito, ela avançou, e sua confiança não a enganou. Seu esforço decidido escancarou a tampa e proporcionou a seus olhos perplexos a visão de uma colcha de algodão branco, devidamente dobrada, pousada em uma das extremidades do baú, e sem dono!

Ela estava olhando fixamente para a colcha com o primeiro rubor da surpresa quando a senhorita Tilney, ansiosa para saber se a amiga já havia se aprontado, entrou no quarto, e à vergonha crescente por ter nutrido por alguns minutos uma expectativa absurda foi acrescentada a vergonha de haver sido flagrada em uma busca tão improdutiva.

– Esse baú velho é muito curioso, não é mesmo? – disse a senhorita Tilney, à medida que Catherine apressadamente fechava a tampa e se virava em direção ao espelho. – É impossível dizer há quantas gerações ele está aqui. Como originalmente foi colocado neste quarto eu não sei, mas não o mudei de lugar, porque achei que algum dia ele poderia ser útil para guardar toucas e chapéus. O pior de tudo é que o peso dele o torna difícil de abrir. Naquele canto, no entanto, pelo menos ele não atrapalha a passagem.

Catherine não teve tempo de falar, pois estava ao mesmo tempo corando, amarrando o vestido e tomando sábias decisões com a mais violenta das pressas. A senhorita Tilney discretamente indicou seu medo de se atrasar; e, meio minuto depois, elas desceram as escadas correndo, num tumulto não totalmente sem fundamento, pois o general Tilney estava andando de um lado para o outro na sala de estar, com o relógio em mãos, e tinha, no instante exato em que elas entraram, tocado o sino violentamente, ordenando "Que o jantar vá para a mesa imediatamente!".

Catherine tremeu com a ênfase com que ele falou, e se sentou lívida e sem fôlego, num estado de ânimo dos mais humildes, preocupada com Henry e a senhorita Tilney e detestando velhos baús. E o general, recobrando a boa educação à medida que olhava para ela, passou o resto do tempo repreendendo a filha por ela ter apressado de modo tão desajuizado a sua linda amiga, que estava completamente sem fôlego por conta da pressa, quando não havia o mínimo motivo no mundo para ter pressa. Mas Catherine de modo algum conseguiu superar a dupla aflição de ter feito a amiga levar um sermão e de ter sido ela própria uma grande tola, até que eles estivessem alegremente sentados na mesa de jantar, quando os sorrisos autocomplacentes do general, e um ótimo apetite da parte dela, restauraram sua paz.

A sala de jantar era um cômodo nobre, adequado em suas dimensões para abrigar uma sala de estar muito maior do que a que era usada no dia a dia, e decorada em um estilo luxuoso e caro, que quase escapou aos olhos não treinados de Catherine, que notou pouco mais do que o fato de a sala ser espaçosa, e de que havia muitos criados ali. Sobre o espaço da sala ela expressou em voz alta sua admiração; e o general, com um semblante muito gentil, reconheceu que de modo algum aquele cômodo tinha um tamanho inadequado, e depois confessou que, apesar de ser tão indiferente com relação a esses assuntos quanto a maioria das pessoas, ele de fato via uma sala de jantar de tamanho aceitável como uma das necessidades básicas da vida. Ele presumia, no entanto, "que ela devia estar acostumada a aposentos de tamanho muito melhor na casa do senhor Allen, não é mesmo?".

– Na verdade, não – foi a declaração sincera de Catherine, afirmando que a sala de jantar do senhor Allen não tem nem a metade do tamanho, e que ela nunca havia visto um cômodo tão grande quanto aquele em toda a vida.

O bom humor do general aumentou e ele disse que, como era dono daqueles cômodos, pensou que seria tolice não utilizá-los; mas, jurando por sua honra, ele disse que acreditava que cômodos com apenas a metade do tamanho daqueles deveriam proporcionar mais conforto. A casa do senhor Allen, ele estava certo disso, deveria ter exatamente o tamanho verdadeiro para proporcionar uma felicidade racional.

A noite passou sem nenhum outro incidente, e, na ausência ocasional do general Tilney, certamente com muita alegria. Era só na presença dele que Catherine sentia um mínimo cansaço por conta da viagem e, mesmo então, mesmo nos momentos de langor ou retraimento, uma sensação geral de felicidade preponderava, e ela era capaz de pensar em seus amigos em Bath sem desejar estar com eles.

A noite foi de tempestade. O vento tinha ficado gradualmente mais forte durante toda a tarde; e quando o grupo se separou, ventava e chovia violentamente. Catherine, enquanto cruzava o corredor, escutava a tempestade com sensações de assombro, e, quando ouviu o vento passar veloz por um canto da construção antiga fechando uma porta distante com súbita fúria, ela pela primeira vez sentiu que de fato estava em uma abadia. Sim, aqueles eram barulhos característicos que a fizeram se lembrar da enorme variedade de situações terríveis e cenas horrendas que construções como aquela haviam presenciado e que tempestades como aquela prenunciavam. E foi com muito entusiasmo que ela se regozijou do fato de ter passado para o lado de dentro de paredes tão solenes como aquelas em circunstâncias mais felizes! Ela não tinha nada a temer com relação a assassinos noturnos ou cavaleiros embriagados. Henry certamente estivera brincando quando disse aquelas coisas para ela de manhã. Em uma casa tão mobiliada e bem guardada, ela não teria nada a explorar e nada sofreria, e poderia ir para o quarto com a mesma segurança que iria para seu próprio quarto em Fullerton.

Portanto, prudentemente fortalecendo o espírito à medida que ia para o andar de cima, Catherine teve condições, especialmente depois de perceber que a senhorita Tilney dormia a apenas duas portas de distância, de entrar em seu quarto com um coração razoavelmente valente; e seu ânimo foi imediatamente ajudado pela alegre chama que vinha da lareira.

– Como é muito melhor assim – disse ela enquanto ia em direção ao guarda-fogo. – Como é muito melhor encontrar o fogo já aceso do que ter de esperar tremendo no frio até que toda a família esteja na cama, como tantas garotas pobres já foram obrigadas a fazer, e depois ter um velho e leal criado lhe assustando ao entrar no quarto com um fardo de lenha! Como estou contente por Northanger ser o que é! Se a abadia fosse como alguns outros lugares, não estou certa de que, numa noite como esta, eu poderia ter reunido coragem: mas agora certamente não há nada que assuste ninguém.

Ela olhou em volta do quarto. As cortinas da janela pareciam se mexer. Não podia ser por outro motivo que não a violência do vento penetrando pela divisória das venezianas. Ela, de modo ousado, deu um passo à frente, distraidamente cantarolando uma música, para assegurar a si mesma de que de fato era o vento, espiou corajosamente atrás de cada cortina e, ao colocar a mão contra uma das venezianas, ficou muito convencida quanto à força do vento. Um olhar de soslaio para o velho baú, enquanto terminava de examinar a janela, não foi de todo inútil; ela ridicularizou os medos infundados de uma imaginação ociosa e começou, com a mais feliz das indiferenças, a se preparar para se deitar com calma e sem pressa. Ela não se importava se era a última pessoa acordada na casa, mas ela não reavivaria o fogo de lareira: isso pareceria um ato de covardia, como se desejasse a proteção da luz depois que estivesse na cama.

O fogo, portanto, apagou, e Catherine, tendo gasto quase uma hora em sua arrumação, estava começando a pensar em ir para a cama quando, ao dar um último olhar pelo quarto, sua atenção foi atraída para um antiquado armário preto, que, apesar de estar bem à vista, não chamara a atenção dela antes. Imediatamente lhe vieram à mente as palavras de Henry, a descrição que ele fez do armário de ébano que a princípio passaria despercebido. E, apesar de não poder haver realmente nada dentro dele, havia algo de fora do comum naquilo, e certamente era uma coincidência incrível! Ela pegou a vela e olhou o armário de perto. Não era de modo algum feito de ébano e ouro, mas era de laca, laca negra e amarela do tipo mais bonito que havia, e, enquanto ela segurava a vela, a laca amarela tinha o mesmo efeito do ouro. A chave estava na porta e Catherine sentiu uma vontade estranha de olhar dentro dele, embora não tivesse a menor esperança de encontrar nada. Mas aquilo era muito estranho, depois do que havia dito Henry. Em resumo, ela não conseguiria dormir até que tivesse examinado o armário.

Então, colocando a vela com muito cuidado sobre uma cadeira, ela pegou a chave com a mão muito trêmula, e tentou girá-la na fechadura, mas a chave resistiu ao máximo da força dela. Alarmada, mas não desencorajada, tentou girar para o lado contrário. Uma tranca se abriu e ela achou que tinha conseguido. Mas, que estranho mistério! A porta ainda não podia ser aberta.

Catherine fez uma breve pausa, sentindo uma perplexidade ofegante. O vento rugia chaminé abaixo, a chuva caía torrencialmente contra as janelas e tudo parecia anunciar o quão desagradável era aquela situação. Ir para a cama, no entanto, insatisfeita daquele modo, seria em vão, uma vez que dormir seria impossível com a consciência de que havia um armário muito misteriosamente fechado muito próximo a ela. Outra vez, portanto, ela tentou girar a chave, e depois de girá-la de todos os modos possíveis por alguns instantes com a celeridade determinada do último esforço da esperança, a porta subitamente cedeu à mão dela. Seu coração deu um salto, exultante diante daquela vitória. Catherine abriu cada uma das portas, sendo que a segunda ficava fechada por travas menos difíceis de abrir do que a fechadura. Embora ela não visse nada de estranho, uma fileira dupla de pequenas gavetas apareceu diante dela, com algumas gavetas maiores acima e abaixo destas. No meio, uma pequena porta, também fechada à chave, muito provavelmente guardava um compartimento importante.

O coração de Catherine bateu depressa, mas sua coragem não lhe faltou. Com as bochechas coradas de esperança e os olhos semicerrados de curiosidade, seus dedos pegaram o puxador de uma gaveta e abriram-na. Estava completamente vazia. Menos alarmada e mais ávida, ela abriu uma segunda, uma terceira e uma quarta gaveta. Cada uma estava igualmente vazia. Nenhuma gaveta deixou de ser examinada, e em nenhuma delas foi encontrada qualquer coisa. Versada na arte de esconder um tesouro, a possibilidade de haver revestimentos falsos nas gavetas não escapou a ela, e Catherine tateou em vão cada uma com uma argúcia ansiosa. Agora, só o lugar no meio do armário permanecia inexplorado. E apesar de ela nunca, desde o começo, ter tido a mínima esperança de encontrar nada em nenhuma parte do armário, e de não estar nem um pouco decepcionada com sua falta de êxito até aquele momento, seria uma tolice não examinar detidamente todo o armário enquanto ela estava ali.

No entanto, ela ainda levaria algum tempo para conseguir destrancar a porta, e teve a mesma dificuldade para abrir tanto a trava interna quanto a externa. Mas, por fim, a porta se abriu. Diferentemente de antes, sua busca não foi em vão. Seus olhos ágeis imediatamente viram um rolo de papéis na parte mais funda da cavidade, aparentemente para ficar escondido, e os sentimentos dela naquele momento foram indescritíveis. Seu coração palpitou, os joelhos tremeram, e as bochechas ficaram pálidas. Catherine pegou, com a mão pouco firme, o precioso manuscrito, pois apenas um olhar de relance bastou para que ela verificasse que havia caracteres escritos ali. E enquanto ela se dava conta, com sensações horríveis, desta surpreendente demonstração daquilo que Henry havia previsto, imediatamente decidiu ler detidamente cada linha antes que tentasse ir dormir.

A luz fraca emitida pela sua vela fez com que ela se virasse, alarmada, mas não havia perigo de ela se extinguir subitamente; ainda queimaria por algumas horas. E, para que não tivesse mais dificuldade de distinguir a escrita do que a sua data antiga podia sugerir, Catherine apressadamente tentou aumentar a chama. Mas, que infelicidade! A chama foi cortada, e a vela imediatamente se apagou. Uma vela não poderia ter apagado e produzido um efeito pior do que aquele. Catherine, por alguns instantes, ficou congelada de pavor. A vela se apagara totalmente, nem um resquício de brasa sobrara no pavio para dar esperanças a ela de reavivar a chama com um sopro. Uma escuridão impenetrável e inflexível preencheu o quarto. Uma rajada violenta de vento, elevando-se com súbita fúria, adicionou uma dose nova de pavor ao momento. Catherine tremeu da cabeça aos pés. Na pausa seguinte, um barulho que parecia o de passos se afastando e de uma porta distante se fechando chegou ao amedrontado ouvido dela. A natureza humana já era incapaz de suportar aquilo. Suor frio se formou em sua testa e o manuscrito caiu de suas mãos. Tateando o caminho até a cama, Catherine pulou apressada nela e buscou aliviar a agonia ao se arrastar para baixo das cobertas.

Fechar os olhos para dormir naquela noite estava completamente fora de questão. Com a curiosidade muito justificadamente despertada, e sentimentos muito abalados todas as maneiras, repousar devia ser absolutamente impossível. E, ainda por cima, havia aquela tempestade espantosa lá fora! Catherine não estava habituada a se assustar com o vento, mas agora cada rajada parecia pressagiar coisas terríveis. O manuscrito magnificamente encontrado, magnificamente cumprindo a previsão da manhã, como aquilo podia ser explicado? O que ele conteria? Sobre quem ele seria? De que modo ele pôde ficar escondido por tanto tempo? E como era particularmente estranho que seria justo ela a descobri-lo! Até que soubesse o seu conteúdo, no entanto, Catherine não teria descanso ou ficaria confortável. Ela decidiu lê-lo atentamente assim que surgissem os primeiros raios do sol, mas ainda havia muitas horas tediosas a transcorrer. Ela teve calafrios, ficou rolando de um lado para o outro da cama e sentiu inveja de todos os que dormiam um sono tranquilo. A tempestade ainda caía furiosa, e vários foram os barulhos, mais aterrorizantes ainda do que o próprio vento, que em intervalos assustavam os ouvidos dela. Até mesmo as cortinas do dossel da cama pareceram em certo momento se mover, e, em outro, a fechadura da porta do quarto havia sido sacudida, como que pela tentativa de alguém de entrar. Murmúrios surdos pareciam se arrastar pela galeria, e mais de uma vez o sangue dela gelou com o som de gemidos distantes. Hora após hora se passou, e a fatigada Catherine ouvira três delas marcadas por todos os relógios da casa antes de a tempestade diminuir, ou de ela cair num sono profundo sem se dar conta.

Capítulo 22

A criada abrindo as venezianas da janela de Catherine às oito da manhã do dia seguinte foi o som que a fez acordar. Ela abriu os olhos, se perguntando como eles poderiam ter sido fechados, e viu objetos que lhe causaram alegria. O fogo da lareira já ardia, e uma manhã radiante surgira depois da tempestade da noite anterior. Imediatamente, com a consciência da existência, voltaram-lhe as lembranças do manuscrito, e ela, pulando da cama no instante exato em que a criada se foi, avidamente recolheu cada folha de papel espalhada que havia saído do rolo quando ele caiu no chão, e voou de volta para a cama para desfrutar do luxo de uma leitura minuciosa em seu travesseiro. Catherine agora via claramente que não deveria esperar um manuscrito tão extenso quanto aqueles que a faziam sentir calafrios nos livros, pois o rolo, que parecia inteiramente composto de pequenas e desconexas folhas, no conjunto tinha um tamanho insignificante, e era muito menor do que ela a princípio imaginara.

Seus olhos ávidos deram uma olhada rápida em uma página. Ela ficou espantada com a relevância do que leu. Seria possível, ou os sentidos dela a enganavam? Uma relação da roupa de cama, escrita com letra moderna e grosseira, parecia ser tudo o que ela tinha diante de si! Se podia confiar em sua visão, o que tinha em mãos era uma conta de lavanderia. Catherine pegou outra folha e viu os mesmos artigos escritos, com pouca variação. Uma terceira, uma quarta e uma quinta folha não apresentaram nenhuma novidade. Listas de camisas, meias, gravatas e coletes a encaravam em cada folha. Duas outras, escritas pela mesma mão, indicavam gastos não muito mais interessantes, com cartas, pó para perucas, cadarços de sapatos e sabão para ceroulas. E a folha maior, que servira para envolver as outras, parecia, por sua primeira e breve linha ("Aplicar um cataplasma na égua zaina"), a conta de um ferrador!

Aquela era a coleção de papéis (talvez deixados, como ela pôde então supor, pela negligência de um criado, no lugar de onde ela os havia retirado) que a enchera de expectativa e susto, e que lhe roubara metade de sua noite de sono?! Ela se sentiu arrasada. Não poderia a aventura com o baú ter-lhe dado algum juízo? Uma das quinas do baú, surgindo em sua visão enquanto ela estava deitada, parecia se elevar, julgando-a. Nada agora poderia estar mais claro do que o absurdo das fantasias recentes dela. Supor que um manuscrito de gerações passadas poderia ter permanecido por descobrir em um quarto como aquele, tão moderno e tão habitável!... Ou que ela fosse a primeira pessoa a ter a habilidade de destrancar um armário cuja chave estava à vista de todos!

Como era possível que Catherine pudesse abusar de si mesma daquela maneira? Que os céus não permitissem que Henry Tilney algum dia soubesse dessa tolice dela! E, em grande medida, aquilo fora obra dele, pois, não tivesse o armário aparecido para confirmar precisamente a descrição dele das peripécias de Catherine, ela nunca teria sentido qualquer curiosidade pelo móvel. Este foi o único alívio que sentiu. Impaciente por se livrar dos indícios odiosos de sua tolice, e com aqueles papéis detestáveis então espalhados pela cama, Catherine se levantou imediatamente e, enrolando-os novamente da melhor maneira que pôde para que parecessem como antes, colocou-os no mesmo lugar no armário, com um desejo ardente de que nenhum acidente indecoroso a fizesse algum dia tornar a retirá-los dali e fizesse com que ela se envergonhasse.

Por que as fechaduras haviam sido tão difíceis de abrir, no entanto, ainda era algo impressionante, pois agora ela conseguia abri-las com perfeita facilidade. Nisso certamente havia algo de misterioso, e Catherine se permitiu por meio minuto aquela sugestão lisonjeira, até que a possibilidade de a porta a princípio ter estado aberta, e de que ela própria a havia trancado, surgiu em sua mente, e ela enrubesceu novamente.

Ela saiu o mais cedo que pôde de um quarto em que sua conduta produzia tais reflexões desagradáveis, e a toda velocidade encontrou o caminho para a sala do café da manhã, pois a senhorita Tilney o indicara na noite anterior. Henry estava sozinho na sala, e sua primeira frase, desejando que ela não tivesse se incomodado com a tempestade, com uma referência brincalhona à natureza da construção em que eles estavam, foi muito perturbadora. Por nada no mundo ela gostaria de que ele suspeitasse de sua fraqueza. No entanto, como era incapaz de ser completamente falsa, foi obrigada a reconhecer que o vento a mantivera um pouco acordada.

– Mas, depois da tempestade, veio uma manhã encantadora – acrescentou ela, querendo se livrar daquele assunto –, e tempestades e falta de sono não são nada depois que terminam. Que lindos jacintos! Eu recentemente aprendi a amar jacintos.

– E como a senhorita aprendeu? Por acidente ou por uma discussão?

– Sua irmã me ensinou, não sei lhe dizer como. A senhora Allen se esforçava muito, ano depois de ano, para me fazer gostar deles, mas eu nunca conseguia, até que os vi outro dia na rua Milsom. Eu sou naturalmente indiferente a flores.

– Mas agora a senhorita ama jacintos. Tanto melhor. A senhorita conquistou uma nova fonte de prazer, e é bom ter tantas fontes de felicidade quanto possível. Além disso, o gosto pelas flores é sempre desejável no seu sexo, como meio de fazer com que vocês saiam de casa, e de estimulá-las a fazer exercícios com mais frequência do que vocês fariam. E apesar de o amor por jacintos ser algo bastante prosaico, quem sabe, agora que o sentimento foi despertado, a senhorita com o tempo não aprende a amar uma rosa?

– Mas eu não preciso de nenhuma atividade como essa para sair de casa. O prazer de caminhar e respirar ar puro me basta, e quando o clima está bom, eu passo mais da metade do tempo ao ar livre. Mamãe diz que nunca estou em casa.

– De qualquer modo, no entanto, fico satisfeito por a senhorita ter aprendido a amar um jacinto. O mero hábito de aprender a amar é que é a questão, e um temperamento educável em uma jovem é sempre uma grande benção. A minha irmã tem um método de ensino agradável?

Catherine foi salva do constrangimento de tentar responder porque neste momento entrou o general, cujos elogios sorridentes anunciavam um estado de espírito feliz, mas cuja delicada menção a um cedo despertar não aliviou o embaraço dela.

A elegância da louça do café da manhã chamou a atenção de Catherine quando eles se sentaram à mesa, e, felizmente, ela havia sido escolhida pelo general. Ele ficou encantado por Catherine ter aprovado o seu bom gosto. Confessou que a louça era simples, porém bonita, e que considerava correto estimular a indústria de seu país. E, em sua opinião, para seu paladar nada crítico, o chá tinha um gosto bom, não importava o jogo de louça, fosse ela de Staffordshire, Dresden ou Sèvres. Mas aquele era um aparelho de porcelana muito antigo, comprado dois anos antes. A fabricação de porcelana havia melhorado muito desde então. O general tinha visto algumas louças lindas da última vez que fora à cidade, e se não fosse completamente desprovido de vaidades desse tipo, talvez até tivesse ficado tentado a encomendar um aparelho novo. No entanto, acreditava que uma oportunidade de escolher um aparelho novo talvez ocorresse em breve – mas não um aparelho para ele. Catherine provavelmente foi a única do grupo que não entendeu o que ele quis dizer.

Logo após o café da manhã, Henry deixou-os para ir para Woodston, onde os negócios exigiam a sua presença, e o manteriam por lá por dois ou três dias. Todos ficaram no vestíbulo para vê-lo montar em seu cavalo, e, assim que voltaram para a sala do café da manhã, Catherine foi até uma janela na esperança de ter mais um vislumbre dele.

– Esta visita vai exigir muito de seu irmão – observou o general para Eleanor. – Woodston terá hoje uma aparência muito sombria.

– É uma casa bonita? – indagou Catherine.

– O que você tem a dizer, Eleanor? Dê a sua opinião, pois as mulheres conhecem melhor o gosto das outras com relação a lugares, e também com relação aos homens. Acho que o olho mais imparcial reconheceria que há muitas coisas que a destacam. A casa fica em meio a lindas pradarias, virada na direção sudeste, com uma excelente horta virada na mesma direção. Os muros que a cercam, eu construí e empilhei faz dez anos, para o benefício de meu filho. É um benefício eclesiástico da minha família, senhorita Morland, e com as terras em volta da casa sendo quase todas minhas, pode ter certeza de que eu cuido para que esse benefício não seja ruim. Mesmo que os rendimentos de Henry dependessem apenas desse benefício eclesiástico, ele não estaria mal de vida. Talvez pareça estranho, tendo eu apenas dois filhos mais jovens, que eu ache que ele precise exercer qualquer profissão. E decerto há momentos em que todos nós desejamos que ele se desprenda de todos os laços com os negócios. Mas apesar de eu não ser exatamente capaz de converter vocês, jovens senhoritas, estou certo de que seu pai, senhorita Morland, concordaria comigo em achar conveniente dar alguma ocupação a todo rapaz. O dinheiro não é nada, não é um objetivo, mais importante é uma profissão. Até mesmo Frederick, meu filho mais velho, sabe, que talvez venha a herdar uma extensão de terras quase tão considerável quanto qualquer cidadão de posses do condado, tem uma profissão.

O imponente efeito desse último argumento correspondeu aos desejos dele. O silêncio da jovem provou que não havia o que responder.

Na noite anterior, algo havia sido dito sobre mostrar a casa para ela, e ele agora se oferecia para ser seu guia. E apesar das esperanças de Catherine de explorar a casa acompanhada apenas da filha dele, aquela era uma proposta maravilhosa demais, sob quaisquer circunstâncias, para ser recusada. Afinal, ela já passara dezoito horas na abadia e vira apenas alguns poucos cômodos. A caixa de costura, que havia sido trazida para passar o tempo, foi fechada com uma pressa alegre, e em um instante ela estava pronta para se juntar a ele. E depois que eles já tivessem percorrido toda a casa, ele prometeu mostrar para ela também os bosques e o jardim. Ela fez uma mesura, indicando sua concordância. Mas talvez fosse mais agradável para ela ver primeiro a parte de fora, cogitou o general. O clima estava favorável, e nesta época do ano a incerteza de que ele continuaria assim era grande. O que ela preferiria? Ele estava à disposição dela para qualquer uma das duas coisas. O que a filha acharia que mais atenderia aos desejos de sua linda amiga? Ele achava que podia adivinhar. Sim, ele certamente interpretou no olhar da senhorita Morland um sábio desejo de aproveitar o bom tempo. E como ela poderia se enganar? A abadia estaria sempre segura e seca. Ele cedeu, e foi pegar o chapéu para se juntar a elas em um instante.

O general saiu do cômodo e Catherine, com um rosto ansioso e decepcionado, começou a falar da relutância dela de que ele as levasse para fora de casa contra a própria vontade, com a equivocada ideia de agradá-la. Mas foi detida pela senhorita Tilney, que disse, um tanto confusa:

– Acho que vai ser mais inteligente aproveitar a manhã enquanto o clima está tão bom assim. E não se incomode por causa do meu pai, ele sempre dá um passeio fora de casa nesta hora do dia.

Catherine não sabia exatamente como deveria entender aquilo. Por que a senhorita Tilney estava constrangida? Não estaria o general disposto a mostrar a abadia para ela? A sugestão tinha sido dele mesmo. E não era estranho que ele sempre fizesse seu passeio tão cedo assim? Nem o pai dela nem o senhor Allen faziam isso. Aquilo certamente era muito irritante. Ela estava muito impaciente por ver a casa, e tinha pouca curiosidade de ver o entorno da propriedade. Se pelo menos Henry estivesse com eles! Mas agora ela não teria como saber que coisas eram pitorescas quando as visse. Esses foram seus pensamentos, mas ela os guardou para si e colocou o chapéu com um paciente desgosto.

No entanto, Catherine ficou mais impressionada do que esperava com a grandiosidade da abadia ao vê-la dos gramados pela primeira vez. A construção circundava um grande pátio repleto de ornamentos góticos que se projetavam admiravelmente. O resto estava encoberto por pequenas elevações com árvores antigas ou com exuberantes plantações, e, por trás da abadia, as íngremes colinas repletas de árvores se elevando e protegendo o local eram lindas até mesmo no mês de março, quando as árvores não tinham folhas. Catherine nunca vira algo que se comparasse àquilo, e o prazer dela foi tão intenso que, sem esperar por uma opinião de mais autoridade, ela, de modo ousado, começou a fazer muitos elogios e a expressar seu deslumbramento. O general ouviu tudo, assentindo e grato, e pareceu até mesmo que a estima dele de Northanger tinha permanecido indefinida até aquele momento.

A horta da cozinha seria a próxima coisa a ser admirada, e ele as conduziu até lá atravessando um pequeno trecho do parque. A quantidade de acres do jardim era tão grande que Catherine não pôde deixar de ouvir aquilo com desalento, pois a extensão de tudo aquilo era mais que o dobro da extensão de toda a propriedade do senhor Allen, assim como a do seu pai, incluindo o adro e o pomar. Os muros pareciam infinitos, em quantidade e em comprimento; um vilarejo de estufas parecia se elevar por entre eles, e toda uma freguesia parecia estar trabalhando dentro deles. O general ficou lisonjeado com os olhares de surpresa dela, o que indicava claramente, como ele mesmo logo a obrigou a expressar em palavras, que ela jamais vira jardins como aqueles antes. E, depois, de maneira modesta, ele admitiu que sem qualquer ambição desse tipo da parte dele e sem qualquer tipo de apreensão, ele achava que nenhum outro jardim no reino era páreo para aquele. Se o general tinha alguma obsessão, era o jardim. Ele adorava um jardim. Apesar de suficientemente indiferente aos assuntos relacionados à comida, ele adorava boas frutas ou, mesmo que não fosse o caso, seus amigos e filhos adoravam. No entanto, cuidar de um jardim como aquele também era fonte de muita irritação. O máximo de cuidado nem sempre garantia as melhores frutas. A estufa de abacaxis rendera apenas cem frutas no ano anterior. O senhor Allen, ele presumia, também devia passar por esses inconvenientes.

– Não, de modo algum. O senhor Allen não se importa com o jardim, e nunca entra nele – respondeu Catherine.

Com um triunfante sorriso de autossatisfação, o general desejou ser capaz de fazer a mesma coisa, pois ele jamais conseguia entrar em seu jardim sem ficar irritado de uma forma ou de outra, pois nunca via o que esperava.

– Como funcionam as estufas do senhor Allen? – perguntou ele, descrevendo como as dele funcionavam enquanto entravam nelas.

– O senhor Allen tem apenas uma estufa pequena, que a senhora Allen usa no inverno para cultivar suas plantas, e às vezes uma fogueira é acesa nela.

Ele é um homem feliz! – disse o general, com um olhar de desdém muito satisfeito.

Tendo levado Catherine para cada divisão do jardim, e passado por todos os muros, até que ela estivesse totalmente exausta de ver e se deslumbrar, o general por fim permitiu às jovens que utilizassem uma porta que dava para o exterior. Em seguida, expressando seu desejo de examinar algumas obras recentes feitas no gazebo, sugeriu que ir até lá não seria um prolongamento desagradável do passeio deles, caso a senhorita Morland não estivesse cansada.

– Mas aonde você está indo, Eleanor? Por que escolheu pegar essa alameda úmida e fria até lá? A senhorita Morland vai se molhar. O melhor caminho para nós é pelo parque.

– Esta alameda é a minha favorita, por isso, sempre penso nela como o caminho melhor e mais curto. Mas talvez seja úmida mesmo – retrucou a senhorita Tilney.

Era uma alameda estreita e sinuosa ladeada por pinheiros-da--escócia e Catherine, impressionada com seu aspecto triste e ávida por seguir em frente, não pôde, nem com a desaprovação do general, ser impedida de seguir em frente. Ele percebeu a vontade dela e, depois de reiterar em vão seus argumentos de que aquilo não faria bem à saúde, foi educado demais para continuar se opondo àquilo. No entanto, pediu licença para não acompanhá-las:

– Os raios do sol não estão muito animadores para mim, e eu as encontrarei seguindo por outro caminho.

Ele foi embora e Catherine ficou surpresa ao descobrir como seu ânimo tinha ficado aliviado com a separação. A surpresa, no entanto, sendo menos verdadeira do que o alívio, cedeu lugar a este; e ela começou a falar com tranquila felicidade sobre a encantadora melancolia que a alameda inspirava.

– Gosto especialmente deste lugar. Era a alameda favorita da minha mãe – disse a companheira dela, suspirando.

Catherine nunca ouvira a senhora Tilney ser mencionada por aquela família antes, e o interesse despertado por essa tenra lembrança se revelou imediatamente em seu semblante alterado, e na pausa atenta com que ela demonstrou esperar por algo mais.

– Eu costumava caminhar por aqui com ela com muita frequência, apesar de na época não amar essa alameda como a amo hoje. Na época eu de fato costumava questionar a escolha dela. Mas sua memória me faz sentir carinho por essa alameda agora – acrescentou Eleanor.

"Sendo assim" – refletiu Catherine – "o marido também não deveria sentir carinho por essa alameda? No entanto, o general se recusou a seguir ali." Como a senhorita Tilney permaneceu em silêncio, ela se arriscou a dizer:

– A morte dela deve ter causado um sofrimento muito grande!

– Grande e crescente – replicou a outra, em voz baixa. – Eu tinha apenas 13 anos quando isso aconteceu. E apesar de eu ter sentido a minha perda talvez com a mesma intensidade que alguém tão jovem assim podia, não podia saber, na época, o seu tamanho.

Ela parou de falar por um instante, e depois acrescentou, com muita firmeza:

– Eu não tenho irmãs, sabe... E apesar de Henry... Apesar de meus irmãos serem muito afetuosos, e Henry passar muito tempo aqui, e fico muito grata por isso, é impossível para mim não me sentir solitária com frequência.

– Certamente você sente muita falta dele.

– Uma mãe teria sempre estado presente. Uma mãe teria sido uma amiga constante, a influência dela seria maior do que todas as outras.

"Ela era uma mulher muito encantadora?" "Era bonita?" "Havia algum retrato dela na abadia?" "E por que ela gostava tanto daquela alameda? Por desalento?" – foram perguntas feitas ansiosamente. As três primeiras receberam respostas afirmativas e as outras duas foram ignoradas, e o interesse de Catherine pela falecida senhora Tilney aumentou a cada pergunta, respondida ou não. Da infelicidade dela no casamento, Catherine ficou convencida. O general certamente havia sido um marido nada gentil. Ele não amava a alameda dela: podia ele, portanto, tê-la amado? E, além disso, apesar de bonito, havia algo no seu rosto que revelava que ele não se comportara bem com ela.

– O retrato dela, eu presumo, fica pendurado no quarto do seu pai? – indagou Catherine, corando diante da consumada malícia de sua própria pergunta.

– Não. Era para ele ficar na sala de estar, mas meu pai não gostou da pintura e durante algum tempo o retrato não ficou pendurado em lugar nenhum. Logo após a morte de minha mãe eu me apossei dele e pendurei-o no meu quarto, onde com alegria posso lhe mostrar. É muito bem feito.

Aqui havia outra prova. Um retrato, muito parecido, de uma esposa finada, sendo desprezado pelo marido! Ele deveria ter sido terrivelmente cruel com ela!

Catherine já não tentava esconder de si mesma a natureza dos sentimentos que, apesar das suas atenções, o general havia despertado. E o que antes era pavor e desgosto agora se transformara em total aversão. Sim, aversão! A crueldade dele com uma mulher encantadora como aquela o tornou detestável para Catherine. Ela frequentemente lia sobre tais personagens, que o senhor Allen costumara chamar de artificiais e exagerados, mas aqui havia uma prova concreta do contrário.

Catherine acabara de chegar a essa conclusão quando o fim da alameda as deixou bem diante do general. E, apesar de toda a sua virtuosa indignação, ela se viu outra vez obrigada a caminhar com ele, a ouvi-lo, e até a sorrir quando ele sorria. No entanto, agora incapaz de sentir prazer com as coisas que a rodeavam, ela logo começou a caminhar com lassidão. O general reparou nisso, e, preocupado com a saúde dela, que parecia refutar a opinião que ela formara dele, rogou-lhe que voltasse para casa com sua filha. Dentro de quinze minutos, ele as encontraria. Mais uma vez, eles se separaram, mas Eleanor foi chamada de volta em meio minuto para receber uma ordem severa para que não mostrasse a abadia para a amiga até que ele retornasse. Essa segunda situação em que ele ficou ansioso por postergar o que ela tanto desejava fazer impressionou muito Catherine.

Capítulo 23

Uma hora se passou até que o general voltasse, e ela foi gasta, da parte da jovem convidada dele, com considerações pouco favoráveis ao seu caráter. "Essa ausência prolongada, essas caminhadas solitárias não revelam uma mente tranquila ou uma consciência desprovida de culpa." Por fim, ele apareceu, e por mais que seus pensamentos pudessem ter sido tristes, ele ainda era capaz de sorrir na presença delas. A senhorita Tilney, em parte compreendendo a curiosidade da amiga de ver a casa, logo voltou a mencionar o assunto. E o pai dela, ao contrário do que Catherine esperava, já sem desculpas para adiar isso, além dos cinco minutos que ele pediu para mandar os criados levarem para aquele cômodo uma refeição leve e bebidas para quando voltassem, finalmente estava pronto para acompanhá-las.

Eles começaram a visita e, com um ar majestoso, passos decorosos, que chamavam a atenção, mas que não lançavam dúvidas sobre Catherine, que já lera tantos romances, o general seguiu na frente pelo corredor, passando pela sala de estar de uso comum e por uma antessala vazia, e entrando em um cômodo magnífico tanto no tamanho quanto na mobília – a sala de estar de verdade, usada somente quando havia pessoas importantes. O cômodo era muito nobre, grandioso e encantador!... Foi tudo o que Catherine pôde dizer, pois seus olhos mal discerniram a cor do cetim. Todos os elogios detalhados, os elogios de fato significativos foram feitos pelo general: a suntuosidade ou a elegância da decoração de qualquer cômodo não significava nada para ela, que não gostava de móveis posteriores ao século XV.

Quando o general satisfez a própria curiosidade, examinando minuciosamente cada conhecido ornamento, eles passaram para a biblioteca, um cômodo, a seu próprio modo, tão magnífico quanto o anterior, exibindo uma coleção de livros que um homem humilde admiraria com orgulho. Catherine ouviu, admirou e se deslumbrou com sentimentos mais sinceros do que antes, e absorveu tudo o que pôde daquele depósito de saber, ao ler os títulos da metade dos livros que ficavam em uma das estantes, e depois estava pronta para prosseguir. Mas isso não aconteceu conforme seus desejos. Por maior que fosse a abadia, Catherine já visitara a maior parte dela. No entanto, ao ficar sabendo que, contando com a cozinha, os seis ou sete cômodos que ela acabara de ver circundavam três lados do pátio, ela mal pôde acreditar ou superar a suspeita de que havia muitos cômodos secretos. Mas foi em certo ponto um alívio, porém, saber que eles voltariam para os cômodos de uso comum passando por alguns outros de menor importância, que davam para o pátio e que, com alguns corredores um tanto labirínticos, conectavam os diferentes lados da casa. Catherine ficou mais reconfortada ainda quando lhe disseram que estava caminhando sobre o que um dia havia sido um claustro, com os vestígios das celas sendo indicados e observando várias portas que não foram abertas ou explicadas para ela. Até que se viu, em seguida, em uma sala de bilhar, e, depois, nos aposentos particulares do general, sem compreender como eles se conectavam, e sem saber para que direção ir quando saísse deles. Por fim, passou por um pequeno cômodo escuro, reconhecendo que ele pertencia a Henry, pois neles estavam espalhados livros, armas de caça e sobretudos.

Da sala de jantar, na qual, apesar de já vista, e de sempre ser visitada às cinco da tarde, o general não se absteve do prazer de medir a distância com seus passos, para dar informações exatas para a senhorita Morland, das quais ela não duvidava e com as quais tampouco se importava, então eles prosseguiram por um corredor curto para a cozinha: a cozinha antiga do convento, repleta de paredes sólidas e fumaça do passado, e de fogões e armários do presente. A inclinação do general por reformas não deixara de passar por ali: todas as invenções modernas para facilitar o trabalho dos cozinheiros haviam sido instaladas naquele espaçoso cômodo. E, nos lugares em que a capacidade criativa de outras pessoas falhara, a dele muitas vezes produzira a perfeição desejada. Só as melhorias que fizera na cozinha já seriam o bastante para que ele, em qualquer época, fosse considerado um dos benfeitores do convento.

Com as paredes da cozinha findava a antiguidade da abadia. O quarto lado do pátio interno, por conta de seu estado arruinado, fora demolido pelo pai do general, e no lugar dele fora erigido o quarto lado atual. Tudo o que havia de venerável cessava ali. A parte nova não somente era nova, mas também anunciava isso; pensada para abrigar apenas salas em que seriam realizadas tarefas domésticas, e cercada por trás pelos estábulos, não se julgara necessária ali uma uniformidade arquitetônica. Catherine poderia ter criticado muito a mão que demolira o que deveria ter valido mais do que todo o resto, simplesmente tendo como objetivo a simples economia doméstica; e de bom grado teria sido poupada do flagelo de um passeio por cenários tão desonrados, caso o general tivesse permitido. Mas, se ele tinha uma paixão, era o arranjo dessas salas, e estava convencido de que, para uma mente como a da senhorita Morland, uma vista das acomodações e dos confortos com os quais era atenuado o trabalho dos subordinados devia sempre ser gratificante, e, portanto, ele não devia a ela desculpas por tê-la levado até ali. Eles examinaram tudo rapidamente; e Catherine ficou impressionada, mais do que esperava, com a conveniência e a quantidade dessas salas. Os propósitos pelos quais algumas despensas amorfas e uma incômoda copa haviam sido consideradas suficientes em Fullerton resultaram, na abadia, em divisões adequadas, amplas e espaçosas. A quantidade de criados que constantemente apareciam não lhe pareceu menor do que a quantidade de salas para eles. Aonde quer que fossem, alguma criada parava para fazer uma mesura, ou algum lacaio de libré desabotoado saía sorrateiramente. Ainda assim, aquilo era uma abadia! E como era indescritivelmente diferente nessas acomodações para serviços domésticos daquelas sobre as quais ela lera, de abadias e castelos nos quais, apesar de certamente maiores do que Northanger, todo o trabalho sujo da casa era feito no máximo por dois pares de mãos femininas. Como essas criadas conseguiam limpar a casa toda sempre impressionara a senhora Allen. E, quando Catherine viu quantos criados eram necessários ali, começou ela mesma a ficar impressionada.

Eles voltaram para o saguão para subir a escada principal e ver a beleza de sua madeira e os ricos entalhes. Chegando ao topo, eles se viraram na direção oposta à da galeria em que ficava o quarto de Catherine, e em breve entraram em outra que tinha o mesmo desenho, mas era mais larga e mais comprida. Lá mostraram a ela em sequência três quartos de dormir, com seus respectivos quartos de vestir, todos com abundante e linda decoração. Tudo o que o dinheiro e o bom gosto podem fazer para conferir conforto e elegância a aposentos havia sido aplicado àqueles quartos. E, tendo sido mobiliados ao longo dos últimos cinco anos, eles eram perfeitos com relação a tudo o que é geralmente agradável, e carentes de tudo o que podia proporcionar prazer a Catherine.

Enquanto eles examinavam o último quarto, o general, depois de rapidamente dizer os nomes de algumas das personalidades ilustres que haviam honrado aquele quarto com sua presença, se virou para Catherine com um sorriso no rosto e expressou sua esperança de que, dali em diante, alguns dos ocupantes mais novos daquele quarto talvez pudessem ser "nossos amigos de Fullerton". Ela ficou grata pelo elogio inesperado, e se arrependeu profundamente da impossibilidade de ter em boa conta um homem tão gentil com ela e toda a sua família.

A galeria terminava em uma porta dupla, a qual a senhorita Tilney, passando à frente, abrira e atravessara, e parecia prestes a fazer a mesma coisa na primeira porta à esquerda, em outro trecho longo da galeria, quando o general, indo na direção dela, chamou-a apressado, e, como julgou Catherine, muito irritado, perguntando onde ela estava indo, e o que havia mais para ver. Não tinha a senhorita Morland já visto tudo o que podia merecer a atenção dela? E ela não achava que sua amiga poderia ficar contente em lanchar depois de tanto exercício?

A senhorita Tilney imediatamente retornou e as pesadas portas foram fechadas diante da mortificada Catherine, que, tendo visto, em um relance momentâneo por trás deles, uma passagem mais estreita, várias outras aberturas, e indícios de uma escada em caracol, acreditava que finalmente estava perto de ver alguma coisa que merecia a sua atenção. Ela sentiu, enquanto caminhava contra a vontade de volta à galeria, que preferiria que lhe tivessem permitido examinar aquela extremidade da casa a ver todo o luxo do resto. O desejo evidente do general de impedir tal exame foi um estimulante a mais. Alguma coisa certamente estava escondida ali. A imaginação dela, apesar de ter passado dos limites uma ou duas vezes, não poderia enganá-la. E o que era, uma frase curta da senhorita Tilney, enquanto elas seguiam o general um tanto afastadas dele para o andar de baixo, pareceu indicar:

– Eu ia levá-la ao quarto da minha mãe – o quarto em que ela morreu... – foram as palavras dela. Mas, apesar de poucas, elas forneceram páginas e mais páginas de informações a Catherine. Não era de se espantar que o general se retraísse com a visão dos objetos que aquele quarto devia conter. Um quarto muito provavelmente nunca antes adentrado por ele desde que se passara a terrível cena que libertou a sua esposa sofredora e deixou-o à mercê das dores da consciência.

Quando ficou novamente sozinha com Eleanor, ela se arriscou a expressar seu desejo de ter permissão de ver aquele quarto, assim como todo o resto daquele lado da casa, e Eleanor prometeu acompanhá-la até lá, quando houvesse uma oportunidade. Catherine compreendeu: o general tinha de estar fora da casa antes que elas pudessem entrar naquele quarto.

– Presumo que o quarto permaneça como era antes, não é? – disse ela com um tom de pesar.

– Sim, totalmente.

– E quanto tempo faz que a sua mãe morreu?

– Ela morreu faz nove anos – E nove anos, Catherine sabia, era um tempo muito curto comparado com o que geralmente transcorria depois da morte de uma esposa adoentada, antes que o quarto dela sofresse qualquer alteração.

– Presumo que você esteve com ela em seus momentos finais, não?

– Não. Infelizmente, eu não estava em casa. A doença dela foi súbita e breve, e antes que eu pudesse chegar, tudo se acabara – disse a senhorita Tilney, suspirando.

O sangue de Catherine gelou com as sugestões horrendas que naturalmente surgiram a partir daquelas palavras. Seria possível? Poderia o pai de Henry? E, no entanto, quantos não eram os exemplos que de fato lhe confirmavam essas sombrias suspeitas! E, quando Catherine o viu no fim da tarde, enquanto ela costurava com sua amiga, andando devagar de um lado para o outro na sala de estar por uma hora em um silêncio pensativo, com os olhos baixos e o cenho franzido, ela teve certeza de que suas suposições não eram infundadas. Ele tinha o ar e a atitude de um Montoni[4]! O que poderia explicar de modo mais claro a melancolia de uma mente não totalmente desprovida de humanidade, ao recordar as cenas de culpa do passado? Que homem infeliz! E a ansiedade dela fez com que olhasse para o general tão repetidamente que chamou a atenção da senhorita Tilney.

– Meu pai caminha desse modo pela sala com frequência. Isso não é nada estranho – sussurrou ela.

"Pior ainda!" – pensou Catherine; esse exercício inoportuno seguia a mesma linha da intempestividade das caminhadas matinais dele, e não anunciava nada de bom.

Depois de uma noite longa e entediante que fez Catherine ver a importância da presença de Henry, ela ficou intensamente feliz por ser dispensada; no entanto, foi um olhar do general, que não era para ser visto por Catherine, o responsável por sua filha tocar a sineta. Quando o mordomo ia acender a vela do amo, no entanto, foi proibido de fazer isso. O general não ia se recolher naquele momento.

– Tenho muitos panfletos para terminar de ler antes de poder fechar meus olhos e talvez eu me detenha sobre os assuntos do país por horas depois de vocês já estarem dormindo – disse ele a Catherine.

---

4. Montoni é o principal antagonista do livro *Os mistérios de Udolpho*, de Ann Radcliffe, publicado em 1794. No livro, ele trata a esposa, que é tia da protagonista, com muita crueldade, deixando-a presa e fazendo-a morrer por conta dos maus-tratos dele. (N. T.)

— Pode algum de nós dois estar mais apropriadamente ocupado? Meus olhos vão cegando em prol do bem dos outros, e os *seus* se preparando, com o descanso para futuras travessuras.

Mas nem os negócios alegados, nem o elogio magnífico fizeram com que Catherine parasse de pensar que um assunto muito diferente deveria ser a causa de do adiamento de um repouso apropriado. Ficar acordado por horas, depois que a família já estava na cama, por conta de panfletos idiotas, era muito pouco provável. Deveria haver um motivo mais sério: iria acontecer algo que só poderia ser feito enquanto o resto da casa dormia. E a probabilidade de que a senhora Tilney ainda fosse viva e estivesse presa por motivos desconhecidos, e recebendo das mãos impiedosas de seu marido uma porção noturna de comida horrível, era a conclusão necessariamente subsequente. Por mais chocante que fosse aquela ideia, ela era melhor do que uma morte apressada injustamente, pois, no curso natural dos acontecimentos, ela seria libertada em pouco tempo. O caráter súbito de sua suposta doença, a ausência da filha, e provavelmente dos outros filhos dela, na época... Tudo conspirava para que se acreditasse que ela estava presa. O motivo disso, talvez ciúmes, ou crueldade gratuita, ainda seria revelado.

Remoendo esses assuntos enquanto se despia, Catherine de repente pensou que não era improvável que ela, naquela manhã, tivesse passado perto do lugar exato em que essa infeliz mulher estava confinada... Que talvez tivesse ficado a alguns passos da cela em que a pobre penava os seus dias. Pois que outra parte da abadia poderia ser mais apropriada do que aquele que ainda tinha indícios da divisão monástica? No corredor abobadado de pé-direito alto e piso de pedra, o qual ela já percorrera com peculiar perplexidade, Catherine se lembrou bem das portas que o general não explicara para onde davam. Aonde dariam aquelas portas? Respaldando a plausibilidade dessa conjectura, depois ocorreu a ela que a galeria proibida, em que ficavam os aposentos da infeliz senhora Tilney, deveria ficar, tão certamente quanto a memória dela poderia orientá-la, exatamente sobre esse possível conjunto de celas, e a escadaria ao lado desses aposentos, que ela vislumbrara de modo fugaz, comunicando-se de algum modo secreto com aquelas celas, deveria ter facilitado as ações bárbaras do marido da senhora Tilney. Ela talvez tivesse sido levada escada abaixo, drogada e inconsciente!

Catherine às vezes se assustava com suas próprias conjecturas, e por vezes desejou, ou temeu, ter ido longe demais. Mas as suspeitas eram respaldadas por evidências que tornavam impossível ignorá-las.

Catherine achava que a cena terrível se desenrolava bem diante do lado do pátio em que estava, e ocorreu a ela que, se observado atentamente, alguns raios de luz do lampião do general poderiam brilhar através de uma das janelas mais baixas, enquanto ele ia para a prisão da esposa. E, duas vezes antes de ir para a cama, ela caminhou pé ante pé do quarto até a janela correspondente na galeria, para ver se a luz aparecia. Mas tudo estava escuro do lado de fora, e ainda devia ser cedo demais. Os vários sons que vinham do andar de baixo convenceram Catherine de que os criados ainda deveriam estar acordados. Até a meia-noite, presumiu ela, seria em vão ficar de prontidão. Mas depois, quando o relógio batesse a meia-noite e tudo estivesse silencioso, ela iria, caso não ficasse paralisada por conta da escuridão, caminhar silenciosamente e tornar a olhar. O relógio bateu a meia-noite... E fazia meia hora que Catherine dormia.

Capítulo 24

O dia seguinte não ofereceu oportunidade para o pretendido exame dos misteriosos aposentos. Era domingo, e todo o tempo entre as missas da manhã e da tarde o general passou fazendo exercícios ao ar livre ou se alimentando dentro de casa. E, por maior que fosse a curiosidade de Catherine, sua coragem não rendeu um desejo de explorar aqueles aposentos depois do jantar, nem em meio à luz fraca do dia entre seis e sete da tarde, nem em meio à luz parcial, mas mais intensa, de um traiçoeiro lampião.

Portanto, o dia não foi marcado por nada que pudesse interessar à imaginação dela além da visão de um monumento muito elegante em memória da senhora Tilney, que ficava exatamente diante dos assentos reservados da família na igreja. O olhar de Catherine havia sido atraído instantaneamente por ele, e ali se detivera por muito tempo. E a leitura minuciosa do longuíssimo epitáfio, no qual todas as virtudes eram atribuídas à senhora pelo marido inconsolável, marido este que deveria ter sido de alguma maneira o destruidor dela, chegou a provocar lágrimas em Catherine.

Talvez não fosse muito estranho que o general, tendo erigido tal monumento, fosse capaz de encará-lo. No entanto, vê-lo se sentar tão corajosamente composto diante da visão do monumento, manter um ar tão altivo, olhar à sua volta destemido, não, que ele sequer fosse capaz de entrar na igreja parecia incrível para Catherine. Não que não houvessem, no entanto, muitos casos de pessoas igualmente endurecidas pela culpa. Catherine era capaz de se lembrar de dezenas de pessoas que haviam persistido em todo tipo possível de vício, passando de crime a crime, assassinando quem escolhessem, sem qualquer sentimento de humanidade ou remorso, até que uma morte violenta ou um retiro religioso encerrava suas tenebrosas carreiras. O próprio monumento não foi capaz de afetar nem um pouco as dúvidas de Catherine de que a senhora Tilney estivesse mesmo morta. Desceria ela até a cripta da família, onde as cinzas da senhora Tilney supostamente estavam encerradas? Veria o caixão onde ela estaria descansando? Que utilidade isso teria naquele caso? Catherine já lera livros demais para saber perfeitamente bem que uma figura feita de cera poderia ser introduzida ali, e um funeral falso pode ter sido feito.

A manhã seguinte foi mais promissora. O passeio matutino do general, inoportuno sob qualquer outra perspectiva, foi favorável naquele momento. Quando Catherine se certificou de que ele estava fora de casa, imediatamente sugeriu à senhorita Tilney que cumprisse a promessa que fizera. Eleanor estava disposta a fazer a vontade de Catherine, e com Catherine fazendo com que ela se lembrasse de outra promessa à medida que elas caminhavam, a primeira visita delas, consequentemente, foi até o quarto da senhorita Tilney para ver o retrato. O quadro representava uma mulher muito bonita, de feições tranquilas e pensativas, justificando, até aquele momento, as expectativas de sua nova observadora. Mas as expectativas não foram completamente atendidas, pois Catherine estava certa de que veria traços físicos que deveriam corresponder à imagem de Henry ou de Eleanor, uma vez que os retratos que ela imaginara tinham sempre exata semelhança entre mãe e filhos. Uma vez transmitidas as feições de uma pessoa para outra, elas eram transmitidas por gerações. Mas no caso daquele retrato foi forçada a considerar e a procurar por uma semelhança. No entanto, ela o contemplou, apesar desse inconveniente, com muita emoção e, a não ser que fosse por algo que a interessasse ainda mais intensamente, só sairia da frente daquele quadro contra a própria vontade.

Seu nervosismo à medida que elas entravam na grande galeria era intenso demais para que se arriscasse a falar; Catherine conseguia apenas olhar para sua companheira. O semblante de Eleanor parecia desalentado, mas tranquilo, e essa tranquilidade revelou que ela estava já habituada com todos os objetos tristes em direção aos quais elas prosseguiam. Mais uma vez Eleanor passou pela porta dupla, outra vez a mão dela ficou sobre a fechadura importante, e Catherine, mal conseguindo respirar, estava se virando para fechá-la atrás de si com amedrontado cuidado quando a figura, a temida figura do próprio general na outra extremidade da galeria apareceu diante dela! Ao mesmo tempo, o nome de "Eleanor," no tom de voz mais alto do general, ressoou pela casa, dando à filha o primeiro indício de sua presença, e, a Catherine, pavor e mais pavor. Uma tentativa de se esconder havia sido seu primeiro movimento instintivo ao perceber a presença dele, mas ela não podia nutrir muitas esperanças de que ele não a avistara. Quando a amiga, com um olhar que pedia desculpas, passou apressada por ela e se juntou ao pai, indo embora com ele, Catherine correu para a segurança do seu próprio quarto, e, trancando-se nele, achou que jamais teria coragem de tornar a ir para o andar de baixo.

Ela permaneceu lá pelo menos por uma hora, nervosíssima, se compadecendo intensamente da situação de sua pobre amiga e esperando ela mesma uma convocação do raivoso general para que fosse aos aposentos dele. No entanto, não houve nenhuma convocação, e, por fim, ao ver uma carruagem subir a trilha que levava à abadia, Catherine criou coragem de descer e encontrá-lo sob a proteção das visitas. A sala do café da manhã estava alegre com os visitantes, e ela foi apresentada a eles pelo general como a amiga da filha, em um tom elogioso que ocultava muito bem sua ira ressentida, e Catherine sentiu que pelo menos naquele momento a vida dela estava a salvo. E quando Eleanor, com uma compostura em suas feições que de fato justificava sua preocupação com o caráter dele, aproveitou a primeira oportunidade que teve para dizer a ela: "Meu pai só queria que eu respondesse a uma carta", Catherine começou a ter esperanças de que ou ela não tinha sido vista pelo general, ou, por alguma deferência dele, ela pudesse acreditar nisso. Assim, ela se atreveu a ficar na presença dele mesmo depois que as visitas se foram, e nada aconteceu.

Ao longo das reflexões da manhã, ela acabou decidindo fazer uma nova tentativa de entrar sozinha na porta proibida. Seria muito melhor em todos os aspectos que Eleanor não soubesse nada sobre isso. Envolvê-la no perigo de ser pega em flagrante outra vez, convidá-la para ir a aposentos que lhe deviam deixar o coração apertado, não poderia ser o ofício de uma amiga. O mais alto grau de raiva que o general podia sentir não ia ser o mesmo com relação a ela do que com relação a uma filha. E, além disso, ela achou que aquela investigação seria mais satisfatória se fosse feita sem companhia. Seria impossível explicar para Eleanor as suspeitas das quais o general tinha, muito provavelmente, até aquele momento, sido poupado. E, portanto, ela não podia, na presença da amiga, procurar por aquelas provas da crueldade do general. Como quer que tivessem escapado de ser descobertas, Catherine acreditava que em algum lugar elas apareceriam, na forma do fragmento de um diário escrito até o último suspiro. Ela agora dominava perfeitamente o caminho até o cômodo. E como queria resolver logo aquilo, antes do retorno de Henry, que era esperado na manhã seguinte, não havia tempo a perder. O dia estava ensolarado e a coragem dela era grande. Às quatro da tarde, o sol ainda ficaria duas horas no horizonte, e bastaria que ela fosse se retirar para se vestir para o jantar meia hora antes do que de costume.

Isso foi feito e Catherine se viu sozinha na galeria antes que os relógios parassem de bater. Não havia tempo para pensar. Ela se apressou, se esgueirou pela porta dupla fazendo o mínimo de barulho possível e, sem parar para olhar ou respirar, correu na direção dos aposentos em questão. A maçaneta abriu quando ela a girou, e, felizmente, sem fazer nenhum ruído inconveniente que pudesse alarmar um ser humano. Ela entrou na ponta dos pés. O quarto estava diante dela, mas alguns minutos se passaram antes que pudesse dar mais um passo à frente. Catherine ficou olhando para aquilo que a deixou paralisada de espanto. Ela viu um aposento grande, de boas proporções, uma linda cama de fustão, arrumada com o cuidado de uma criada, como se não estivesse sendo usada, uma brilhante lareira de Bath, guarda-roupas de mogno e cadeiras muito bem pintadas, sobre as quais batiam alegremente os raios quentes de um sol que vinha do Ocidente e entrava por duas janelas de guilhotina!

Catherine havia esperado que seus sentimentos fossem abalados, e eles de fato foram. Primeiro ela foi tomada pelo assombro e pela dúvida. Logo depois, sentiu uma nesga de bom senso que lhe deu algumas pitadas amargas de vergonha. Ela não podia estar enganada quanto ao quarto, mas como ela estava terrivelmente enganada com relação a todo o resto! Com relação à interpretação do que dissera a senhorita Tilney, e às estimativas dela própria! Aqueles aposentos, para os quais ela havia dado uma data muito antiga, uma disposição muito terrível, na verdade se revelaram uma das partes que o pai do general mandara construir. Havia duas outras portas no quarto, que provavelmente levavam a *closets*, mas ela não sentiu vontade de abrir nenhuma delas. Teria o último véu que a senhora Tilney usara, ou o último livro que ela tinha lido, permanecido ali para contar o que nada mais tinha a permissão de sussurrar? Não: quaisquer que possam ter sido os crimes do general, ele certamente tinha sido esperto demais para deixar que fossem descobertos.

Catherine estava cansada de explorar e queria apenas ficar na segurança de seu quarto, somente com o próprio coração inteirado de seu disparate. Ela estava prestes a sair dali, tão furtivamente quanto havia entrado, quando o som de passos, que mal conseguia dizer de onde vinham, fez com que parasse e tremesse. Ser flagrada ali, mesmo que por um criado, seria desagradável. Mas, se fosse flagrada pelo general (e ele parecia sempre estar por perto quando era menos desejado), seria muito pior! Ela ficou prestando atenção... O som cessara. E, decidida a não desperdiçar um segundo, passou pela porta do quarto e a fechou. Naquele exato instante, uma porta no andar de baixo foi aberta às pressas. Alguém parecia querer subir a escada a passos rápidos, e Catherine ainda teria de passar pelo topo da escada antes de poder entrar novamente na galeria. Ela não teve forças para se mover. Com um sentimento de pavor não muito definível, ela fixou seu olhar na escadaria e, em alguns instantes, Henry surgiu diante dela.

– Senhor Tilney! – exclamou ela com um tom de voz que expressava mais do que uma surpresa corriqueira.

Ele também parecia surpreso.

– Meu Deus! – prosseguiu ela, não respondendo ao cumprimento dele. – Como chegou até aqui? Por que subiu esta escada?

– Por que eu subi esta escada?! – replicou ele, muito surpreso. – Porque é o caminho mais curto entre os estábulos e o meu quarto. E por que eu não deveria subir esta escada?

Catherine se recompôs, ficou muito vermelha e não conseguiu dizer mais nenhuma palavra. Ele parecia estar buscando no rosto dela uma explicação que seus lábios não revelavam. Ela andou na direção da galeria.

– E não posso eu, por minha vez, perguntar como você chegou aqui? – disse ele, à medida que abria as portas duplas. – Esta passagem é no mínimo um caminho tão extraordinário da sala do café da manhã para os seus aposentos quanto essa escada é para ir dos estábulos para o meu quarto.

– Eu fui – confessou Catherine, olhando para o chão – ver o quarto de sua mãe.

– O quarto de minha mãe! E por acaso há algo de extraordinário a ser visto lá?

– Não, nada. Eu pensei que o senhor só voltaria amanhã.

– Eu tampouco esperava conseguir voltar mais cedo, quando parti, mas há três horas eu tive o prazer de descobrir que nada me prendia. A senhorita parece lívida. Receio que eu a tenha alarmado ao subir essas escadas tão rápido assim. Talvez a senhorita não soubesse... A senhorita não tinha noção de que essas escadas levam das salas de uso comum até aqui?

– Não, não tinha. O dia de hoje foi bom para a sua cavalgada?

– Muito. E a Eleanor deixou-a livre para entrar em todos os quartos da casa sozinha?

– Oh! Não, ela me mostrou quase toda a casa no sábado e nós íamos entrar nestes quartos, só que – disse ela, diminuindo o tom de voz – o seu pai estava conosco.

A Abadia de Northanger

– E isso as impediu de entrar – retrucou Henry, olhando para ela com seriedade. – A senhorita já viu todos os quartos naquela passagem?

– Não, eu apenas queria ver... Não está muito tarde já? Tenho de ir me vestir.

– São apenas quatro e quinze da tarde – respondeu ele, mostrando seu relógio –, e a senhorita agora não está em Bath. Aqui não há teatros, não há salões para os quais se arrumar. Em Northanger, meia hora deve ser o suficiente para se vestir.

Ela não podia discordar daquilo, e, portanto, submeteu-se a permanecer ali, apesar de o pavor de que ele fizesse mais perguntas ter feito com que ela, pela primeira vez desde que se conheceram, querer sair de perto dele. Eles caminharam lentamente pela galeria.

– A senhorita recebeu alguma carta de Bath desde que a vi pela última vez?

– Não, e estou muito surpresa. Isabella me prometeu muito fielmente que me escreveria imediatamente.

– Prometeu muito fielmente! Isso me intriga. Já ouvi falar de uma conduta fiel. Mas uma promessa fiel... A fidelidade de se prometer algo! Trata-se de um poder que não vale muito a pena conhecer, no entanto, visto que ele pode lhe enganar e lhe magoar. O quarto de minha mãe é muito espaçoso, não? Grande e alegres, e os *closets* são muito bem dispostos! Ele sempre me pareceu o quarto mais confortável da casa, e eu me pergunto por que Eleanor não se muda para ele. Ela lhe mandou até aqui para que a senhorita visse o quarto, eu imagino?

– Não.

– Então, a ideia foi inteiramente sua?

Catherine nada disse. Depois de um breve silêncio, durante o qual ele a observara detidamente, Henry acrescentou:

– Como não há nada no quarto em si que desperte a curiosidade, essa ideia deve ter sido fruto de um sentimento de respeito pelo caráter da minha mãe, conforme descrito por Eleanor, e isso honra a memória dela. O mundo, creio eu, nunca conheceu mulher melhor, mas não é com frequência que a virtude desperta um interesse como este seu. As virtudes domésticas e despretensiosas de uma pessoa que jamais se conheceu não costumam despertar esse tipo de ternura ardente e adoradora que motivaria uma visita como a sua. Eleanor, eu creio, falou bastante dela, não?

– Sim, bastante. Quero dizer... Não, não muito, mas o que ela de fato disse foi muito interessante. A morte muito súbita dela – falou Catherine devagar e com hesitação – nenhum de vocês em casa e seu pai. Eu pensei... Que talvez ele não sentisse muito carinho por ela.

– E a partir dessas circunstâncias – replicou ele, com os olhos ágeis fixos nela – a senhorita inferiu a probabilidade de alguma negligência... Alguma... – ela involuntariamente balançou a cabeça – Ou talvez seja... Alguma coisa menos perdoável.

Ela ergueu o olhar na direção dele do modo mais intenso que já havia.

– A doença de minha mãe – prosseguiu Henry –, o ataque que culminou na morte dela, foi súbito. A doença em si era uma da qual ela padecia havia muito, uma febre tifoide... A causa, portanto, era física. No terceiro dia, resumindo, assim que ela conseguiu ser convencida disso, um médico a examinou, um homem muito respeitável, em quem ela sempre confiara muito. Por conta da opinião do médico de que ela corria perigo, dois outros médicos foram chamados no dia seguinte, e ficaram por 24 quatro horas cuidando dela praticamente o tempo todo. No quinto dia, ela morreu. Durante o progresso da doença dela, Frederick e eu, pois nós dois estávamos em casa, a vimos repetidamente. E por nossa própria observação, testemunhamos o fato de que ela recebeu toda a atenção possível que podia vir do afeto daqueles que a rodeavam, ou que a condição dela na vida exigisse. A pobre Eleanor estava ausente, e estava tão longe daqui que, quando voltou, viu a mãe já dentro do caixão.

– Mas o seu pai – disse Catherine –, ele ficou desolado?

– Durante um tempo, extremamente. A senhorita errou ao supor que ele não sentia afeição por ela. Ele a amava, estou convencido disso, o tanto quanto era possível para ele. Nós todos não temos, sabe, o mesmo temperamento terno, e eu não pretendo dizer que, enquanto ela era viva, com frequência não teve de suportar muitas coisas.

Mas, apesar de o temperamento dele a magoar, o julgamento dele jamais o fez. A estima que ele sentia era sincera. E, embora não de modo permanente, ele ficou realmente desolado com a morte dela.

– Fico muito contente com isso – retrucou Catherine. – Teria sido muito chocante se ele não tivesse ficado!

– Se estou entendendo corretamente, a senhorita havia feito conjecturas tão pavorosas que eu mal consigo expressá-las. Cara senhorita Morland, considere a natureza terrível das suspeitas que levantou. A partir de quê a senhorita formou o seu julgamento? Lembre-se do país e da época em que vivemos. Lembre-se de que somos ingleses, de que somos cristãos. Examine a sua própria compreensão, o seu próprio senso do que é provável, a sua própria observação daquilo que se passa à sua volta. Por acaso a nossa educação nos prepara para tais atrocidades? Por acaso nossas leis fazem vista grossa para essas coisas? Poderiam elas ser praticadas sem que ninguém soubesse, em um país como este, em que o intercâmbio social e cultural está muito avançado, onde cada homem é rodeado por uma vizinhança de espiões voluntários, e onde as estradas e os jornais descortinam tudo? Caríssima senhorita Morland, que ideias anda tendo?

Eles haviam chegado ao fim da galeria, e com lágrimas de constrangimento, Catherine correu para o quarto.

Capítulo 25

Acabaram-se as visões românticas. Catherine havia acordado completamente para a realidade. O discurso de Henry, por mais breve que tenha sido, tinha aberto os olhos dela para a extravagância de suas conjecturas recentes mais do que todas as muitas decepções originárias dessas conjecturas. Ela sentiu-se extremamente humilhada e chorou amargamente. Não era só por ela mesma que Catherine se sentia mal... Ela se sentia mal por Henry. Os disparates dela, que agora inclusive pareciam criminosos, foram todos expostos para ele, que agora deveria desprezá-la eternamente. A liberdade que a imaginação dela ousara tomar com relação ao caráter do pai dele... Seria ele capaz de perdoá-la algum dia? O absurdo da curiosidade dela e de seus receios... Poderiam eles algum dia ser esquecidos? Ela detestava a si mesma mais do que conseguia exprimir. Henry havia... Ela achou que ele havia, uma ou duas vezes antes daquela fatídica manhã, demonstrado sentir por ela algo parecido com afeto. Mas agora...

Em resumo, ela ficou o mais infeliz que pôde por cerca de meia hora, desceu quando o relógio bateu às cinco da tarde, com o coração partido, e mal conseguiu dar uma resposta inteligível quando Eleanor perguntou se ela estava bem. O terrível Henry entrou logo depois na sala de jantar, e a única diferença no comportamento dele com ela foi que ele a tratou com mais atenção do que de costume. Catherine jamais precisara tanto de ser reconfortada, e ele parecia se dar conta disso.

A noite foi passando sem que essa boa educação reconfortante diminuísse, e o ânimo de Catherine gradualmente melhorou, transformando-se em relativa tranquilidade. Ela não foi capaz de esquecer ou de defender o passado, mas conseguiu ter esperanças de que aquele episódio não seria revelado a mais ninguém, e que aquilo não lhe custaria totalmente a consideração de Henry. Com os pensamentos ainda fixos naquilo que, por conta de um pavor sem motivos, sentira e fizera, estava claro que aquilo tudo havia sido um delírio voluntário e criado por ela mesma, com cada circunstância insignificante ganhando importância por conta de uma imaginação decidida a ficar alarmada, e com tudo sendo forçado a se encaixar em um propósito por conta de uma mente que, antes de ela ter entrado na abadia, havia estado ávida por ser assustada. Catherine se lembrou dos sentimentos com que se preparara para conhecer Northanger. Percebeu que a obsessão havia sido criada, e a maldade se estabelecido, muito antes de ela partir de Bath, e parecia que tudo aquilo podia se dever à influência daquele tipo de leitura a que ela se entregara.

Por mais encantadoras que fossem todas as obras da senhora Radcliffe, assim como eram encantadoras as obras de todos os seus imitadores, talvez delas não conste o fato de que, pelo menos nos condados do interior da Inglaterra, devemos sempre atentar para a natureza humana. Dos Alpes e dos Pirineus, com suas florestas de pinheiros e seus vícios, elas podiam até fazer uma descrição fiel. E a Itália, a Suíça e o sul da França poderiam ser tão repletos de horrores quanto eram representados naqueles livros. Catherine não se atrevia a duvidar disso além das fronteiras de seu país, e mesmo dele, se duramente pressionada, ela concordaria que isso seria possível nas partes que ficam ao Norte e a Oeste, mas na parte central da Inglaterra certamente havia alguma segurança até mesmo para a existência de uma esposa não amada, graças às leis da terra e aos modos da época.

Assassinatos não eram tolerados, os criados não eram escravos, e nem venenos ou soníferos, como o ruibarbo, eram encomendados a todo boticário. Nos Alpes e nos Pirineus, talvez não houvesse pessoas de caráter misto. Lá, pessoas de caráter não tão imaculado quanto o de um anjo podiam ter o temperamento de um demônio. Mas no interior da Inglaterra as coisas não eram assim. Entre os ingleses, ela acreditava, em seus corações e em seus hábitos, havia uma mistura generalizada de desigual bondade e maldade. Com essa convicção, ela não ficaria surpresa se até mesmo em Henry e em Eleanor Tilney não surgisse alguma leve imperfeição daqui em diante. E, com essa convicção, ela não precisava ter medo de reconhecer algumas máculas reais no caráter do pai deles, que, apesar de ter sido inocentado das suspeitas extremamente injuriosas de que ela sempre haveria de se envergonhar por ter alimentado, ela acreditava, depois de fazer considerações sérias, que ele não era completamente amável.

Decidida sobre esses muitos assuntos, e com a resolução formada de sempre no futuro julgar e agir com muitíssimo bom senso, não restava a Catherine nada a fazer além de perdoar a si mesma e ficar mais feliz do que nunca. E a mão indulgente do tempo fez muito por ela de modo imperceptível e paulatino ao longo do dia seguinte. A incrível generosidade e nobreza de conduta de Henry, que jamais mencionou de modo algum o que havia acontecido, era de grande ajuda para ela. E antes do que Catherine presumiria ser possível no começo de sua aflição, seu ânimo foi recobrado, e ela foi novamente capaz, como até então, de melhorar de modo contínuo com qualquer coisa que Henry dissesse. De fato, ainda havia alguns assuntos que a faziam tremer de medo, como a menção a um baú ou armário, por exemplo, e ela passou a detestar ver laca em qualquer formato. Mas até mesmo ela podia reconhecer que uma esporádica lembrança dessas tolices do passado, por mais que fosse dolorosa, poderia ter certa utilidade.

As ansiedades da vida corriqueira logo começaram a se suceder aos sobressaltos de romance. O desejo de Catherine de ter notícias de Isabella aumentava a cada dia. Ela estava muito impaciente por saber como a vida seguia em Bath, e como eram frequentados os salões. E estava particularmente ansiosa para saber se Isabella tinha conseguido encontrar um tecido que combinasse com um elegante filó de algodão, como ela havia dito que queria fazer. E se ela ainda estava em boas relações com James. Catherine só podia contar com Isabella para dar a ela qualquer tipo de informação. James reclamara, dizendo que ele só escreveria para ela quando voltasse para Oxford, e a senhora Allen não dera a Catherine qualquer esperança de receber uma carta até que voltasse para Fullerton. Mas Isabella havia prometido e repetido a promessa de escrever, e quando ela prometia uma coisa, era muito escrupulosa em relação ao cumprimento da promessa! Esse fato tornava aquilo particularmente estranho!

Por nove manhãs seguidas, Catherine se surpreendeu com a repetição de uma decepção, que a cada manhã ficava mais intensa. Mas, na décima manhã, quando entrou na sala do café da manhã, o primeiro objeto que recebeu foi uma carta, entregue pela prestativa mão de Henry. Ela o agradeceu efusivamente, como se ele mesmo tivesse escrito a carta.

– Mas é somente uma carta do James – falou ele enquanto ela olhava em sua direção. Ela abriu a carta, que vinha de Oxford, e havia sido escrita pelo seguinte motivo:

Querida Catherine,

Apesar de, e Deus é testemunha, eu ter pouca inclinação para escrever, acho que é meu dever contar a você que tudo terminou entre mim e a senhorita Thorpe. Eu abandonei a ela e a Bath ontem, para nunca mais vê-las novamente. Não entrarei em detalhes, pois eles só lhe magoariam mais. Você em breve terá notícias de outra parte, e vai ficar sabendo de quem é a culpa. E eu espero que você desculpe seu irmão por tudo, exceto pela loucura de ter acreditado muito facilmente que o afeto dele era correspondido. Graças a Deus! Eu me desiludi a tempo! Mas de fato é um golpe duro! Depois que a permissão de meu pai havia sido dada de forma tão bondosa. Mas chega disso. Ela me deixou infeliz para sempre! Envie notícias em breve, querida Catherine, você é minha única amiga. Em seu amor eu me apoio. Espero que sua visita a Northanger termine antes que o capitão Tilney anuncie o seu noivado, ou você se verá em uma situação incômoda. O pobre Thorpe está aqui na cidade. Tenho pavor de encontrá-lo, o coração sincero dele vai ficar muito sentido. Escrevi para ele e para o meu pai. A dissimulação dela é o que mais me magoa. Até o último momento, se eu conversasse com ela, ela se declarava tão ligada a mim quanto antes, e fazia pouco dos meus medos. Tenho vergonha de pensar em quanto tempo suportei isso. Mas, se algum homem já teve motivos para crer que era amado, esse homem era eu. Até agora não consigo entender o que ela pretendia, pois não podia haver necessidade de me usar para que garantisse Tilney para si. Terminamos por consentimento mútuo. Feliz seria eu se nunca tivéssemos nos conhecido! Jamais espero conhecer outra mulher como essa! Queridíssima Catherine, tome cuidado com a forma como você der o seu coração.

Catherine não tinha lido três linhas quando seu semblante subitamente mudou, e suas breves exclamações de surpresa triste revelaram que ela recebia notícias desagradáveis. Henry, observando-a com seriedade ler toda a carta, viu com clareza que ela não terminava melhor do que havia começado. No entanto, ele foi impedido, pela entrada do pai, até de expressar a sua surpresa. Eles foram imediatamente tomar café da manhã; mas Catherine mal conseguia comer. Lágrimas encheram os olhos dela, e inclusive escorreram pelo seu rosto enquanto ela se sentava. Em um momento, a carta estava nas mãos dela, e depois, em seu colo, e em seguida, em seu bolso; e ela aparentava não saber o que havia feito.

O general, entretido com seu chocolate quente e seu jornal, felizmente não desviou sua atenção para reparar nela. Mas, para os outros dois, a agonia de Catherine era visível. Assim que se atreveu a se levantar da mesa, saiu apressada para seu quarto, mas as criadas estavam ocupadas lá dentro, e ela foi obrigada a descer novamente. Entrou na sala de estar para ter um pouco de privacidade, mas Henry e Eleanor também tinham ido para lá, e naquele momento estavam conversando seriamente sobre ela. Ela começou a sair, tentando implorar a eles que a desculpassem, mas foi, com gentil firmeza, forçada a voltar. Eles saíram da sala de estar, depois que Eleanor, de modo afetuoso, exprimiu seu desejo de ser útil a ela ou reconfortá-la.

Depois de meia hora se entregando livremente ao pesar e à reflexão, Catherine teve vontade de se reencontrar com seus amigos, mas se ela ia revelar a eles o motivo de sua aflição era outra coisa a se considerar. Talvez, se lhe perguntassem particularmente, ela talvez desse a eles uma ideia, mas nada além disso. Expor uma amiga, uma amiga como Isabella havia sido para ela... Ainda por cima com o irmão deles envolvido tão intimamente nessa história! Ela achou que deveria evitar o assunto. Henry e Eleanor estavam sozinhos na sala do café da manhã, e cada um deles, quando Catherine entrou na sala, olhou para ela com ansiedade. Catherine tomou seu assento à mesa, e, depois de um breve silêncio, Eleanor disse:

– Nenhuma má notícia de Fullerton, espero eu? Seus irmãos e irmãs, o senhor e a senhora Morland, espero que nenhum deles esteja doente.

– Não, obrigada – respondeu Catherine, suspirando enquanto falava – todos eles estão muito bem. A carta que recebi foi do meu irmão, que está em Oxford.

Nada mais foi dito por alguns minutos. Depois, falando em meio ao choro, ela acrescentou:

– Acho que jamais vou tornar a querer receber outra carta!

– Sinto muito – disse Henry, fechando o livro que acabara de abrir. – Se eu tivesse suspeitado que a carta continha qualquer coisa indesejada, deveria tê-la entregado à senhorita com sentimentos distintos.

– Ela continha algo pior do que qualquer um poderia presumir! O pobre James está muito infeliz! Vocês em breve saberão por quê.

– Ter uma irmã com um coração tão bom, e tão afetuosa assim deve ser um conforto para ele em qualquer momento de aflição – replicou com carinho Henry.

– Eu tenho um favor a implorar a vocês. Se o irmão de vocês vier para cá, quero pedir que me avisem com antecedência, para eu poder ir embora – falou Catherine, logo depois, de modo agitado.

– Nosso irmão!? Frederick!?

– Sim. Eu decerto lamentaria muito o fato de deixá-los assim tão repentinamente, mas aconteceu algo que tornaria muito desagradável para mim estar na mesma casa do que o capitão Tilney.

Eleanor interrompeu a costura enquanto olhava fixamente para Catherine com crescente perplexidade. Mas Henry começou a suspeitar da verdade, e alguma coisa, na qual estava incluído o nome da senhorita Thorpe, saiu de seus lábios.

– Nossa, como o senhor é perspicaz! – exclamou Catherine – Conseguiu adivinhar, eu admito! Ainda assim, quando conversamos sobre isso em Bath, o senhor achou que era pouco provável que as coisas terminassem assim. Isabella... E agora não me admira que eu não tenha recebido notícias dela... Isabella abandonou o meu irmão e vai se casar com o de vocês! Vocês teriam sido capazes de acreditar que houve tanta inconstância e volubilidade, e tudo o que há de pior no mundo?

– Espero, no que diz respeito ao meu irmão, que a senhorita esteja mal informada. Espero que meu irmão não tenha tido algo de concreto a ver com a decepção sofrida pelo senhor Morland. Não é provável que meu irmão se case com a senhorita Thorpe. Acho que a senhorita neste ponto está enganada. Lamento muito pelo senhor Morland... Lamento que qualquer pessoa que a senhorita ame fique infeliz. Mas eu ficaria mais surpreso se Frederick se casasse com ela do que com qualquer outra parte da história.

– No entanto, a verdade é essa. O senhor mesmo vai ler a carta de James. Espere... Tem uma parte – falou Catherine, ficando corada ao se lembrar da última linha.

– A senhorita vai fazer a gentileza de ler para nós os trechos da carta em que nosso irmão é mencionado?

– Não, leia o senhor mesmo – exclamou Catherine, cujos pensamentos agora eram mais claros. – Eu não sei em que eu estava pensando – continuou ela, ficando corada novamente por ter ficado corada antes. – A intenção do James é apenas me dar bons conselhos.

Ele de bom grado recebeu a carta, e, depois de tê-la lido com atenção, devolveu-a dizendo:

– Bem, se é assim que vão ser as coisas, só posso dizer que lamento muito por isso. Frederick não será o primeiro homem a ter escolhido uma esposa com menos sensatez do que esperaria a sua família. Não invejo a situação dele, nem como amante, nem como filho.

A senhorita Tilney, por sugestão de Catherine, agora também lia a carta, e, também expressando sua preocupação e surpresa, começou a perguntar sobre os laços familiares e a fortuna da senhorita Thorpe.

– A mãe dela é uma boa mulher – foi a resposta de Catherine.

– E o pai dela costumava trabalhar com o quê?

– Ele era advogado, eu acho. Eles moram em Putney.

– E são uma família abastada?

– Não, não muito. Não acho que Isabella tenha qualquer fortuna, mas isso não vai significar nada na família de vocês. O pai de vocês é muito generoso! Outro dia, ele me disse que só valorizava o dinheiro porque lhe permitia promover a felicidade dos filhos.

Os irmãos se entreolharam.

– Mas – disse Eleanor, depois de uma pausa curta – permitir que Frederick se case com essa garota é promover a felicidade dele? Ela deve ser inescrupulosa, ou não teria usado o seu irmão dessa forma. E que estranha essa paixão da parte de Frederick! Uma garota que, bem diante dos olhos dele, está por livre e espontânea vontade rompendo um noivado e ficando noiva de outro homem! Isso não é inconcebível, Henry? E logo o Frederick, que sempre teve um coração muito soberbo, e achava que nenhuma mulher era boa o bastante para ser amada!

– Esse é o fato menos promissor, a suspeita mais forte contra ele. Quando penso em suas declarações passadas, desisto do assunto. Além do mais, eu tenho uma opinião muito boa com relação à prudência da senhorita Thorpe para presumir que ela abandonaria um cavalheiro sem antes ter o outro garantido. De fato Frederick está acabado! Ele é um homem morto... Defunto em matéria de discernimento. Prepare-se para a sua cunhada, Eleanor, essa cunhada que tanto prazer lhe proporcionará! Ela é franca, cândida, sem malícia, ingênua, com afetos intensos porém simples, despretensiosa e nada dissimulada.

– Essa cunhada, Henry, de fato me proporcionará muito prazer – disse Eleanor com um sorriso.

– Mas, talvez, apesar de ela ter se comportado mal com a minha família, ela se comporte melhor com a sua. Agora que ela finalmente conseguiu de fato o homem de quem ela gosta, talvez lhe seja fiel – observou Catherine.

– De fato, receio que ela será. Receio que ela será muito fiel, a não ser que um baronete lhe cruze o caminho. Essa é a única salvação para Frederick. Vou conseguir o jornal de Bath e ver quem chegou recentemente à cidade – replicou Henry.

– O senhor acha então que é tudo por ambição? E, dou-lhe a minha palavra, há algumas coisas que bem indicam isso. Não consigo esquecer que, quando ela soube o que meu pai faria por eles, pareceu muito decepcionada, pois esperava mais. Nunca em minha vida estive tão enganada quanto ao caráter de uma pessoa.

– E olha que a senhorita já conheceu e examinou uma grande variedade deles.

– A minha decepção e a perda que sinto por conta dela é muito intensa. Mas, quanto ao pobre James, presumo que ele tem poucas chances de se recuperar desse golpe.

– Seu irmão certamente merece muito que nos apiedemos dele agora. Mas não devemos, em meio a nossas preocupações com o sofrimento dele, subestimar o seu sofrimento. Presumo que a senhorita sinta que, ao perder Isabella, perdeu metade de si mesma. Sente um vazio em seu coração que não há nada mais que preencha. A convivência com ela está se tornando insuportável. E quanto às diversões que vocês estavam acostumadas a compartilhar em Bath, a simples ideia delas sem Isabella é abominável. Por exemplo, agora não iria a um baile por nada neste mundo. A senhorita sente que já não tem nenhuma amiga com quem possa falar sem reservas, de cuja consideração pode depender, ou com cujos conselhos, em qualquer dificuldade, pode contar. Está sentindo tudo isso?

– Não, não sinto... Eu deveria sentir? No entanto, para ser sincera, apesar de eu estar magoada e pesarosa, por já não mais poder amá-la, pelo fato de que jamais terei notícias dela, ou por talvez jamais voltar a vê-la, não me sinto assim tão, tão aflita quanto seria de se imaginar – respondeu Catherine depois de alguns instantes de reflexão.

– A senhorita sente, como sempre faz, e isso é fruto da natureza humana. Tais sentimentos deveriam ser examinados, para que eles tomem ciência de sua própria existência.

Catherine, por algum motivo, sentiu-se tão aliviada com essa conversa que não se ressentiu do fato de ter sido levada, de modo muito incompreensível, a mencionar a circunstância que provocara isso.

Capítulo 26

A partir de então, o assunto era discutido com frequência pelos três jovens. E Catherine descobriu, com certa surpresa, que os dois jovens amigos concordavam que a falta de proeminência social e riqueza de Isabella muito provavelmente criaria muitos obstáculos para o casamento dela com o irmão deles. A convicção deles de que o general, com base apenas nisso, e independentemente de qualquer objeção que poderia ser feita com relação ao caráter dela, se oporia ao enlace, fez com que seus sentimentos se voltassem com alarme para ela mesma. Ela era tão insignificante socialmente, e talvez tão desprovida de herança e dote, quanto Isabella. E, se o herdeiro da propriedade, o capitão Tilney, não tinha ele mesmo poder o bastante para decidir com quem se casar, o que seria exigido do irmão mais novo?

As reflexões muito dolorosas às quais isso levava só podiam ser amenizadas pela confiança no efeito da preferência que ela desde o início teve a felicidade de despertar no general, e que fora dada a entender pelas palavras e ações dele. E também pela lembrança de algumas declarações muito generosas e desinteressadas em relação dinheiro, que Catherine mais de uma vez o ouvira dar, o que fazia com que ela pensasse que a opinião dele quanto a esses assuntos havia sido mal interpretada por seus filhos.

No entanto, eles estavam convencidos de que o irmão jamais teria a coragem de pessoalmente tentar conseguir o consentimento do pai, e tão repetidamente asseguraram a ela que ele nunca na vida tivera menos chances de vir para Northanger do que naquele momento que ela se permitiu ficar tranquila quanto à necessidade de qualquer partida súbita da parte dela. Mas como não era de se presumir que o capitão Tilney, quando fosse pedir o consentimento do pai, desse qualquer informação sobre o comportamento de Isabella, ocorreu a Catherine que seria muito conveniente que Henry contasse ao pai toda a história exatamente como ela se passou, permitindo que o general, desse modo, formasse uma opinião com imparcialidade e tranquilidade, e embasasse suas objeções em argumentos mais justos do que a discrepância de posição social e situação econômica entre os dois. Portanto, ela sugeriu isso a Henry, mas ele não concordou com essa atitude com a avidez que ela esperava.

– Não, o arsenal de objeções do meu pai não precisa ser fortalecido, e a confissão de Frederick de sua tolice não precisa ser antecipada. Ele mesmo deve contar a sua própria história – disse ele.

– Mas ele só vai contar metade da história.

– Um quarto dela já vai ser o bastante.

Um ou dois dias se passaram sem notícias do capitão Tilney. Seus irmãos não sabiam o que pensar. Às vezes parecia para eles que o silêncio do irmão era uma consequência natural do possível noivado, e, em outros momentos, achavam que era completamente incompatível com isso. O general, enquanto isso, apesar de se ofender todas as manhãs com a negligência de Frederick de escrever uma carta, estava livre de sentir qualquer ansiedade com relação a ele, e não tinha preocupação maior do que fazer com que a estada da senhorita Morland em Northanger transcorresse de modo agradável. Ele frequentemente expressava sua falta de tranquilidade com relação a esse assunto, e temia que a mesmice das companhias e ocupações diárias fizessem com que ela desgostasse do lugar, e queria que as senhoritas Fraser estivessem na região. Falava de vez em quando em chamar um grupo grande para um jantar, e uma ou outra vez começou inclusive a calcular quantos jovens cavalheiros dançarinos havia nas redondezas. Mas aquela era uma época morta do ano, sem pássaros selvagens ou outras presas para caçar, e as senhoritas Fraser não estavam na região. E tudo terminou certa manhã com ele dizendo a Henry, por fim, que, da próxima vez que ele fosse a Woodston, eles iriam para lá fazer uma surpresa para ele, e comeriam um carneiro no almoço. Henry ficou muito honrado e feliz, e Catherine ficou muito encantada com a ideia.

– E quando acha, senhor, que devo esperar por esse prazer? Tenho de ir a Woodston na segunda-feira para uma reunião da paróquia, e provavelmente terei de ficar lá por dois ou três dias.

– Ora, ora, vamos tentar ir em algum desses dias. Não há necessidade de marcar uma data, não precisa de modo algum se incomodar por nossa causa. O que quer que você tenha em casa será o suficiente. Acho que posso falar em nome das jovens damas que elas perdoarão qualquer coisa que falte na mesa de um rapaz solteiro. Deixe-me ver: segunda-feira será um dia em que você estará ocupado, então, não vamos na segunda; e terça-feira quem vai estar ocupado sou eu. Estou esperando uma visita do meu administrador de Brockham com seu relatório pela manhã, e, depois disso, não posso, por uma questão de boa educação, deixar de comparecer ao clube. Eu realmente não conseguiria encarar os meus conhecidos se eu não fosse, pois, como sabem que estou na região, eles considerariam isso muito inapropriado de minha parte. Essa é uma de minhas regras, senhorita Morland: jamais ofender qualquer dos meus vizinhos, caso um pequeno sacrifício de tempo e atenção possa impedir isso. Eles são um grupo de homens muito respeitável. Dou a eles meio veado de Northanger duas vezes por ano, e janto com eles sempre que posso. Portanto, sair daqui na terça-feira está fora de questão. Mas, na quarta-feira, Henry, pode esperar por nossa visita. Chegaremos cedo para que tenhamos tempo de apreciar tudo à nossa volta. Em duas horas e quarenta e cinco minutos chegamos em Woodston, eu presumo. Estaremos na carruagem às dez da manhã, então, por volta de meio-dia e quarenta e cinco na quarta-feira você pode nos esperar.

Nem um baile teria agradado mais a Catherine do que aquela pequena excursão, tão intenso era o desejo dela de conhecer Woodston.

O coração dela ainda pulava de alegria quando Henry, cerca de uma hora depois, entrou calçando botas e vestindo um sobretudo no cômodo em que ela e Eleanor estavam sentadas, e disse:

– Eu vim, jovens damas, num esforço muito moralizante, observar que nossos prazeres neste mundo sempre têm um preço, e que muitas vezes os compramos em transações muito desvantajosas, trocando felicidade real em espécie por uma ordem de pagamento futura, que pode não ser honrada. No momento presente, sou testemunha disso. Porque tenho esperanças de ter a satisfação de vê-las em Woodston na quarta-feira, coisa que o mau tempo ou vinte outras causas podem impedir que aconteça, devo partir para lá imediatamente, dois dias antes do planejado.

– Partir?! – disse Catherine, aborrecida. – E por quê?

– Por quê?! Como pode fazer essa pergunta? Porque não posso desperdiçar um segundo em assustar minha velha governanta até que ela enlouqueça, porque tenho de ir e preparar um jantar para vocês, estejam certas disso.

– Oh! Não está falando sério!

– Sim, sério e triste também. Eu preferia ficar.

– Mas como consegue pensar em uma coisa dessas depois do que disse o general? Quando ele disse especificamente que não queria incomodá-lo, pois qualquer coisa serviria.

Henry somente sorriu.

– Estou certa que de minha parte e de sua irmã isso não é nem um pouco necessário. O senhor deve saber que essa é nossa opinião, e o general insistiu muito para que não providenciasse nada de extraordinário. Além do mais, mesmo se ele não tivesse dito nem metade das coisas que disse, aqui sempre são servidos jantares tão excelentes que comer um jantar mediano não teria importância.

– Eu gostaria de poder raciocinar como a senhorita, para o bem dele e para o meu. Adeus. Como amanhã é domingo, Eleanor, eu não vou voltar.

Henry foi, e, como em qualquer momento para Catherine era uma operação muito mais simples duvidar de seu próprio julgamento do que do de Henry, ela logo foi obrigada a reconhecer que ele tinha razão, por mais desagradável que fosse para ela a partida dele. Mas o comportamento inexplicável do general era uma constante entre as dúvidas dela. Que ele era muito exigente quanto ao que comia, ela já tinha, vendo com os próprios olhos, descoberto. Mas por que ele dizia uma coisa com tanta segurança, querendo na verdade o tempo todo dizer outra, era muito incompreensível! Desse modo, como as pessoas poderiam ser compreendidas? Quem além de Henry poderia ter percebido o que o general realmente queria dizer?

De sábado até quarta-feira, portanto, eles agora ficariam sem a presença de Henry. Este era o final triste de todos os pensamentos dela. E a carta do capitão Tilney certamente chegaria durante a ausência dele. Além disso, Catherine tinha certeza de que iria chover na quarta-feira. O passado, o presente e o futuro eram igualmente tristes. O irmão dela, muito infeliz, a perda de Isabella sentida muito intensamente, o humor de Eleanor sempre alterado pela ausência de Henry! O que poderia haver para interessá-la ou entretê-la? Ela estava farta dos bosques e dos arbustos, sempre tão tranquilos e entediantes. E a própria abadia para ela agora era como qualquer outra casa. A lembrança dolorosa da tolice que a casa a ajudara a criar e aperfeiçoar era a única emoção que poderia surgir a partir de suas considerações sobre aquela construção. Que reviravolta nas ideias dela! Ela, que tanto ansiara por estar em uma abadia! Agora, não havia nada tão encantador na imaginação de Catherine quanto o conforto despretensioso de uma casa paroquiana bem localizada. Algo como Fullerton, só que melhor: Fullerton tinha os seus defeitos, mas Woodston provavelmente não tinha nenhum. Se pelo menos quarta-feira chegasse logo!

E de fato chegou, e exatamente num momento em que seria razoável esperar por isso. Fazia um dia bonito, e Catherine flutuava de tanta felicidade. Às dez da manhã, a carruagem conduziu o trio para fora da abadia, e, depois de uma viagem agradável de quase 33 quilômetros, eles entraram em Woodston, um vilarejo grande e populoso, em um lugar que não era desagradável. Catherine ficou constrangida de dizer o quão bonito ela achou o lugar, pois o general parecia achar necessário se desculpar pela monotonia da região e pelo tamanho do vilarejo. Mas, em seu âmago, ela preferiu aquele lugar a qualquer outro que já visitara, e olhou com muita admiração para cada casa, e para todas as lojinhas pelas quais eles passavam. Na extremidade mais distante do vilarejo, e razoavelmente deslocado do restante dele, ficava a casa paroquial, uma recém-construída e sólida construção de pedra, com uma trilha semicircular de entrada e portões verdes. Quando eles chegaram de carruagem até a porta, Henry, com seus amigos dos momentos de solidão, um enorme filhote de terra-nova e dois ou três *terriers*, estava pronto para receber e dar atenção a eles.

A mente de Catherine estava repleta demais de pensamentos, enquanto ela entrava na casa, para que ela observasse ou dissesse muitas coisas, e, até que o general pedisse sua opinião, ela mal tinha noção de em que cômodo estava. Depois de olhar à sua volta, ela percebeu em um instante que se tratava do aposento mais confortável do mundo, mas ela estava tímida demais para dizer isso, e a frieza de seus elogios decepcionou o general.

– Não estamos dizendo que esta é uma boa casa – disse ele. – Não a estamos comparando com Fullerton e Northanger, estamos considerando-a como uma simples casa paroquial, pequena e apertada, admitimos, mas decente, talvez, e habitável. Em geral, não inferior à maioria das casas paroquiais. Em outras palavras, creio que há poucas na Inglaterra que sequer cheguem aos pés desta aqui. No entanto, talvez ele precise de umas benfeitorias. Longe de mim dizer o contrário. Qualquer coisa razoável... Talvez demolir uma das janelas salientes... Mas cá entre nós, se tem algo que eu abomino é uma janela remendada.

Catherine não ouviu o bastante dessa fala para compreendê-la ou se ressentir dela, e com outros assuntos sendo diligentemente introduzidos e defendidos por Henry, ao mesmo em tempo que uma bandeja cheia de refrescos era trazida por seu criado, o general rapidamente recobrou sua autocomplacência, e Catherine, sua tranquilidade.

O cômodo em questão era espaçoso, com boas proporções, e lindamente decorado para servir como sala de jantar. Quando eles saíram de lá para ver o resto da casa, primeiro foi mostrado um aposento pequeno, que curiosamente pertencia ao dono da casa, que havia sido excepcionalmente arrumado para aquela ocasião. Depois, foi levada para a sala de estar, com cuja aparência, apesar de não estar mobiliada, Catherine ficou encantada o bastante até para satisfazer o general. O cômodo tinha um formato bonito, com janelas que iam até o chão, que oferecia uma vista agradável, apesar de ela ser composta apenas por verdes prados. Catherine expressou sua admiração naquele momento com toda a simplicidade franca que sentia.

– Oh! Por que não decora este cômodo, senhor Tilney? Que pena que ele não esteja mobiliado! É o cômodo mais lindo que eu já vi... O mais lindo do mundo!

– Acredito que ele será rapidamente mobiliado: está apenas esperando pelo bom gosto de uma mulher! – disse o general com um sorriso de muita satisfação.

– Bem, se fosse a minha casa, eu jamais me sentaria em outro lugar. Oh! Que chalezinho lindo há entre as árvores, ainda por cima são macieiras! É o chalé mais lindo que há!

– A senhorita gosta dele... É considerado agradável para a vista. Isso é o bastante. Henry, lembre-se de falar sobre isso com o Robinson. O chalé não deve ser demolido.

Um elogio como aquele chamou Catherine à razão, e imediatamente fez com que ela se calasse. E, apesar de instada pelo general sobre que cor ela preferia para os papéis de parede e as cortinas, nada que se assemelhasse a uma opinião sobre isso pôde ser extraído dela. No entanto, a influência de objetos novos e ar fresco foi de grande utilidade para dissipar essas atitudes constrangedoras. Tendo chegado à parte ornamental do jardim, que consistia em uma trilha que percorria os dois lados de uma pradaria, na qual a genialidade de Henry começara a operar cerca de meio ano antes, ela estava suficientemente recuperada para achar aquele lugar mais bonito do que qualquer jardim de plantas ornamentais em que ela já havia estado, apesar de nele não haver sequer um arbusto mais alto do que o banco verde em um dos cantos.

Uma caminhada por outros prados, e por parte do vilarejo, com uma visita à estrebaria para verificar algumas melhorias, e uma encantadora brincadeira com uma ninhada de cachorrinhos que apenas conseguia rolar pelo chão, levou-os às quatro da tarde, quando Catherine mal achava que já eram três. Às quatro eles iriam jantar, e às seis, iriam embora. Um dia jamais passara tão rápido!

Ela não pôde deixar de observar que a abundância do jantar não provocou a menor surpresa no general, tanto que ele ficou olhando para a mesa lateral procurando carne fria que não estava lá. As observações de Henry e de Eleanor foram de um tipo diferente. Poucas vezes eles o haviam visto comer com tanto gosto em uma mesa que não era a dele, e jamais o viram tão pouco incomodado pelo fato de o molho de manteiga e farinha estar talhado.

Às seis da tarde, tendo o general tomado seu café, a carruagem voltou a recebê-los. E tão gratificante havia sido o comportamento do general durante toda a visita, e tão segura Catherine estava em relação às expectativas dele que, se pudesse sentir a mesma confiança com relação aos desejos do filho, ela teria saído de Woodston com pouca ansiedade sobre como ou quando talvez voltasse para lá.

Capítulo 27

A manhã seguinte trouxe uma muito inesperada carta de Isabella:

Bath, abril

Queridíssima Catherine, recebi suas duas cartas gentis com o maior dos encantamentos, e tenho mil desculpas a pedir por não tê-las respondido antes. Eu realmente estou muito constrangida com a minha indolência, mas neste lugar horrendo não se encontra tempo para nada. Cheguei a pegar uma pena para começar a lhe escrever uma carta quase todos os dias desde que você saiu de Bath, mas sempre fui impedida de escrever por alguém bobo e frívolo, ou algo do gênero. Peço-lhe que me escreva logo, e para o endereço da minha própria casa. Graças a Deus, partiremos deste lugar repugnante amanhã.

Desde a sua partida, não tive nenhum prazer aqui: a poeira é inacreditável, e todos com quem alguém pode se importar já se foram. Acho que se pudesse vê-la eu não me importaria com o resto, pois você me é mais querida do que alguém seria capaz de conceber. Estou muito incomodada com seu querido irmão, de quem não tenho notícias desde que ele foi para Oxford, e temo que tenha ocorrido algum mal-entendido. Sua gentil interferência vai fazer tudo se acertar: ele é o único homem que eu já amei ou poderia amar, e confio que você irá convencê-lo disso.

As modas da primavera estão começando a passar, e os chapéus estão mais espantosos do que você pode imaginar. Espero que esteja passando seu tempo de modo agradável, mas tenho receio de que você nunca pense em mim. Não direi tudo o que eu poderia sobre a família com quem está, pois não serei mesquinha, e nem a colocarei contra aqueles que estima. Mas é muito difícil saber em quem confiar, e os rapazes nunca sustentam a mesma opinião por mais de dois dias. Regozijo-me de dizer que o rapaz que, acima de todos os outros, eu especialmente abomino, partiu de Bath. Você saberá, por meio desta descrição, que eu devo estar falando do capitão Tilney, que, como talvez se lembre, estava incrivelmente inclinado a me seguir e a me provocar, antes de você ir embora. Depois disso, ele piorou e praticamente se tornou minha sombra. Muitas moças teriam se deixado enganar, pois jamais houve galanteios como aqueles, mas eu conheço muito bem o sexo volúvel.

O capitão Tilney voltou para seu regimento faz dois dias, e acredito que não serei mais incomodada por ele. Ele é o maior dândi que já vi, e é incrivelmente desagradável. Nos últimos dois dias, ele não saiu do lado da Charlotte Davis: eu lamentei o gosto dele, mas não lhe dei atenção. A última vez que nos esbarramos foi na rua Bath, e eu na mesma hora entrei em uma loja para que ele não falasse comigo, eu me recusei inclusive a olhar para ele. Depois, ele entrou no Salão das Águas, mas eu não iria atrás dele por nada neste mundo. Que contraste entre ele e o seu irmão!

Peço-lhe que me mande notícias de James, pois estou muito triste com ele. Ele parecia muito incomodado quando foi embora, parecia estar resfriado, ou algo que alterou seu ânimo. Eu mesma escreveria para ele, mas perdi o endereço. E, como mencionei anteriormente, receio que ele tenha compreendido mal alguma coisa em meu comportamento. Por favor, explique tudo para ele até que esteja convencido. Ou, se ele ainda tiver alguma dúvida, uma mensagem curta dele para mim, ou uma visita a Putney na próxima vez que ele for a Londres, talvez coloque tudo de volta no lugar.

Já faz muito tempo que não vou aos salões ou ao teatro, exceto por ontem à noite, quando fui com os Hodge me divertir no teatro pela metade do preço. Eles insistiram até que eu concordasse, e eu estava determinada a não deixá-los dizer que eu estava deixando de sair porque o Tilney havia partido. Calhamos de sentar perto dos Mitchell, e eles fingiram ter ficado muito surpresos com o fato de que eu havia saído. Conheço a maldade deles: em um momento, eles me tratam com falta de educação, e agora são só amizade. Mas não sou tola o bastante para me deixar enganar por eles. Você sabe que eu tenho muita retidão moral. Anne Mitchell havia tentado colocar um turbante assim como eu, pois eu usei um na semana antes do recital, mas ela o enrolou de um modo horrível. O turbante ficou muito bem em meu rosto estranho, creio eu, pelo menos foi o que me falou na época o Tilney, e disse que todos estavam olhando para mim. Mas ele é o último homem em cuja palavra eu vou acreditar. Agora eu só visto roxo. Sei que essa cor me cai muito mal, mas não me importo, pois é a cor favorita do seu querido irmão. Queridíssima Catherine, não tarde em escrever para ele e para mim.

Tal arrojo de hipocrisia não foi capaz de enganar nem a Catherine. Suas incoerências, contradições e falsidade foram percebidas imediatamente por Catherine. Ela ficou constrangida por Isabella, e constrangida por tê-la amado um dia. As declarações de apego agora eram tão desprezíveis quanto eram vazias as suas desculpas e descarados os seus pedidos.

– Escrever para James em nome dela! Não, James não deve jamais tornar a ouvir menção do nome de Isabella.

Com a chegada de Henry de Woodston, ela revelou a ele e à Eleanor que o irmão deles estava a salvo, e os parabenizou com franqueza por isso, lendo as partes mais importantes da carta em voz alta e muito indignada. Depois que havia terminado de ler, ela disse:

– Assim termina Isabella e toda a nossa intimidade! Ela deve pensar que sou idiota, ou não teria escrito o que escreveu. Mas talvez isso tenha servido para que eu conhecesse melhor o caráter dela do que ela conhece o meu. Entendo quais eram as intenções dela. Isabella é uma coquete superficial, e os ardis dela não deram certo. Eu não acredito que ela algum dia tenha tido qualquer consideração por James ou por mim, e queria jamais tê-la conhecido.

— Em breve vai mesmo parecer que a senhorita nunca a conheceu – falou Henry.

— Só tem uma coisa que não consigo entender. Percebo que Isabella tinha intenções com relação ao capitão Tilney que não se concretizaram, mas eu não entendo o que o capitão Tilney tinha em mente esse tempo todo. Por que ele a cortejaria ao ponto de fazê-la brigar com o meu irmão e depois desapareceria?

— Pouco posso dizer sobre as intenções de Frederick, tais como acredito que foram. Ele também tem suas vaidades, assim como a senhorita Thorpe, e a principal diferença é que, tendo ele a cabeça menos fraca, essas vaidades ainda não fizeram mal a ele mesmo. Se o efeito do comportamento dele não o inocenta perante os seus olhos, é melhor não procurarmos a causa.

— Então o senhor não acha que ele de fato chegou a gostar dela?

— Estou convencido de que ele nunca gostou.

— Então ele fingiu gostar dela só por maldade?

Henry assentiu.

— Bem, então, devo dizer que não gosto nem um pouco dele. Apesar de as coisas terem terminado muito bem para nós, não gosto nem um pouco dele. Por acaso, nada de muito grave aconteceu, pois eu não acho que Isabella tenha um coração para se partir. Mas e se ele tivesse feito com que ela se apaixonasse intensamente por ele?

— Mas antes devemos presumir que Isabella tinha sim um coração para se partir, e que, consequentemente, teria sido uma criatura completamente diferente. E, neste caso, teria recebido um tratamento muito diferente.

— É justo que o senhor defenda o seu irmão.

— E, se a senhorita defendesse o seu, não ficaria tão preocupada pela decepção provocada na senhorita Thorpe. Mas a sua mente é guiada pelo princípio inato da integridade, e, portanto, não está acessível à frieza da lógica da parcialidade familiar, nem a desejos de vingança.

Com esse elogio, dissipou-se toda a amargura de Catherine. Frederick não era imperdoavelmente culpado, pois Henry o descreveu como uma pessoa muito agradável. Ela decidiu não responder à carta de Isabella, e tentou não pensar mais nisso.

Capítulo 28

Logo depois disso, o general se viu obrigado a passar uma semana em Londres. Ele partiu de Northanger sinceramente lamentando que qualquer necessidade pudesse roubar-lhe sequer uma hora da companhia da senhorita Morland, e ansiosamente recomendou aos filhos que atentassem para o conforto e a diversão dela como seu objetivo principal na ausência dele. A partida dele deu a Catherine a primeira convicção empírica de que uma perda às vezes pode ser um ganho. A felicidade com a qual o tempo deles transcorria, sendo cada ocupação voluntária, cada risada, espontânea, cada refeição, uma cena de tranquilidade e bom humor, com eles caminhando por onde e quando quisessem, com seus horários, prazeres e cansaços controlados por eles mesmos, fez com que ela se desse conta das restrições que a presença do general impusera, e ficasse muito agradecida por eles atualmente estarem livres dessa presença.

Aquela tranquilidade e aqueles prazeres fizeram com que ela amasse mais o lugar e as pessoas a cada dia que passava. E, não fosse por um medo de que em breve fosse conveniente que ela deixasse a casa, e uma apreensão de que seu amor não fosse correspondido por Henry, ela teria passado cada momento de cada dia em perfeita felicidade. Mas ela agora estava na quarta semana de sua visita. Antes que o general voltasse para casa, a quarta semana já teria passado, e talvez pudesse parecer uma intrusão se ela permanecesse muito mais tempo ali. Sempre que lhe vinha à mente, esta era uma consideração dolorosa, e ávida por tirar esse peso de sua mente, ela decidiu falar com Eleanor de uma vez sobre isso: sugerir que iria embora e pautar seu comportamento de acordo com o modo como sua sugestão fosse recebida.

Ciente de que, caso demorasse muito, poderia sentir dificuldade de mencionar um assunto tão desagradável quanto aquele, Catherine aproveitou a primeira oportunidade em que subitamente se viu sozinha com Eleanor, e quando esta falava sobre um assunto totalmente diferente, para mencionar a sua obrigação de partir dali muito em breve. Eleanor afirmou estar muito triste. Ela afirmou que esperara ter o prazer da companhia de Catherine por muito mais tempo, e havia sido levada a acreditar, talvez por seus próprios desejos, que uma visita muito mais longa havia sido prometida. Além disso, não podia deixar de pensar que, se o senhor e a senhora Morland soubessem do prazer que era para Eleanor a presença de Catherine ali, seriam generosos demais para apressar o retorno dela.

– Oh! Quanto a isso, papai e mamãe não estão com a menor pressa – explicou Catherine. – Se eu estiver feliz, eles estarão sempre satisfeitos.

– Então, por que está com tanta pressa de deixar-nos? – perguntou Eleanor.

– Oh! Porque já estou há muito tempo aqui.

– Se você diz isso, eu não posso insistir mais. Se você acha que já ficou muito tempo...

– Oh! Não, eu de fato não acho. Pelo meu próprio prazer, poderia ficar o dobro do tempo que já fiquei.

E imediatamente ficou decidido que, até que Catherine ficasse o dobro do tempo que já havia ficado, a partida dela dali não deveria sequer passar pela cabeça deles. Ao ter essa fonte de incômodo tão agradavelmente removida, a outra foi, do mesmo modo, diminuída. A gentileza e a veemência com que Eleanor a pressionou para que ficasse, e o olhar de satisfação de Henry ao ficar sabendo que a permanência dela fora decidida eram provas tão adoráveis da estima que eles sentiam por ela que Catherine sentiu apenas uma pequena preocupação que a mente humana nunca pode dispensar. Ela, em quase todas as ocasiões, acreditava que Henry a amava, e quase sempre também achava que o pai e a irmã dele gostavam dela, e inclusive desejavam que ela se tornasse parte da família. E, com essa crença, suas dúvidas e ansiedades se tornaram irritações frívolas.

Henry não pôde obedecer completamente à ordem de ficar o tempo todo em Northanger fazendo companhia às jovens, durante a ida do general a Londres, pois os compromissos de seu coadjutor o obrigaram partir em um sábado, por duas noites. A falta dele agora não era sentida como quando o general estava em casa: diminuiu a felicidade delas, mas não lhes tirou o conforto. As duas jovens, se ocupando das mesmas coisas, e ficando cada vez mais íntimas, descobriram que se bastavam tanto que eram onze da noite, um horário muito tarde na abadia, quando elas saíram da sala da ceia no dia da partida de Henry.

Elas haviam acabado de chegar ao topo das escadas quando lhes pareceu, pelo menos até o ponto em que as espessas paredes da abadia permitiam que elas julgassem, que uma carruagem percorria a trilha de entrada da casa, e no instante seguinte essa suspeita foi confirmada pelo som alto da campainha da frente. Depois que a perturbação inicial provocada pela surpresa havia passado, com um "Minha nossa! O que pode estar acontecendo?", Eleanor rapidamente decidiu que deveria ser seu irmão mais velho, cuja chegada com frequência era súbita, se não tão inoportuna quanto naquele momento, e, portanto, ela desceu apressadamente para dar as boas-vindas a ele.

Catherine foi para o quarto sopesando, da melhor forma que pôde, se ia conhecer melhor o capitão Tilney e consolando a si mesma com impressão desagradável que o comportamento dele causara nela. Ela estava convencida de que até aquele momento ele tinha demonstrado ser um cavaleiro exigente demais para simpatizar com ela, e que eles pelo menos não deveriam se encontrar sob circunstâncias que tornariam o encontro deles concretamente doloroso. Ela acreditava que ele jamais falaria da senhorita Thorpe, e, de fato, como àquela altura ele deveria estar constrangido pelo papel que desempenhara nessa história, não haveria perigo de ele falar desse assunto. Contanto que se evitasse qualquer menção aos acontecimentos de Bath, ela achava que seria capaz de tratá-lo com muito boa educação. Com essas considerações, o tempo passou, e com certeza contava a favor dele o fato de Eleanor ter ficado muito feliz em vê-lo, e ter tanto a dizer a ele, pois fazia quase meia hora que ele havia chegado, e Eleanor não tinha subido.

Naquele instante, Catherine pensou ter ouvido os passos de Eleanor na galeria, e prestou atenção para ouvir se eles continuavam, mas tudo estava silencioso. No entanto, ela mal havia decidido que tinha se enganado quando o barulho de alguma coisa se mexendo perto da porta do quarto dela fez com que levasse um susto. Parecia que alguém estava tocando a porta... E, no instante seguinte, uma leve sacudida na fechadura provou que deveria haver a mão de alguém nela. Catherine sentiu calafrios com a ideia de alguém se aproximando tão cautelosamente assim, mas, decidida a não se deixar impressionar outra vez, ou ser confundida por uma imaginação estimulada, ela andou em silêncio para frente e abriu a porta. Eleanor, e somente Eleanor, estava de pé ali. No entanto, o ânimo de Catherine foi tranquilizado apenas por um instante, pois o rosto de Eleanor estava pálido e ela estava muito perturbada.

Apesar de evidentemente ter a intenção de entrar, Eleanor pareceu ter de fazer esforço para entrar ali, e mais esforço ainda para falar depois que já havia entrado. Catherine, presumindo que um pouco daquela perturbação era por conta do capitão Tilney, pôde apenas expressar sua preocupação com uma atenção silenciosa, fez Eleanor se sentar e esfregou as têmporas dela com água de lavanda, e, com afetuosa solicitude, não saiu do lado dela.

– Minha querida Catherine, você não deve.... De fato não deve fazer isso – foram as primeiras palavras inteligíveis de Eleanor. – Eu estou muito bem. Essa demonstração de bondade só me distrai... Eu não consigo suportar... Vim até aqui com uma incumbência que você não pode imaginar!

– Incumbência? Relacionada a mim!

– Como lhe direi? Como lhe direi?

Naquele momento, uma ideia nova passou pela cabeça de Catherine, e, ficando tão pálida quanto sua amiga, ela exclamou:

– Quem chegou foi um mensageiro vindo de Woodston!

– Na verdade, você está enganada – retrucou Eleanor, olhando para ela com muita compaixão. – Não é ninguém de Woodston. É o meu pai – ela ficou com a voz embargada e seus olhos se fixaram no chão enquanto mencionava o nome dele. O retorno não desejado dele foi o bastante para fazer o coração de Catherine afundar e, por alguns instantes, ela nem sequer imaginou que havia algo pior ainda a ser contado. Ela não disse nada, e Eleanor, tentando se recompor e falar com firmeza, mas ainda olhando para o chão, logo tornou a falar.

– Você é boa demais, estou certa disso, para pensar mal de mim por conta do papel que estou sendo forçada a desempenhar. Sou de fato a mensageira menos disposta que há. Depois do que acabou de acontecer, depois daquilo que acabamos de decidir, e com muita alegria e satisfação de minha parte, quanto à extensão de sua estada aqui por mais várias semanas, como eu esperava, como posso lhe dizer que sua bondade não poderá ser aceita... E que a felicidade que sua companhia nos deu até agora será retribuída com... Mas eu não devo confiar em mim mesma com palavras agora. Minha querida Catherine, nós vamos ter de nos separar. Meu pai se lembrou de um compromisso que vai tirar toda a família daqui na segunda-feira. Vamos para a casa de lorde Longtown, perto de Hereford, por duas semanas. Uma explicação e um pedido de desculpas são igualmente impossíveis. Não sou capaz de tentar nenhuma das duas coisas.

– Minha querida Eleanor, não fique tão angustiada assim – disse Catherine, reprimindo seus sentimentos da melhor maneira que pôde. – Um compromisso tem de ceder a vez para um compromisso anterior. Lamento muito, muito, muito que tenhamos de nos separar tão cedo, e tão subitamente assim, mas não estou ofendida, de fato não estou. Posso terminar a minha visita a esta casa, sabe, em qualquer outro momento, ou espero eu que você venha me visitar. Quando voltar da casa desse lorde, pode ir a Fullerton?

– Isso não vai depender de mim, Catherine.

– Então, venha quando puder.

Eleanor não respondeu, e com os pensamentos de Catherine voltando para algo mais importante, ela acrescentou, pensando em voz alta:

— Segunda-feira... Já na segunda-feira, e todos vocês vão partir. Bem, estou certa de que... Eu vou conseguir me despedir. Eu não preciso ir até quase a hora de vocês partirem. Não se aflija, Eleanor, posso muito bem ir na segunda. Não tem importância que meu pai e minha mãe não tenham sido avisados. Me atrevo a dizer que o general vai mandar algum criado viajar comigo, pelo menos até a metade do caminho... E depois, logo estarei em Salisbury, a menos de 15 quilômetros de casa.

— Ah, Catherine! Se as coisas tivessem sido acertadas assim, elas seriam um tanto menos intoleráveis, mas, por conta dessas atenções cotidianas, você acabaria recebendo metade da atenção que merece. Mas... Como posso lhe dizer?... Sua partida daqui está marcada para amanhã de manhã, e você não vai poder nem decidir o horário. A carruagem já foi pedida e chegará aqui às sete da manhã, e nenhum criado para acompanhá-la lhe será oferecido.

Catherine se sentou, sem fôlego e sem palavras.

— Eu mal pude acreditar quando fiquei sabendo, e nenhum desprazer, nenhum ressentimento que você possa sentir neste momento, por mais que muito justo, pode ser maior do que o que eu sinto... Mas eu não devo falar do que eu senti. Oh! Se eu pudesse sugerir algo para atenuar esta situação! Meu Deus! O que o seu pai e a sua mãe irão dizer! Depois de tirarmos você da proteção de amigos de verdade para trazê-la para cá... Que fica a quase o dobro da distância da sua casa em comparação a Bath, para depois mandá-la embora daqui, sem sequer ter as considerações que pede a boa educação! Querida, querida Catherine, ao ser a portadora desta mensagem, eu pareço ser a culpada por toda essa ofensa. Ainda assim, confio que você não vai colocar a culpa em mim, pois deve ter passado tempo o bastante nesta casa para ver que eu sou senhora dela apenas no nome, e meu poder real é nulo.

— Será que eu ofendi o general? — perguntou Catherine com a voz embargada.

— Ah! Por meus sentimentos como filha, tudo o que sei, tudo o que posso dizer, é que você não deu a ele motivos para que ele se ofendesse. Ele de fato está muito, demasiadamente, perturbado. Poucas vezes o vi assim. O estado de espírito dele não está feliz, e aconteceu alguma coisa agora que fez com que ele piorasse de um jeito incomum. Deve ter sido alguma decepção, alguma irritação, que neste momento parece importante, mas que eu não presumo que tenha qualquer relação com você, pois como isso seria possível?

Foi com dor que Catherine conseguiu falar, e ela só tentou fazer isso por consideração a Eleanor.

– Estou certa de que lamento muito caso o tenha ofendido. Essa seria a última coisa que eu teria feito de propósito na vida, mas não fique triste, Eleanor. Um compromisso deve ser mantido e eu só lamento pelo fato de o general não ter se lembrado disso antes, para que eu pudesse ter escrito para meus pais. Mas isso tem pouca importância – disse ela.

– Espero, sinceramente espero, que, para sua própria segurança, isso tenha mesmo pouca importância. Mas isso tem muita importância para todo o resto: o conforto, as aparências, a propriedade, a sua família, o mundo. Caso os seus amigos, os Allen, ainda estivessem em Bath, você talvez pudesse voltar para lá para encontrá-los muito mais facilmente, mas uma viagem de carruagem de correio de mais de 110 quilômetros, na sua idade, sozinha e desacompanhada!

– Oh, a viagem não é nada. Nem pense nisso. E se vamos ter de nos separar, mais cedo ou mais tarde, sabe, não faz diferença. Posso estar pronta às sete da manhã. Mande que me acordem a tempo.

Eleanor percebeu que Catherine queria ficar sozinha, e, achando melhor que elas evitassem continuar a conversar, saiu do quarto de Catherine dizendo:

– Vejo você de manhã.

O coração apertado de Catherine precisava de alívio. Na presença de Eleanor, os sentimentos de amizade e orgulho tinham na mesma medida refreado as lágrimas dela, mas assim que a amiga foi embora, Catherine começou a chorar copiosamente. Ela havia sido expulsa da casa, daquela maneira! Sem nenhuma razão que justificasse aquilo, sem nenhuma desculpa que pudesse reparar a brusquidão, a grosseria, não, a insolência daquilo. Henry estava distante e ela nem conseguiria se despedir dele. Todas as esperanças, todas as expectativas com relação a ele estavam suspensas, e quem poderia dizer por quanto tempo?

Quem saberia dizer quando eles tornariam a se encontrar? E tudo isso por culpa de um homem como o general Tilney, tão educado, tão bem-criado, e que, até aquele momento, demonstrara muito carinho por ela! Aquilo era tão incompreensível quanto era constrangedor e lamentável. De onde tinha vindo aquilo e onde iria terminar eram perguntas que provocavam perplexidade e alarme. O modo como tudo havia sido feito, grosseiro e mal-educado, apressando-a para que fosse embora sem qualquer consideração pela conveniência dela, e sem nem lhe permitir uma aparente escolha quanto ao horário e modo como ela viajaria... Dos dois dias que faltavam, a saída fora marcada para o primeiro deles, e quase na primeira hora da manhã, como se houvessem decidido que Catherine deveria ir embora antes que o general estivesse acordando, para que ele não fosse obrigado a vê-la. O que poderia ser isso se não uma afronta intencional? De algum modo ou de outro ela deve ter tido a infelicidade de ofendê-lo. Eleanor quisera poupá-la de tão dolorosa ideia, mas Catherine não podia acreditar que era possível que qualquer aborrecimento pudesse provocar tanta má vontade contra uma pessoa não ligada, ou pelo menos que não deveria ter qualquer ligação, com a família.

Foi uma noite aflitiva. Sono, ou qualquer repouso digno de ser chamado de sono, estava fora de questão. Aquele quarto, em que a imaginação perturbada de Catherine a havia atormentado logo que ela chegou ali, de novo foi palco de cenas de ânimos agitados e sonos inquietos. No entanto, como era diferente agora a fonte de sua inquietude do que havia sido antes... Quão superior em realidade e concretude! A ansiedade dela agora baseava-se em fatos, e os medos, em probabilidades. Com a mente de Catherine muito ocupada com a contemplação do mal real e natural, a solidão de sua situação, a escuridão do quarto e a antiguidade da casa foram sentidas e consideradas sem nenhuma emoção. E, apesar de estar ventando forte, e de o vento com frequência fazer sons estranhos e súbitos pela casa, ela ouviu tudo aquilo acordada na cama, hora após hora, sem curiosidade ou medo.

Logo depois das seis da manhã, Eleanor entrou no quarto de Catherine, ansiosa por ajudar com o que fosse possível. Entretanto, faltava pouco por arrumar. Catherine não tinha perdido tempo: estava quase completamente vestida, e as malas quase prontas. A possibilidade de alguma mensagem conciliatória do general ocorreu a Catherine quando a filha apareceu. Haveria algo de mais natural do que aquela raiva ter passado e dado lugar ao arrependimento? E ela só queria saber quanto tempo depois daquilo que tinha acontecido ela ia receber um pedido apropriado de desculpas. Mas o conhecimento disso não teria qualquer utilidade ali. Nem a clemência nem a dignidade de Catherine foram postas à prova, pois Eleanor não trouxe nenhum recado.

Pouco foi dito por elas quando se encontraram, cada uma se sentiu mais segura ficando em silêncio, e, enquanto elas permaneceram no andar de cima, as frases que trocaram foram poucas e triviais, com Catherine terminando de se vestir agitada, e Eleanor com mais boa vontade do que prática em sua intenção de arrumar o baú de Catherine. Quando tudo estava pronto, elas saíram do quarto, e Catherine ficou ali meio minuto, depois que sua amiga já havia saído, para dar uma última olhada de despedida em cada objeto bem conhecido e querido, e depois desceu para a sala do café da manhã, onde o café era servido.

Catherine tentou comer, tanto para se livrar do incômodo de ser instada a fazer isso quanto para não deixar sua amiga incomodada, mas estava sem apetite, e não conseguiu engolir quase nada. O contraste entre aquele café da manhã e o último que ela havia tomado naquela sala renovou sua infelicidade e intensificou seu desgosto por tudo o que havia diante dela. Não fazia 24 horas desde que eles se encontraram ali para comer o mesmo repasto, mas em circunstâncias muito diferentes! Com que alegria, com que feliz, porém falso, senso de segurança ela havia olhado à sua volta, desfrutando o presente e temendo coisa alguma no futuro, além do fato de Henry ter de ir a Woodston por um dia! Feliz, feliz café da manhã! Pois Henry estivera ali, Henry se sentara ao lado dela e a ajudara a se servir. Catherine se permitiu essas reflexões por muito tempo sem ser incomodada por qualquer comentário de sua companhia, que estava sentada tão absorta em seus pensamentos quanto ela. A chegada da carruagem foi a primeira coisa que fez com que elas tivessem um sobressalto e tornassem a se lembrar do momento presente. Catherine ficou vermelha ao vê-la, e a indignidade com que ela fora tratada, atingindo sua mente com peculiar intensidade, fez com que ela, por um instante, sentisse apenas ressentimento. Eleanor parecia agora impelida a falar com determinação.

– Você tem de me escrever, Catherine – exclamou ela. – Tem de me dar notícias o quanto antes. Até que eu saiba que está segura em casa, não terei uma hora de descanso. Devo lhe suplicar por uma carta, mesmo com todos os riscos, com todos os perigos. Deixe-me ter a satisfação de saber que está segura em Fullerton, e que encontrou todos os seus familiares bem, e, depois, até que eu possa pedir para me corresponder com você, o que devo fazer, não esperarei mais cartas. Mande-a para mim para o endereço de lorde Longtown, e devo lhe pedir que mande a carta com Alice como destinatária.

– Não, Eleanor, se você não tem permissão de receber uma carta minha, tenho certeza de que é melhor eu não escrever. Não pode haver dúvidas quanto ao fato de que vou chegar sã e salva em casa.

Eleanor apenas respondeu:

– Não me admira que se sinta assim. Não vou mais importuná-la. Vou confiar na bondade do seu coração quando estiver longe de você.

Mas esse comentário, junto com a expressão de tristeza que o acompanhou, foi o suficiente para dissipar o orgulho de Catherine em um instante e ela imediatamente disse:

– Oh, Eleanor, vou lhe escrever com certeza.

Havia ainda outro assunto que a senhorita Tilney estava ansiosa por resolver, mas que se sentia um tanto constrangida de discutir. Ocorreu a ela que, depois de passar tanto tempo longe de casa, Catherine talvez não tivesse dinheiro o bastante para cobrir os gastos de sua viagem, e após sugerir isso com ofertas muito afetuosas de emprestar dinheiro, Eleanor descobriu que não tinha se enganado. Catherine jamais pensara naquele assunto até aquele momento, mas, depois de olhar sua bolsa, ficou convencida de que, não fosse por esse gesto de bondade da amiga, ela talvez fosse posta para fora da casa sem sequer ter meios para voltar para sua própria casa. A aflição pela qual ela passaria se isso acontecesse preencheu as mentes das duas, e elas mal trocaram outra palavra durante o restante do tempo em que permaneceram juntas.

Esse tempo, no entanto, foi curto. Em breve anunciaram que a carruagem estava pronta. Catherine levantou-se imediatamente e um longo e afetuoso abraço tomou o lugar das palavras quando as duas se despediram. Enquanto entravam no salão principal, incapaz de deixar a casa sem mencionar o nome de alguém que ainda não havia sido mencionado por nenhuma das duas, Catherine parou por um instante, e, com os lábios trêmulos, mal conseguiu dizer de modo inteligível que ela deixava "gentis cumprimentos para seu amigo ausente". Mas, com essa menção ao nome dele, acabaram todas as possibilidades de Catherine reprimir seus sentimentos, e, escondendo o rosto da melhor maneira que pôde com o lenço, atravessou apressada o salão principal, pulou para dentro da carruagem, e, em um instante foi levada para longe dali.

Capítulo 29

Catherine estava infeliz demais para sentir medo. A viagem em si não a assustava, e ela iniciou-a sem temer sua duração e sem se sentir sozinha. Recostada em um dos cantos da carruagem, chorando violentamente, percorreu alguns quilômetros depois que já havia saído dos portões da abadia antes de levantar a cabeça, e o ponto mais alto da propriedade quase sumia de vista quando ela finalmente virou a cabeça na direção dele. Infelizmente, a estrada na qual viajava agora era a mesma pela qual somente dez dias antes ela passara muito feliz na ida e na volta de Woodston, e, por mais de 20 quilômetros, cada sentimento amargo se intensificou quando Catherine reviu objetos para os quais antes ela olhara e tivera impressões muito diferentes. Cada quilômetro que a deixava mais perto de Woodston fazia seu sofrimento aumentar, e, depois de percorrer mais oito quilômetros, ela passou pela curva que levava a Woodston, e pensou em Henry, tão perto dali e, ainda assim, sem a menor noção do que acontecia, e seu pesar e perturbação aumentaram ainda mais.

O dia que Catherine havia passado em Woodston fora o mais feliz de toda a sua vida. Foi lá, naquele dia, que o general falara dela e de Henry de um modo que a deixara convencida de que de fato ele queria que os dois se casassem. Sim, fazia somente dez dias que ele a havia deixado entusiasmada com sua dedicada atenção... E até a embaraçara com suas alusões demasiadamente significativas! E agora... O que ela havia feito, ou o que deixara de fazer, para merecer tal mudança no tratamento?

A única ofensa contra ele de que ela podia acusar a si mesma tivera uma natureza tal que era pouco provável que tivesse chegado aos ouvidos dele. Somente Henry e o próprio coração dela estavam inteirados das terríveis suspeitas que ela, de modo muito tolo tivera, e ela acreditava que seu segredo estaria seguro tanto com um quanto com outro. Pelo menos intencionalmente Henry não seria capaz de traí-la. Se, de fato, por um estranho acaso, o pai dele tivesse conhecimento daquilo que ela se atrevera a pensar e a procurar, das acusações sem causa e das ultrajantes investigações, ela não poderia se espantar com qualquer grau de indignação da parte do general. Se ele soubesse que ela o vira como um assassino, ela não poderia nem mesmo se espantar com o fato de ele tê-la posto para fora da abadia. Mas Catherine acreditava que ele não tinha conhecimento das suas suposições.

Por mais ansiosas que fossem as reflexões dela sobre isso, no entanto, não foi o que mais a preocupou. Havia algo ainda mais íntimo, uma preocupação mais prevalecente, mais impetuosa. O que Henry pensaria, sentiria, e como se comportaria quando voltasse na manhã seguinte para Northanger e ficasse sabendo que ela partira era uma pergunta forte o bastante para sobrepujar todas as outras, de maneira incessante, às vezes irritante, às vezes reconfortante. A resposta a ela às vezes sugeria o temor da calma aceitação dele, e, em outros momentos, a dúvida era respondida pela mais doce certeza do arrependimento e ressentimento dele. Com o general, é claro, ele não ousaria falar disso, mas com Eleanor... O que ele não diria a Eleanor sobre ela?

Nesta incessante recorrência de dúvidas e questionamentos, nos quais a mente dela era incapaz de encontrar senão por alguns instantes, as horas se passaram, e a viagem dela acabou sendo mais rápida do que ela desejava. As ansiedades palpitantes dos seus pensamentos, que impediam que ela reparasse em qualquer coisa à sua frente, depois que eles passaram da freguesia de Woodston, pouparam-na, ao mesmo tempo, de observar o progresso de sua viagem. E, apesar de nenhum objeto na estrada ser capaz de prender sua atenção por um instante que fosse, ela não achou nenhum trecho da viagem entediante. Também foi poupada de sentir isso por um outro motivo: não estava ansiosa pela conclusão de sua jornada, pois voltar para Fullerton naquelas circunstâncias era quase como destruir o prazer de reencontrar aqueles a quem ela mais amava, mesmo depois de uma ausência como a dela, de 11 semanas. O que teria ela a dizer que não a deixaria humilhada e magoaria a sua família, que, com a confissão, não aumentaria seu pesar ou prolongaria um ressentimento inútil, e talvez envolvesse os inocentes e os culpados em uma indiscriminada animosidade? Catherine jamais conseguiria fazer justiça às qualidades de Henry e Eleanor. Ela sentia aquilo tudo intensamente demais para expressar com palavras, e se uma animosidade por eles aflorasse, se eles fossem tidos em baixa conta por parte do pai dela, o coração de Catherine ficaria partido.

Com esses sentimentos, Catherine mais temia do que ansiava pela primeira visão daquela tão conhecida torre de igreja que anunciaria que ela estava a pouco mais de 30 quilômetros de casa. Quando saiu de Nothanger, sabia que Salisbury era seu destino final, mas, depois de completado o trecho inicial da viagem, ela teria de perguntar aos funcionários do correio os nomes dos lugares pelos quais passaria antes de chegar até lá, tamanha era a sua ignorância com relação ao caminho. No entanto, não se deparou com nada que a afligisse ou assustasse. Sua juventude, suas boas maneiras, e boas gorjetas garantiram toda a atenção que uma viajante como ela poderia demandar. Assim, parando apenas para trocar de cavalos, ela seguiu viajando por cerca de 11 horas sem acidentes ou sustos, e entre seis e sete da noite ela se viu entrando em Fullerton.

Uma heroína que retorna, no final de sua carreira, para seu vilarejo natal, com todo o triunfo da reputação recobrada, e toda a dignidade de uma condessa, com um longo cortejo de parentes nobres em suas várias carruagens descobertas, e três damas de companhia atrás dela em uma outra carruagem é um evento em que a pena da narradora pode muito bem se deliciar em se deter. Isso confere valor a toda conclusão, e a autora deve partilhar da glória que a heroína tão generosamente concede. Mas meu caso é completamente diferente, eu trago minha heroína de volta para casa em solidão e desgraça, e não há doce euforia de ânimo que me faça entrar em detalhes sobre isso. Uma heroína viajando em uma carruagem do correio é um golpe tão forte nos sentimentos que nenhuma tentativa de magnificência ou compaixão pode suportar. Portanto, o cocheiro dela velozmente cavalgará pelo vilarejo, em meio aos olhares perplexos das pessoas reunidas no domingo, e veloz será a descida dela da carruagem.

Mas, qualquer que fosse a aflição de Catherine, enquanto seguia em direção à casa paroquial, e qualquer que fosse a humilhação de sua biógrafa ao relatar isso, estava preparando uma alegria de natureza incomum para aqueles que iriam recebê-la. Primeiro, pela aparição da carruagem, e segundo, pela própria chegada de Catherine. Como a carruagem de um viajante era algo raro de se ver em Fullerton, toda a família foi imediatamente para a janela, e fazer a carruagem parar em frente ao portão era um prazer que fazia brilhar a todos os olhos, e que ocupava a imaginação de todos. Era um prazer muito pouco ansiado por todos, com exceção de duas crianças pequenas, um menino e uma menina de seis e quatro anos de idade, que esperavam um irmão ou uma irmã em cada carruagem que passava. Feliz do olhar que distinguiu Catherine antes do que os outros! Feliz da voz que proclamou a descoberta! Mas se tal felicidade era propriedade legal de George ou Harriet, jamais se poderá saber precisamente.

Seu pai, sua mãe, Sarah, George e Harriet, todos se reunindo na porta para dar as boas-vindas a ela com uma avidez afetuosa, aquilo foi uma visão que despertou os melhores sentimentos que havia no coração de Catherine. E, no abraço de cada um deles, enquanto descia do coche, Catherine se viu mais reconfortada do que jamais acreditaria ser possível. Tão rodeada, tão abraçada, ela até estava feliz! Na alegria do amor familiar, tudo foi atenuado por um curto período de tempo, e, com o prazer de revê-la, a família, a princípio, teve pouco tempo para a curiosidade, e todos se sentaram em volta da mesa de chá redonda, que a senhora Morland havia posto apressadamente para a comodidade da pobre viajante, em cuja aparência lívida e exausta ela logo reparou, antes de que qualquer pergunta que exigisse uma resposta definitiva fosse feita a Catherine.

Relutantemente, e com muita hesitação, foi que ela então começou o que talvez, ao final de meia hora, pudesse ser chamado, por conta da boa educação de seus ouvintes, de uma explicação. Mas, neste período de tempo, eles mal podiam sequer descobrir a causa, ou captar os detalhes, do súbito retorno dela. Eles nem de longe eram uma família irascível; nem de longe tinham a rapidez de perceber afrontas, ou a amargura de se ressentir delas: mas, neste caso havia, quando toda a história foi revelada, um insulto que não poderia ser relevado, e nem, pelo menos pela primeira meia hora, facilmente perdoado. Sem ter sofrido qualquer susto romântico ao considerar a longa e solitária viagem de sua filha, o senhor e a senhora Morland não puderam deixar de sentir que a viagem talvez tivesse sido a fonte de muito desgosto para Catherine. Isso é o que eles jamais teriam permitido voluntariamente, e, ao forçá-la a fazer aquilo, o general Tilney não tinha agido de modo honrado ou carinhoso. Não agira nem como cavalheiro, nem como pai. Por que ele havia feito aquilo, o que poderia ter provocado nele um rompimento da hospitalidade, e tão subitamente ter transformado todo o carinho por Catherine em verdadeira aversão, era uma questão cuja resposta eles pelo menos estavam tão longe de adivinhar quanto a própria Catherine. Mas isso não os afligiu por muito tempo, e, depois de uma rodada normal de conjecturas inúteis, de que "aquilo era algo estranho, e de que ele deveria ser um homem muito estranho", todos sentiram que já estavam indignados e espantados o bastante, apesar de Sarah de fato ainda ter se entregue à doçura da incompreensibilidade, exclamando e conjecturando com juvenil fervor:

– Minha querida, você se ocupa demais com problemas desnecessários. Confie em mim, isso é algo que nem sequer vale a pena compreender – disse por fim a mãe.

– Eu até entendo que ele quisesse que Catherine partisse depois que ele se lembrou de seu compromisso – falou Sarah –, mas por que não fazer isso de maneira mais educada?

– Eu sinto pena dos jovens, pois eles devem ter ficado tristes com isso. Mas, quanto ao resto, não nos importemos com isso agora. Catherine está a salvo em casa, e nosso conforto não depende do general Tilney – retrucou o senhor Morland.

Catherine suspirou.

– Bem – prosseguiu a senhora Morland –, fico contente de não ter sabido sobre sua viagem de volta quando ela foi decidida. Mas, agora que tudo se acabou, talvez nenhum grande mal tenha sido feito. É sempre bom pôr à prova os jovens. E, você sabe, minha querida Catherine, que sempre foi um pouco avoada, mas dessa vez deve ter sido obrigada a ficar atenta, com tantas trocas de carruagem e tudo o mais. Espero que dessa vez não tenha esquecido nada em algum dos compartimentos da carruagem.

Catherine também esperava isso, e tentou sentir algum interesse por sua própria transformação, mas seu ânimo estava por demais exaurido. Como ficar sozinha em silêncio logo começava a ser o seu único desejo, ela prontamente concordou com o conselho da mãe para que fosse dormir cedo. Seus pais, não vendo nada de mais no aspecto triste e na agitação dela além das consequências naturais da humilhação que ela sofrera, e do esforço incomum de uma viagem como aquela, se separaram dela sem a menor dúvida de que tudo isso logo melhoraria depois de uma boa noite de sono. E na manhã seguinte, apesar de, quando todos tornaram a se encontrar, a recuperação dela não ter correspondido ao esperado, eles ainda assim continuaram completamente sem suspeitar que houvesse alguma dor mais intensa. Sequer uma vez pensaram no coração dela, o que, em se tratando dos pais de uma jovem de 17 anos que acabara de retornar de sua primeira viagem sozinha, era muito estranho!

Assim que terminaram o café da manhã, Catherine foi se sentar para cumprir a promessa que fizera à senhorita Tilney, cuja certeza no efeito do tempo e da distância sobre o estado de espírito da amiga já se justificava, pois Catherine de fato já se repreendia por ter se despedido com frieza de Eleanor, por não ter suficientemente estimado suas qualidades ou sua bondade, e de não ter se compadecido o suficiente dela pela tristeza que no dia anterior ela tivera de suportar. A intensidade desses sentimentos, no entanto, estava longe de inspirar as suas palavras, e nada para ela jamais havia sido tão difícil quanto aquela carta para Eleanor Tilney. Escrever uma carta que ao mesmo tempo fizesse jus a seus sentimentos e sua situação, que transmitisse gratidão sem arrependimento subserviente, que fosse cautelosa sem frieza, e sincera sem ressentimento... Uma carta que não deixasse Eleanor magoada depois de uma leitura detida, e que, acima de tudo, não deixaria Catherine constrangida se por acaso Henry a lesse, era uma tarefa que dificultava toda a sua capacidade de realização. Depois de muito pensar e de ficar muito confusa, escrever um texto curto foi tudo o que Catherine conseguiu decidir. Então, o dinheiro que Eleanor lhe emprestara foi posto no envelope com pouco mais do que um bilhete de agradecimento, e com os milhares de desejos de felicidade de um coração afetuoso.

– Essa foi uma amizade estranha – observou a senhora Morland, ao ver a carta terminada. – Começou depressa e depressa foi desfeita. Lamento que as coisas tenham acontecido desse jeito, pois a senhora Allen achou os dois irmãos muito agradáveis. E você infelizmente tampouco teve sorte com a sua Isabella. Ah! Pobre James! Bem, temos de viver e aprender, e espero que as novas amizades que você fizer valham mais a pena manter.

Catherine ficou vermelha enquanto respondia:

– Nenhuma amizade vale mais a pena manter do que a de Eleanor.

– Se assim for, minha querida, ouso dizer que vocês tornarão a se encontrar em algum momento, não se aflija. Muito provavelmente se encontrarão de novo dentro de alguns anos, e então esse acontecimento será muito prazeroso!

A senhora Morland não foi bem-sucedida em sua tentativa de consolar a filha. A esperança de tornar a encontrar Eleanor dentro de alguns anos só podia fazer Catherine pensar no que poderia acontecer naquele período de tempo para tornar aquele encontro desagradável para ela. Ela jamais conseguiria se esquecer de Henry Tilney, ou pensar nele com menos ternura do que naquele momento. Mas talvez ele se esquecesse dela, e, nesse caso, encontrar...! Os olhos de Catherine ficaram rasos d'água enquanto ela imaginava aquela amizade reatada em tais circunstâncias. E sua mãe, percebendo que suas sugestões para reconfortar a filha não tinham um bom efeito, propôs, como outra forma de melhorar o estado de espírito dela, que elas fizessem uma visita à senhora Allen.

As duas casas ficam a apenas 400 metros de distância uma da outra e, enquanto caminhavam, a senhora Morland rapidamente desabafou tudo o que sentia com relação à decepção de James.

– Lamentamos muito por ele, mas, de todo o modo, não há mal em o noivado ter sido rompido, pois não seria nada desejável que ele estivesse noivo de uma garota com quem nós não tínhamos a menor familiaridade, e que era completamente desprovida de fortuna. E, agora, depois desse comportamento, não podemos de modo algum fazer um bom julgamento dela. Agora isso está sendo difícil para o pobre James, mas não vai durar para sempre, e me atrevo a dizer que daqui em diante ele será a vida toda um homem mais circunspecto, por conta da tolice de sua primeira escolha – disse ela.

Aquele era o máximo do resumo da visão de sua mãe sobre aquele assunto que Catherine suportaria escutar. Se ela tivesse dito mais uma frase, a complacência de Catherine corria risco de acabar, e ela acabaria dando uma resposta menos racional. Logo, todo o poder de pensamento dela foi engolfado pela reflexão sobre a sua própria mudança de sentimentos e de estado de espírito desde que ela percorrera aquela tão conhecida estrada. Pois ainda não fazia três meses desde que, louca de alegres expectativas, ela correra por lá de um lado para o outro cerca de dez vezes ao dia, com o coração leve, alegre e livre, ansiando por prazeres inéditos e genuínos, e livre tanto da apreensão provocada pelo mal quanto da ciência dele. Fazia três meses que ela sentira tudo isso, e como ela havia mudado agora que retornara!

Ela foi recebida pelos Allen com toda a gentileza e o carinho habitual que a aparição inesperada dela naturalmente despertaria. Grande foi a surpresa deles, e acalorado o seu desgosto, quando souberam como ela havia sido tratada, apesar de o relato do caso feito pela senhora Morland não ter sido uma representação exagerada, ou um apelo pensado para despertar a compaixão deles.

– Catherine nos pegou muito de surpresa ontem no fim da tarde. Ela fez a viagem toda sozinha na carruagem do correio, e só ficou sabendo que teria de fazer isso no sábado à noite, pois o general Tilney, por algum capricho excêntrico ou coisa do gênero, subitamente se cansou da presença dela na abadia, e quase a pôs para fora de casa. Decerto foi uma atitude muito antipática, e ele deve ser um homem muito estranho. Mas estamos muito contentes de tê-la entre nós outra vez! E nos reconforta muito descobrir que ela não é uma pobre criatura indefesa, e que sabe muito bem se virar sozinha – comentou ela.

O senhor Allen, ao ouvir o relato, demonstrou o ressentimento razoável esperado de um amigo sensato, e a senhora Allen julgou que as expressões usadas por eles eram boas o bastante para serem imediatamente repetidas por ela. O assombro, as conjecturas e as explicações dele se tornavam, logo em seguida, expressões dela, com o acréscimo deste único comentário: "Eu de fato não tenho paciência para o general", que preenchia cada eventual pausa. E "Eu de fato não tenho paciência para o general" foi dito duas vezes depois que o senhor Allen saiu da sala, sem qualquer diminuição da raiva ou qualquer digressão concreta de pensamento. Um grau mais significativo de divagação acompanhou a terceira repetição, e, depois de terminar a quarta, ela imediatamente acrescentou:

– Você não vai acreditar, minha querida, que eu consegui, antes de sair de Bath, que remendassem de modo tão maravilhoso aquele rasgo terrível na minha melhor renda de bilro, que hoje ninguém sabe dizer onde ficava. Qualquer dia desses tenho de lhe mostrar. No fim das contas, Catherine, Bath é um lugar agradável. Asseguro-lhe que a partir da metade da viagem eu não queria mais ir embora. A presença da senhorita Thorpe lá foi um alívio para nós, não é mesmo? Sabe, eu e você estávamos a princípio muito sozinhas.

– Sim, mas isso não durou muito tempo – disse Catherine, seus olhos brilhando com a lembrança daquilo que tinha sido a primeira coisa a encher de ânimo a existência dela lá.

– É verdade, logo encontramos a senhora Thorpe, e depois já não nos faltava nada. Minha querida, não acha que essas luvas de seda vestem muito bem? Vesti-as ainda novas pela primeira vez quando fomos aos Salões Inferiores, e desde então já as usei várias vezes. Você se lembra daquela noite?

– Se eu me lembro? Oh! Perfeitamente.

— Foi muito agradável, não é mesmo? O senhor Tilney bebeu chá conosco, e eu sempre o achei um ótimo acréscimo ao nosso grupo, pois ele é muito agradável. Eu me lembro vagamente de você ter dançado com ele, mas não tenho certeza disso. Lembro que eu estava vestindo meu vestido longo favorito.

Catherine não conseguiu responder. Depois de uma tentativa breve de falar de outros assuntos, a senhora Allen tornou a dizer:

— Eu realmente não tenho paciência para o general! E ele parecia ser um homem muito agradável e respeitável! Eu não presumo, senhora Morland, que a senhora já tenha visto um homem mais bem-educado em toda a sua vida. A casa onde ele estava hospedado foi alugada no dia seguinte à partida dele, Catherine. Mas isso não é de se admirar: ela ficava na rua Milsom.

Enquanto elas caminhavam de volta para casa, a senhora Morland tentou incutir na mente da filha a felicidade de ter a amizade sólida de pessoas que os queriam bem, como o senhor e a senhora Allen, e a ínfima consideração que ela deveria sentir pela negligência ou indelicadeza de conhecidos como os Tilney, enquanto ela podia conservar a boa opinião e o afeto de seus amigos mais antigos. Havia uma boa dose de bom senso em tudo aquilo, mas há algumas circunstâncias da mente humana em que o bom senso tem pouca influência, e os sentimentos de Catherine contradiziam quase todas as posições expostas pela mãe. Era do comportamento desses conhecidos que toda a felicidade atual dela dependia, e, enquanto a senhora Morland confirmava as próprias opiniões pela justeza de seus próprios argumentos, Catherine refletia em silêncio sobre o fato de que Henry àquela altura já devia ter chegado em Northanger. Ele já devia ter sido inteirado da partida dela, e naquele momento, talvez, todos eles estariam indo de viagem para Hereford.

Capítulo 30

O temperamento de Catherine não era naturalmente sedentário, mas seus hábitos tampouco haviam sido muito diligentes. Entretanto, quaisquer que possam ter sido os defeitos dela até então nesse quesito, sua mãe não podia deixar de perceber que agora eles pareciam muito intensificados. Ela não conseguia se sentar e ficar quieta, nem fazer alguma atividade por dez minutos seguidos, e ficava andando pelo jardim e pelo pomar repetidas vezes, como se nada além dos seus movimentos lhe fosse voluntário. E ela inclusive parecia preferir ficar vagueando pela casa do que sentada por qualquer período de tempo na sala de estar. Seu desânimo era uma mudança ainda maior. Vagueando e se entregando à indolência, parecia apenas uma caricatura de si mesma. Em meio ao seu silêncio e sua tristeza, ela era exatamente o oposto de tudo aquilo que fora antes.

Por dois dias, a senhora Morland relevou essa situação sem nada dizer, mas, quando uma terceira noite de sono não fizera com que ela recobrasse sua alegria, não a estimulara a fazer alguma atividade útil, nem lhe dera uma maior inclinação para a costura, sua mãe não pôde mais deixar de fazer uma delicada reprimenda:

– Minha querida Catherine, receio que esteja se tornando fidalga demais. Eu não teria como saber quando as gravatas do pobre Richard ficariam prontas se você fosse a única pessoa no mundo que pudesse costurá-las. Está com a cabeça demasiadamente em Bath. Mas tudo tem o seu tempo: há um tempo para bailes e brincadeiras, e um tempo para trabalhar. Faz muito que você está se divertindo, e agora deve tentar ser útil de alguma maneira.

Catherine imediatamente começou a costurar, dizendo, com uma voz abatida, que a mente dela não estava em Bath... Pelo menos não tanto assim.

– Então, você está preocupada por conta do general Tilney, e isso é tolice da sua parte, pois é muito provável que jamais torne a vê-lo. Você não devia se afligir por besteiras.

E, depois de uma curta pausa:

– Espero, minha Catherine, que você não esteja se aborrecendo com a nossa casa porque ela não é tão grandiosa quanto Northanger. Se esse for o caso, isso de fato transformaria sua visita à abadia em um mal. Onde quer que esteja, deve sempre se sentir contente, especialmente em casa, pois é lá que vai passar a maior parte de sua vida. Eu não gostei quando, no café da manhã, você ficou o tempo todo falando do pão francês que comia em Northanger.

– Estou certa de que não me importo com o pão. Para mim, tanto faz o que eu coma.

– Tem um ensaio muito bom em um dos livros lá em cima que fala desse assunto: é sobre moças que se tornam mimadas demais para suas próprias casas depois de conviver com pessoas de classe social mais alta. Acho que é *The Mirror*. Qualquer dia desses vou procurá-lo para você, pois acho que lê-lo lhe fará muito bem.

Catherine não disse mais nada, e, tentando fazer o que era certo, se dedicou à costura. Mas, depois de alguns minutos, sem se dar conta, voltou a se entregar ao langor e à letargia, se mexendo em sua cadeira, por conta da irritação provocada pelo cansaço, com muito mais frequência do que mexia a agulha. A senhora Morland observava o progresso dessa recaída, e vendo, na aparência ausente e insatisfeita de Catherine, a prova cabal daquele estado de espírito descontente ao qual ela agora começara a atribuir a ausência de felicidade da filha, ela rapidamente saiu da sala para ir pegar o livro em questão, ansiosa por não perder tempo em lutar contra aquela terrível dolência. Ela levou algum tempo para encontrar o que buscava, e, com outros problemas familiares ocupando o seu tempo, quinze minutos se passaram antes que ela voltasse ao andar de baixo com o volume do qual tanto esperava. Como sua atividade no andar de cima havia bloqueado qualquer barulho da casa além daqueles que ela mesma produzia, ela não soube que uma visita havia chegado naquele meio tempo, até que, ao entrar na sala, a primeira coisa que avistou foi um rapaz que jamais vira antes. Com uma atitude muito respeitosa, ele imediatamente se levantou, e, sendo apresentado a ela por sua envergonhada filha como "Senhor Henry Tilney", com o constrangimento que demonstrava sincera sensibilidade, ele começou a se desculpar por sua aparição ali, reconhecendo que, depois do que se passara, ele não tinha o direito de esperar ser bem recebido em Fullerton, e afirmando sua impaciência para se assegurar de que a senhorita Morland havia chegado em casa em segurança como a causa de sua intrusão.

Ele não se dirigiu a uma juíza hostil ou a um coração ressentido. Longe de incluir ele e sua irmã no ressentimento que o mau comportamento do general lhe provocara, a senhora Morland sempre tivera consideração por cada um dos dois, e, contente com a aparição dele, imediatamente o recebeu com declarações simples que demonstravam boa vontade sincera, agradecendo-o pela atenção dispensada à filha, assegurando-o de que os amigos dos filhos dela eram sempre bem-vindos ali, e suplicando a ele que não dissesse mais uma palavra sobre o passado.

Ele não hesitou em obedecer a essa súplica, pois, apesar de seu coração estar aliviado por ter sido recebido com tal inesperada amabilidade, naquele exato momento ainda não cabia a ele dizer nada com relação àquilo. Voltando a se sentar em silêncio, portanto, ele permaneceu por alguns minutos respondendo muito educadamente a todos os comentários corriqueiros da senhora Morland sobre o clima e as estradas. Catherine, enquanto isso a ansiosa, inquieta, feliz, e frenética Catherine, não disse palavra. Mas, suas bochechas coradas e seus olhos radiantes fizeram com que sua mãe se convencesse de que aquela amável visita pelo menos tranquilizaria por algum tempo o coração de Catherine e, portanto, ela de bom grado deixou de lado o primeiro volume de *The Mirror* para um momento posterior.

Ansiosa pela ajuda do senhor Morland, cujo constrangimento provocado pelo pai de Henry a senhora Morland de fato se ressentia, tanto para animar a conversa quanto para ter assuntos com os quais entreter o seu convidado, a senhora Morland logo cedo mandara uma das crianças ir chamá-lo. Mas o senhor Morland não estava em casa, e, estando, portanto, sem qualquer apoio, ao fim de 15 minutos ela já não tinha nada a dizer. Depois de dois minutos de um silêncio ininterrupto, Henry, virando-se para Catherine pela primeira vez desde a entrada da mãe dela na sala, perguntou, com súbita vivacidade, se o senhor e a senhora Allen estavam em Fullerton naquele momento. E, discernindo, em meio a toda a perplexidade das palavras da resposta de Catherine, o significado que uma sílaba curta teria revelado, ele imediatamente expressou a intenção de ir cumprimentá-los, e, enrubescendo, perguntou a ela se ela faria a bondade de indicar-lhe o caminho.

– Dá para ver a casa daquela janela, senhor – foi a informação dada por Sarah, que provocou somente uma mesura de agradecimento do cavaleiro, e um aceno de cabeça silenciador de sua mãe.

A senhora Morland, achando provável, como uma consideração secundária no desejo dele de visitar seus respeitáveis vizinhos, que Henry talvez tivesse alguma explicação a dar sobre o comportamento do pai, e que seria mais agradável para ele comunicar isso apenas a Catherine, não iria de jeito nenhum impedi-la de acompanhá-lo.

Eles começaram a caminhar, e a senhora Morland não estava inteiramente enganada quanto ao objetivo dele ao querer visitar os Allen. Alguma explicação sobre o pai dele Henry tinha de dar. O objetivo primário dele era se explicar, e, antes de eles chegarem à propriedade do senhor Allen, ele se explicara tão bem que Catherine achou que aquilo não devia se repetir com muita frequência. Ela confirmou a afeição dele, e em troca, ele lhe pediu o seu coração, que, talvez, os dois soubessem igualmente que já era completamente dele. Pois, apesar de Henry agora sentir uma ligação sincera por Catherine, apesar de ele se emocionar e se deleitar com toda a excelência do caráter dela e verdadeiramente amar a sua companhia, devo confessar que sua afeição se originou de nada mais do que gratidão, ou, em outras palavras, que um convencimento da inclinação dela por ele foi o único motivo que o fizera pensar nela a sério. Esta é uma circunstância inédita nos romances, eu reconheço, e terrivelmente aviltante da dignidade de uma heroína. Mas, caso isso também seja inédito na vida corriqueira, pelo menos a honra de ter uma imaginação extravagante será toda minha.

Um curta visita à senhora Allen, na qual Henry disse coisas aleatórias, sem sentido ou coerência, e em que Catherine, arrebatada pela contemplação de sua inefável felicidade, mal abriu a boca, terminou levando-os aos êxtases de outro *tête-à-tête*, e, antes que fossem obrigados a terminá-lo, Catherine pôde avaliar até que ponto ele havia recebido autorização paternal para ter feito aquela visita. Em seu retorno de Woodston, dois dias antes, ele havia encontrado perto da abadia seu impaciente pai, que apressadamente lhe informou em tom raivoso sobre a partida da senhorita Morland, e ordenou que ele não mais pensasse nela.

Tal foi o consentimento com o qual ele naquele momento ofereceu a sua mão. A assustada Catherine, em meio aos horrores da expectativa, enquanto ouvia o relato dele, não conseguiu evitar de se alegrar com o cuidado com o qual Henry a poupara da necessidade de uma recusa, ao conquistar a confiança dela antes de mencionar o assunto. Enquanto ele prosseguia dando os detalhes e explicando os motivos por trás da conduta de seu pai, os sentimentos de Catherine logo se fortaleceram, tornando-se um encantamento triunfante. O general não tivera nada do que a acusar a não ser pelo fato de ela ser o objeto involuntário e inconsciente de uma decepção que o orgulho dele não podia perdoar, mas que um orgulho mais nobre teria vergonha de admitir. Ela era culpada apenas de ser menos rica do que ele presumira que ela fosse. Fazendo um cálculo equivocado das posses e dos direitos hereditários dela, ele buscara sua amizade em Bath, solicitara sua companhia em Northanger e a escolhera como sua nora. Ao perceber seu erro, expulsá-la de casa pareceu a melhor solução, apesar de aquilo, para a suscetibilidade dele, representar uma prova desproposital de seu ressentimento com relação a ela, e de seu menosprezo pela família dela.

John Thorpe fora o primeiro a induzir o general ao erro. O general, percebendo certa noite no teatro que seu filho prestava muita atenção na senhorita Morland, por acaso perguntara a Thorpe se ele sabia algo mais sobre Catherine além do nome dela. Thorpe, felicíssimo por estar falando de igual para igual com um homem da importância do general Tilney, fora alegre e orgulhosamente comunicativo. Estando naquela época não só na expectativa diária de que James ficasse noivo de Isabella, como também muito decidido a se casar com Catherine, sua vaidade o induziu a representar a família como ainda mais abastada do que a sua própria vaidade e avareza o levavam a acreditar. Com quem quer que ele estivesse, ou tivesse a chance de se relacionar, sua própria importância requeria que a importância dos Morland fosse enorme, e, à medida que sua intimidade com qualquer conhecido aumentava, a fortuna dos Morland aumentava proporcionalmente. As expectativas de Thorpe com relação a seu amigo Morland, portanto, desde o princípio superestimadas, vinham, desde que Morland havia sido apresentado a Isabella, aumentando gradualmente, e ao simplesmente aumentar os elogios para dar mais grandiosidade ao momento, dobrando o que ele decidira pensar que era a quantia que o senhor Morland recebia por conta de seu posto de clérigo, triplicando a fortuna pessoal dele, inventando uma tia rica, e dizendo que metade dos irmãos menores dele tinham morrido afogados, ele foi capaz de representar toda a família para o general de modo extremamente respeitoso.

Para Catherine, no entanto, o objeto particular da curiosidade do general, e de suas próprias especulações, Thorpe tinha algo a mais reservado, e as 10 ou 15 mil libras que o pai dela poderia dar a ela seriam um bom acréscimo à fortuna do senhor Allen. A intimidade de Catherine com os Allen havia feito o senhor Allen de fato decidir que ela receberia uma bela herança com a morte dele. Portanto, falar de Catherine como a quase confirmada herdeira de Fullerton foi algo que veio naturalmente. Com essas informações, o general seguiu adiante, pois nunca lhe ocorrera duvidar da veracidade delas. O interesse de Thorpe pela família, pela iminente união de sua irmã com um de seus membros, e suas próprias opiniões sobre outro membro dessa família, assuntos dos quais ele se gabava com quase a mesma abertura, pareciam confirmações suficientes de que ele dizia a verdade. A essas confirmações foram acrescentados os fatos concretos de que os Allen eram ricos e não tinham filhos, de que a senhorita Morland estava sob os cuidados deles, e, até o ponto que ele podia julgar pelo pouco que os conhecia, de que eles a tratavam com o carinho de pais.

A decisão do general, portanto, logo foi tomada. Ele já havia notado, no semblante do filho, uma inclinação pela senhorita Morland, e, agradecido pelas informações dadas pelo senhor Thorpe, o general quase que imediatamente decidiu fazer tudo o que podia para enfraquecer o interesse alardeado por Thorpe e arruinar as mais caras esperanças dele. A própria Catherine não podia ser mais ignorante quanto a isso na época do que os próprios filhos do general. Henry e Eleanor, não percebendo nada na situação de Catherine que pudesse despertar o interesse em particular do general, haviam ficado perplexos com o caráter súbito, continuado e estendido das atenções dele. E, apesar de recentemente, a partir de algumas indiretas que vieram seguidas de uma ordem quase direta para que seu filho fizesse tudo o que pudesse para conquistá-la, Henry ter se convencido de que o pai acreditava que aquela era uma união vantajosa, somente depois da última conversa em Northanger foi que eles tiveram alguma noção sobre os cálculos errados que fizeram o general se precipitar.

Que eles eram falsos, o general soubera pela mesma pessoa que os sugerira, o próprio Thorpe, com quem o general por acaso esbarrara de novo no vilarejo, e que, sob a influência de sentimentos diametralmente opostos, irritado com a recusa de Catherine, e ainda mais com fracasso de um esforço recente de promover a reconciliação entre James e Isabella, convencido de que eles haviam se separado para sempre, e, desdenhando de uma amizade que já não lhe era mais útil, se apressou em contradizer tudo o que havia dito antes em benefício dos Morland. Confessou que estivera completamente equivocado em sua opinião sobre a situação e o caráter deles, e que fora enganado, pela vanglória de seu amigo, a acreditar que o pai dele era um homem rico e bem--conceituado, mas que os acontecimentos das últimas duas ou três semanas haviam provado o contrário. Pois, depois de ter feito uma proposta muito generosa ao primeiro sinal de uma possível união entre as famílias, o senhor Morland tinha, ao ser abordado de modo astuto pelo relator, sido constrangido a reconhecer que era incapaz até mesmo de garantir aos jovens um sustento decente. Eles eram, de fato, uma família necessitada; e numerosa também, como nunca se viu. De modo algum eram respeitados em sua vizinhança, como Thorpe recentemente tivera a oportunidade de descobrir; almejavam um estilo de vida que sua fortuna não podia bancar; queriam subir na vida por meio de uniões com famílias ricas; e eram uma família presunçosa, insolente e ardilosa.

O general, aterrorizado, pronunciara o nome Allen com um olhar inquisidor, e com relação a eles Thorpe também descobrira que se equivocara. Os Allen, ele acreditava, viviam perto deles fazia muito tempo, e ele conhecia o rapaz para quem seria transferida a propriedade de Fullerton. O general não precisou saber de mais nada. Furioso com quase todas as pessoas do mundo menos ele mesmo, partiu no dia seguinte para a abadia, onde seus atos já foram testemunhados.

Deixo a cargo da sagacidade dos meus leitores determinar o quanto disso tudo foi possível a Henry comunicar naquele momento para Catherine, o quanto daquilo ele podia ter sabido pelo general, em que pontos as próprias conjecturas dele o haviam ajudado, e que partes ainda faltavam ser contadas em uma carta de James. Eu resumi, para a comodidade deles, o que eles devem estender para a minha comodidade. Catherine, de todo o modo, ouviu o bastante para sentir que, quando suspeitou que o general Tilney tinha ou matado ou trancafiado a sua esposa, ela mal pecara na apreciação que fizera do caráter dele, nem exagerara ao considerar sua crueldade.

Henry, ao dizer tais coisas sobre o pai, estava quase tão pesaroso quanto da primeira vez que as ouvira. Ele enrubesceu por conta das opiniões mesquinhas que foi obrigado a expor. A conversa entre eles em Northanger havia sido muito desagradável. A indignação de Henry ao saber como Catherine havia sido tratada, ao compreender as opiniões de seu pai e receber ordens de concordar com elas, havia sido franca e corajosa. O general, que, acostumado a ditar as ordens para a família em todas as ocasiões corriqueiras, não se preparou para enfrentar uma relutância que não fosse de sentimentos nem tampouco um desejo contrário que ousaria tomar a forma de palavras, mal pôde suportar a oposição do filho, firmemente calcada pelo bom senso e ditada pela consciência. Mas, com relação àquele assunto, a raiva do general, apesar de poder chocar, não podia intimidar Henry, que foi apoiado em seu propósito por uma convicção em sua justeza. Ele se sentia preso, tanto por uma questão de honra quanto por afeição, à senhorita Morland, e, acreditando que aquele coração que ele havia sido instruído a conquistar de fato pertencia a ele, nenhuma indigna anulação de um consentimento tácito, nenhum decreto contrário de ira injustificável podia abalar a fidelidade dele, ou influenciar as decisões que essa fidelidade suscitara.

Henry com firmeza se recusou a acompanhar o pai até Herefordshire, um compromisso feito quase que naquele momento para provocar a dispensa de Catherine, e com a mesma firmeza declarou sua intenção de pedi-la em casamento. O general passou da raiva à fúria, e eles se separaram terrivelmente contrariados. Henry, em meio a uma perturbação mental que exigiria muitas horas até que ele se recompusesse, retornara quase que imediatamente para Woodston, e, na tarde do dia seguinte, começara sua viagem a Fullerton.

Capítulo 31.

A surpresa do senhor e da senhora Morland ao serem abordados pelo senhor Tilney para pedir o consentimento deles para que ele se cassasse com a sua filha foi, por alguns minutos, considerável, pois nunca lhes ocorrera suspeitar de uma ligação da parte de nenhum dos dois jovens. Mas como, no fim das contas, não havia nada mais natural do que Catherine ser amada, eles rapidamente considerararam o pedido apenas com a agitação feliz do orgulho recompensado, e, pelo menos no que concernia a eles, não tinham uma só objeção a fazer. Seus modos agradáveis e seu bom senso obviamente o recomendavam e, não tendo jamais ouvido nada de mal com relação a Henry, não era do feitio deles presumir que qualquer coisa de mal poderia ser dita. Com a boa vontade fazendo as vezes da experiência, o caráter dele não precisava de atestados.

– Catherine certamente vai fazer um papel lamentável e negligente cuidando de uma casa – foi o comentário profético de sua mãe, mas rápido foi o consolo de que não havia nada como a prática.

Resumindo, havia apenas um obstáculo a mencionar, mas até que ele fosse eliminado, seria impossível para os pais de Catherine consentirem o noivado. Eles tinham um temperamento afável, mas seus princípios eram firmes, e enquanto o pai de Henry proibisse tão expressamente assim a união, eles não podiam se permitir encorajá-la. Que o general viesse até eles pedir a união, ou até que ele inclusive a aprovasse efusivamente, os pais dela não eram exigentes o bastante para estipular de modo ostentoso, mas a aparência decorosa de consentimento deveria ser concedida, e, uma vez obtida e os próprios corações deles os fizeram confiar que ela não seria negada por muito tempo, a aprovação de bom grado deles viria imediatamente. O consentimento do general era tudo o que eles queriam. Eles não estavam mais inclinados do que autorizados a exigir o dinheiro dele. Uma considerável fortuna, por conta dos acertos do casamento, o filho dele ocasionalmente teria garantida. Sua renda atual era uma que lhe garantia independência e conforto, e sob qualquer perspectiva pecuniária, aquela era uma união que estava além do que a filha deles poderia reivindicar.

Os jovens não podiam ficar surpresos com uma decisão como aquela. A lamentaram e discordaram dela, mas não podiam ficar ressentidos. Eles se separaram, se esforçando para nutrir esperanças de que tal mudança no general, que cada um deles acreditava ser quase impossível, talvez pudesse acontecer rapidamente, para tornar a uni-los na plenitude do afeto privilegiado. Henry voltou para o que agora era sua única casa, para cuidar de suas novas plantações, e estender as melhorias que faria nela pelo bem de Catherine, com quem ele esperava ansiosamente poder compartilhá-las; e Catherine permaneceu em Fullerton para chorar. Se os tormentos da ausência foram abrandados por alguma correspondência clandestina, é melhor não perguntarmos. O senhor e a senhora Morland jamais perguntaram, eles tinham sido gentis demais para não exigir nenhuma promessa relativa a isso, e, sempre que Catherine recebia um carta e, naquela época, isso acontecia com frequência, eles sempre viravam o rosto para outro lado.

A ansiedade, que deveriam sentir Henry e Catherine, e todos os que os amavam, quanto ao acontecimento final, não pode ser estendida, temo, ao coração de meus leitores, que perceberão, na reveladora condensação de páginas que têm diante de si, que estamos todos juntos nos apressando em direção à felicidade perfeita. Os meios pelos quais o casamento logo se realizou é que podem ser a única dúvida: que provável circunstância poderia agir sobre um temperamento como o do general? A circunstância que mais contribuiu para isso foi o casamento de Eleanor com um homem rico e influente, que ocorreu durante o verão. Essa ascensão em dignidade o levou a ter um ataque de bom humor, do qual ele não se recuperou até que Eleanor conseguiu o perdão do general a Henry, e a permissão dele para que Henry "agisse como um tolo se quisesse!".

O casamento de Eleanor Tilney, o distanciamento dela de todos os males de uma casa como Northanger, após o banimento de Henry, para a casa de sua escolha e com o homem de sua escolha, é um acontecimento que eu espero que dê bastante satisfação para todos os que a conhecem. Minha própria alegria na ocasião foi muito sincera. Não conheço ninguém que tenha mais direito, por despretensioso mérito, ou mais bem preparado pelo sofrimento habitual, a receber e desfrutar da felicidade. A inclinação dela por esse cavalheiro não era recente, e ele há muito vinha se abstendo de se dirigir a ela somente por conta da inferioridade de sua situação financeira. A inesperada ascensão dele ao título de visconde e à fortuna eliminaram todas as suas dificuldades. E jamais o general amara tanto a filha em todas as suas horas de companhia, diligência e resignação quanto quando ele disse pela primeira vez "Vossa Senhoria!".

O marido de Eleanor de fato a merecia. Independentemente de seu título de nobreza, de sua fortuna, e de seu amor, ele era sem dúvida o jovem mais encantador do mundo. Qualquer outra definição de seus méritos deve ser desnecessária. O jovem mais encantador do mundo está instantaneamente diante da imaginação de todos nós. Com relação à pessoa em questão, portanto, só tenho a acrescentar, ciente de que as regras de composição proíbem a apresentação de um personagem não ligado a minha fábula, que este era o mesmo cavalheiro cujo criado negligente havia deixado para trás aquela coleção de contas de lavanderia, resultantes de uma longa visita a Northanger, na qual a minha heroína se envolveu em uma de suas aventuras mais assustadoras.

A influência do visconde e da viscondessa a favor de Henry foi ajudada pelo entendimento correto da situação financeira do senhor Morland, que, assim que o general se permitisse ser informado, eles estavam qualificados a fornecer. O general descobriu, então, que tinha sido ligeiramente mais iludido pela primeira jactância de Thorpe sobre a riqueza da família do que pela tentativa subsequente e maliciosa dele de derrocá-la. De modo algum eles eram pobres e necessitados, e o dote de Catherine seria de 3 mil libras. Essa era uma correção tão concreta das expectativas recentes dele que contribuiu muito para suavizar o golpe de seu orgulho. E não foi sem efeito a informação secreta, que ele obteve a duras penas, de que a propriedade de Fullerton, estando inteiramente à disposição de seu proprietário atual, estava consequentemente aberta a todo tipo de especulação ambiciosa.

Com base nisso, o general, logo após o casamento de Eleanor, permitiu que seu filho retornasse a Northanger, e fê-lo portador de seu consentimento, muito cortesmente escrito em uma página cheia de declarações vazias para o senhor Morland. O acontecimento autorizado por esse consentimento logo ocorreu: Henry e Catherine se casaram, os sinos tocaram e todos sorriram. E, como isso ocorreu 12 meses depois do primeiro encontro deles, não parecerá, depois de todas as terríveis postergações provocadas pela crueldade do general, que eles estavam essencialmente magoados com isso. Começar a viver a felicidade perfeita com as respectivas idades de 26 e 18 anos significa ir muito bem, e, me declarando, além do mais, convencida de que a interferência injusta do general, longe de ser de fato danosa para a felicidade deles, foi talvez uma das causas dela, ao fazer com que os dois se conhecessem melhor, e fortalecendo a ligação entre eles, deixo que seja decidido, a quem quer que isso compita, se o objetivo desta obra, no todo, é recomendar a tirania parental ou recompensar a desobediência filial.